D1730329

Elio Vittorini

DIE ROTE NELKE

Roman

Aus dem Italienischen von Barbara Kleiner

Mit einem Nachwort der Übersetzerin

Bruckner & Thünker Verlag

I

Wir warteten auf das Klingelzeichen zur vierten Stunde zwischen elf und Mittag, faul und gähnend lümmelten wir um die Tischchen des Cafés *Pascoli & Giglio* herum, das uns gehörte, den Gymnasiasten, an der Ecke zwischen der Straße, die ebenfalls uns gehörte, und der Hauptstraße der Stadt, die bei den Bürgern *Corso*, bei uns aber *Parasanghea* hieß.

Die Glücklicheren unter uns schlürften eine Mandelgranita nach der anderen, das Beste, was ich an Trinkbarem aus meiner Kindheit erinnere; und die rotbraune Markise glühte in der Sonne wie ein über den Tischchen schwebender Sandhauch. Es gab Gespräche mit großen Worten und großen Hoffnungen, und es gab den Tratsch und Klatsch über die Schule, über die Aufsatzthemen, die Lehrer und die Streber unter den Mitschülern.

Die Jüngeren aus den unteren Klassen des Gymnasiums jagten johlend von einem Gehsteig zum anderen bis hinauf zur Piazza Duomo, die wir *Ponto Eusino* nannten, und dort hallten ihre wilden Schreie sogleich offener und singender wider, fast wie auf freiem Feld. Und dort war ja auch ein Sonnenfeld: die Piazza Duomo, enorm weit und gerade erst asphaltiert, im Halbkreis ringsum die kleinen roten *Palazzi* aus dem achtzehnten Jahrhundert, mit ihrem muffigen Pfaffengeruch, der zusammen mit einem Duft von Zitronen vom erzbischöflichen Palais herüberkam, und der Freitreppe zum Dom, von deren oberem Ende aus man hinter Dächern und wieder Dächern einen gleißenden Streifen schlohweißes Meer erblickte.

Ich war sechzehn, fast siebzehn; ich gefiel mir schon darin, den ›Großen‹ zu spielen und mit den wirklich Großen aus der zweiten oder dritten Klasse Lyzeum[1], die alle über achtzehn waren, debattierend und rauchend unter der rostfarbenen Markise des Cafés zu sitzen; aber jedesmal wenn der Schrei eines der Jüngeren von der Straße weit über die Prärie des Platzes gellte, verspürte ich ein Wiehern in mir und wurde wieder zum Fohlen, das ich gewesen war, als auch ich von den Stufen der Kathedrale aus im Sturzflug über den Asphalt hinwegfegte.

Eine Weile schon wagte ich es nicht mehr, diese ausgelassenen Spiele zu spielen. Eins der großen Mädchen aus der ›Zweiten‹ hatte mich angesehen; und ohne weiteres hatte ich damit aufgehört.

Sie war die Tochter eines Obersten. Sie erschien mir wunderschön, obgleich sie ein Hütchen trug, das ihr die Hälfte des Gesichts verdeckte. Sie ging von zu Hause zur Schule, von der Schule nach Hause in Begleitung eines stämmigen Mädchens aus ihrer Klasse mit breiten Hüften, das stets rechts von ihr ging und wirkte wie ihre Dienerin.

Kaum fühlte ich mich von ihr beachtet, zögerte ich nicht einen Augenblick; ich lief ihr nach, wobei ich zehn Schritte Abstand hielt, und begleitete sie überallhin. Auf dem ganzen Weg drehte sie sich nur einmal um, wenn sie in die Straße einbog, in der sie wohnte.

6

Gegen Abend fuhr ich mehrmals auf dem Fahrrad unter ihren Fenstern vorbei, und Klaviermusik drang gedämpft hinter der breiten Front von hohen, überwachsenen Mauern hervor. Ich schrieb ihr auch; aber sie antwortete mir nicht; nur ließ sie mir, weil ich sie in diesem einzigen Brief Diana genannt hatte, auf geheimnisvollen Wegen durch ein Mädchen meiner Klasse öfter Grüße von Diana bestellen.

Eines Tages schickte sie mir, in einem Umschlag verschlossen, eine rote Nelke.

Ich war in der Klasse, während die Lehrerin für moderne Sprachen melodische Verse von La Fontaine aufsagte. Sie liebt mich, dachte ich und fuhr hoch, und die Lehrerin schrie, ich sollte den letzten Vers wiederholen, und ich sagte, in dem Gedanken, sie liebt mich: »Nicht im Traum!«

Ich wurde für den Rest der Stunde aus dem Klassenzimmer verbannt; und ich stellte mich an die Tür der Zweiten, wo sie zu Hause war. Ich hoffte, ihre Stimme zu hören, ich kannte sie nicht, glaubte aber, sie erkennen zu können. Sie liebt mich, dachte ich. Und ihre Stimme erhob sich, während die wehleidige Stimme des Priesters, der in der ganzen Schule Griechisch gab, abfragte. Es war eine Stimme wie von einem Mädchen beim Erwachen, mit einem langen »oh« voll überraschten Nachdenkens am Anfang jeder Antwort.

Es war sehr heiß, obwohl erst Mai war oder Juni, und durch die weit geöffneten Fenster im Flur strömte der Duft nach Heu. Er erinnerte mich an warme Heuhaufen, als ich anfing, kein Kind mehr zu sein, und heiße Verwirrung bestärkte mich in dem Glauben, daß Giovanna, jene Stimme, mich liebte. In der Ferne hörte

7

man in der Mädchenturnhalle die Schülerinnnen einer anderen Klasse marschieren.

Ich löste mich von der Tür, die Stimme drinnen im Raum war nun eine andere; ich trat ans Fenster und schaute in einen kleinen Hof hinunter, den ich noch nie zuvor bemerkt hatte, betrachtete die Blätter eines Feigenbaums, die sich hinter einem Mäuerchen wie Eidechsen in der Sonne bewegten.

Dann flog die Tür gegenüber auf, und in einem Schwall von Stimmen kam sie heraus, das Mädchen, das mich liebte, in Grün und Blau gekleidet und auf hohen Absätzen.

Ich sah sie in den Fensterscheiben gespiegelt, wie sie zögerte, als wollte sie in die Klasse zurück. Ich spürte, daß sie rot wurde. Und ich zitterte um ihre Liebe zu mir, die ein Nichts genügt hätte, so glaubte ich, aus ihrem Herzen auszulöschen. Ich wollte weiterhin so tun, als schaute ich hinaus, aber sobald sie im Korridor um die Ecke gebogen war, lief ich ihr nach.

Sie sah mich an, als ich sie erreichte, und war keineswegs rot, wie ich vermutet hatte. Sie war ruhig und heiter. Ich sah, daß sie helle Augen hatte, ein stolzes Grau im Gesicht der Dunkelhaarigen.

»Oh«, sagte sie. »Ich gehe nur das Taschentuch holen, das ich vergessen habe. Unten in der Garderobe.«

Ich dachte: »Und wenn ich sie küssen würde?«

Und wieder überfiel mich die glühende Erinnerung daran, wie ich mich in Heuhaufen wälzte, in glücklichen Zeiten, mit einem Schwarm anderer Kinder, und ich dachte »sie küssen«, als würde das bedeuten, sie mit hineinzuziehen in einen dieser Haufen, mich bis zum Sonnenuntergang dieses Nachmittags darin zu wälzen mit ihr, die mir eine rote Nelke geschickt hatte, fast eine Mohnblüte. Aber das war nur eine Minute, während der mir die Hände zitterten. Und sofort setzte ein Schrecken ein, ihr weh zu tun, alles Liebe zu zerstören, für immer das Glück der roten Nelke zu verlieren, die ich besaß und die sie mir geschenkt hatte.

Mit schüchterner Koketterie sagte sie: »Nun?« Kaum lächelte sie, da ging sie auch schon wieder davon. Aber ich hielt sie auf, rief sie bei ihrem Namen: »Giovanna!« Es war dumm gewesen, dachte ich, sie Diana zu nennen, während sie doch in allem so sehr Giovanna war, in ihrem Schritt, ihren Beinen, in ihrem Nakken, ihrem Grün und Blau, so sehr Giovanna! Und doch fand ich keine Worte und vernahm nichts als einen Mühlbach in mir gehen »ich-ich-ich« und siedend heiß werden, einen Wirbel von »ich-ich-ich«, wogegen alles andere nicht wirklich zu sein schien.

Oh, es muß wirklich werden! dachte ich. Man mußte diesen Schritt aufhalten, diese Beine, diesen Nacken, dieses ihr Grün und Blau, und mußte sie Wirklichkeit werden lassen. Ich liebte sie um all dieser Dinge willen, die sie von jeder anderen Schülerin auf dieser Welt unterschieden.

Aber kaum wandte sie sich um, versank mein Blick in ihrem, und ich fühlte, daß da noch mehr war, weswegen ich sie liebte, eine rasend vitale Hochherzigkeit in ihr und in mir, die mich alle Französisch-Englisch-Lehrerinnen dieser Welt durch sämtliche Afrikas und Amerikas hätte jagen lassen können. Mit diesem Gefühl einer immensen Güte küßte ich sie; und es war kaum ein Beben meiner Lippen an ihren, tief und lebendig jedoch in seiner Zartheit. Ihre Lippen wichen nicht zurück, im Gegenteil, ich fühlte sie den meinen

9

entgegenkommen. Und ich fragte mich: »Ist das ein Kuß? War das ein Kuß?«

Sie lächelte, dann nicht mehr. Sie hob einen Arm gegen meine Brust, um mich wegzuschieben, und die Nelke wurde aus dem Knopfloch gerissen, fiel zu Boden. Aber sie selbst bückte sich, um sie aufzuheben, steckte sie mir mit einer Nadel fest, lief weg. Sie lief zurück ins Klassenzimmer, nicht nach unten, wie sie eigentlich wollte, und ich blieb allein, von neuem hineingerissen in meinen inneren Wirbel »ich-ich-ich«.

Ich sah den Feigenbaum wieder. Etwas seltsam Orientalisches war in meiner Kindheit um den Feigenbaum gewesen. Ein Persien, ein Arabien … Mit sechs Jahren hatte ich in einem Pfarrhof den Katechismus gelernt, wo es außer dem Priester und uns Kindern einen Truthahn und einen Feigenbaum gab. Und ein Feigenbaum stand auch in dem Gärtchen des Hauses, wo mir gewisse Freundinnen, die immer in Schwarz gekleidet waren und die meine Mutter »die Fräuleins« nannte, die Geschichte von Aladin und seinem Geist in der Wunderlampe erzählt hatten.

Ich sah den Feigenbaum wieder mit seinen Blättern, die sich wie Eidechsen in der Sonne bewegten, und ich sah den kleinen Hof wieder, die Luft, einen grauen Vogel, der von jenseits der Mauern hereinschwebte und sich irgendwo niederließ. Kurz, ich sah die Welt wieder. Aber der tatenlose Bann von zuvor kam nicht wieder über mich. Alles hatte jetzt einen klaren, triftigen Grund, mir zu gefallen. Und alles, auch den Duft nach Heu, auch die Marschstimmen und die Marschschritte, die aus der Mädchenturnhalle kamen, nahm ich nun auf neue Weise wahr. Was geschehen war, würde weitergehen … Der Kuß von Giovanna würde weitergehen.

So daß ich, als ich von einem meiner Mitschüler aufgefordert wurde, in die Klasse zurückzukehren, weil mir die Lehrerin den Rest der Strafe erließ und mich aufrief, meine Lektion zu wiederholen, nein antwortete. Das war zuviel gewagt und grundlos obendrein für einen Jungen, aber das Glück über das Geschehene machte mir Lust auf grundlose Herausforderungen.

Die Sprachlehrerin fluchte jenseits der Tür; unten bei den Pförtnern läutete eine Glocke Alarm. Und das Glück über das Geschehene steigerte sich in mir ins Heroische: ein Verlangen nach Krieg und Trompetenschall.

Ein Hausmeister kam gelaufen.

Im gleichen Augenblick läutete die Klingel drei Uhr, Schulschluß. Es begann das Rumoren der freigelassenen Klassen in ihren Bänken. Türen flogen gegen die Wände. Die blauen Vorhänge bauschten sich über einem Gewirr von Köpfen. Und da, als ich gerade Mütze und Bücher zusammenpackte, rückte mir mit wild funkelnden Brillengläsern die Sprachlehrerin zuleibe.

Ich wurde zum Direktor gebracht.

»Und so sollen Sie denn zwei Tage lang spüren, was es bedeutet, von der Schule entfernt zu werden«, sagte der Direktor von der Mitte eines Tisches aus mit Donnerstimme.

Und zum Teufel mit ihnen allen! Was wußten sie denn schon von der Glorie einer roten Nelke?

Ich ging früh zu Bett an diesem Abend und schlief fast auf der Stelle ein, während das Dienstmädchen der

Schülerpension noch in der Küche hantierte, das Geschirr abwusch und sich leise mit der Köchin unterhielt. Aber meine Zimmergenossen in diesem großen Raum mit ausgemalten Oberlichten, wo wir zu viert unsere Betten und Tischen hatten, weckten mich, als sie später heimkamen.

Einer nach dem anderen fielen ihre Schuhe zu Boden, ihre Bettfedern knarrten, und einer sagte sogar, es sei eins vorbei, doch ich konnte nicht wieder einschlafen. Ich fühlte das tosende Wasser des Bachs unter meiner Wange dahinfließen, der früher einmal, unmittelbar neben dem Gebäude, in dem die Pension lag, eine Mühle betrieben haben mußte. Vom Toilettenfenster aus sah man auf dieses Wasser hinunter, das ein Stückchen weiter in einen dunklen Bogen unter die Häuser hinabstürzte. Die ganze Nacht über war es, als ginge wirklich ein Mühlrad unter diesem Wasser und als wäre meine Nelke hineingefallen und das Rad zermalmte sie.

Mehr noch: es war ein reißender Nelkenstrom, der unter meiner Wange dahinfloß. Und in dem Zustand der Unruhe, in dem ich mich befand, wurde mir klar, daß ich sie nicht mehr bei dem Namen nennen konnte, den ich ihr im Spiel gegeben hatte. Sie verschwand, wenn ich an sie als Diana dachte. Doch wenn ich an sie als Giovanna dachte, war das wie eine Berührung.

Am nächsten Morgen erwartete ich sie um zehn nach acht an der Ecke ihrer Straße. Ich war fast traurig, so ohne Bücher, und mehr denn je hatte ich Lust, in die Schule zu gehen, wo sie ihren Tag verbringen würde. An jener Ecke war eine Bar und gegenüber eine Apotheke; die Apotheke eines gewissen Gulizia, der einen

Sohn in der Zweiten Lyzeum hatte, in derselben Klasse wie Giovanna.

Bei der gesamten Schülerschaft des Gymnasiums war dieser Gulizia wohlbekannt, Cosimo hieß er, wurde aber immer bloß »Sohn des Quacksalbers« genannt. Obwohl fast achtzehn, war er der Schwächste der Schule, er trug die abgelegten Kleider seines Vaters, die von Hausfrauenhand für ihn umgenäht wurden; er stotterte, er suchte leichtfertig Streit, aus dem er jedesmal mit dem Taschentuch vor der Nase davonlief.

»Ach was; ins Priesterseminar hätt'st du gehen sollen«, sagten wir zu ihm.

Er wirkte irgendwie blond, trotz der rabenschwarzen Haare, und sogar die jüngeren Schüler vom Gymnasium verloren die Geduld, sobald er auch nur den Versuch unternahm, wenn an den Tischchen des Cafés laut debattiert wurde, seine Meinung zu sagen.

Wir nannten ihn *Frosch*.

Deshalb hielt er sich abseits und hatte Kontakte nur zu den Mädchen, die sich außerhalb der Schule sonst von niemandem ansprechen ließen, als empfänden sie ihn als harmlos, und es hieß, sie empfingen ihn sogar bei sich zu Hause, um in den gefürchteten Zeiten zu Beginn jedes zweiten Monats, wenn die Schularbeiten geschrieben wurden, gemeinsam zu lernen.

An diesem Morgen meinte ich ihn im Dunkel der Apotheke zu sehen, mit seiner bis zu den Ohren herabgezogenen Schottenmütze und den Büchern unterm Arm, aber ich achtete nicht darauf. Ich war ganz erfüllt vom Zauber der frühen Stunde, erfüllt von Giovanna.

In der Luft hinter den hohen Schatten der Palazzi flirrten Sonnenblättchen. Mehr Sonne, eine wahre Sonnenflut ergoß sich über die Fassade des Hotel *Ver-*

13

mouth di Torino; und am Ende von Giovannas Straße
erschien in der Ferne verschleiert der rosa Berg, ich
weiß nicht ob aus Sand oder aus Fels, wo die Altstadt
lag. Dort war Meer, bald würde die Badesaison beginnen an den Stränden am Fuße jenes Bergs; die Badesaison; und das Dampfboot fuhr pfeifend durch den
Hafen hin und her.

Von der Bar aus, wo sie ihren *Caffè corretto* tranken,
musterten mich ein paar Droschkenkutscher von Kopf
bis Fuß, hefteten ihren Blick auf das Knopfloch meiner Jacke und lächelten.

Scharenweise zogen Volksschüler vorüber, laut schwat-
zend, ihre Ranzen aus Vulkanfiber auf dem Rücken.
Noch einmal fuhr ein Straßensprengwagen in Richtung Corso vorbei, überzog die Mauern in Reichweite
mit seinem Wasserschleier. In der Apotheke nahm der
Lehrbursche in Hemdsärmeln die grünen Fensterläden von den Schaufenstern. Und ein Aromengemisch
aus Milchkaffee, Benzin und feuchtem Asphalt stieg
zu Kopf wie die Essenz dieser Stunde.

Ein Polizist kam vorbei.

Einst Mitglied der Königlichen Garde, war er mir aus
unseren Schülerkrawallen von '22 bekannt: In jenen
Tagen hatte ich ihm eine Tomate ins Gesicht geworfen.
Auch er musterte mich von Kopf bis Fuß wie die Kutscher, aber ohne Sympathie, dann ging er weiter mit
seinem Gang eines Spürhunds, schwenkte den Stock
mit auf dem Rücken verschränkten Händen hin und
her, wie eine Art Schwanz.

Unwillkürlich faßte ich nach der roten Nelke am
Jackenaufschlag.

Es war die Zeit der Affäre Matteotti, jeden Abend wim-
melte es in der Stadt von ›Spätausgaben‹, die im Licht

vor den Schaufenstern ausgebreitet lagen, in den Cafés spitzte alles die Ohren, sobald sich ein Advokat zu Regierungsumbildung, Rücktritt usw. vernehmen ließ.

»Aber die Nelke nehm ich nicht ab«, dachte ich.

Ich fühlte, daß ich sie liebte wie Giovanna selbst, die sie an ihrem Busen getragen hatte. Und im übrigen freute es mich, daß Briscola, der Köngliche Garde-Polizist, mich mit seinem Auge, das die Tomate nicht vergessen hatte, wie eine Art Aufrührer wieder unter Aufsicht nahm.

Was für eine Lust er hatte, mich zu verprügeln, als die Königliche Garde aufgelöst wurde und er eine Weile lang als arbeitsloser Scherge rumlief! Er paßte mir jedesmal am Tabakladen gegenüber des Eingangs der Pension ab, um mir immer wieder dieselbe Gemeinheit zu sagen:

»Ich hab dich zwar nicht hinter Schloß und Riegel gebracht, aber dort wirst du landen.«

Und jedesmal bebte ich vor Wut und Abscheu, aber aus dem Kreis meiner Kameraden in kurzen Hosen, die mir den Rücken stärkten, wußte ich nichts anderes zu erwidern als: »Wir sind doch nicht zusammen auf der Sbirrenschule gewesen, daß wir uns duzen würden!«

Plötzlich wurde ich gerufen, mit Gluckhennenstimme.

»Signor Mainardi.«

Es war die *Hebamme*. So nannten wir das stämmige Mädchen, das Giovanna begleitete. Sie war allein: sie kam aus ihrem Haus.

»Ich habe Ihnen etwas von meiner Freundin auszurichten, aber wir müssen gehen«, sagte sie.

»Richtig; es ist fünf vor halb neun«, sagte ich und ging ihr eilig voraus.

»Aber nicht so schnell«, meinte die *Hebamme*. Sie senkte ihre Stimme noch mehr, gluckte nun ganz dicht neben mir, wie mit einem ihrer Küken.

»Also hören Sie. Meiner Freundin ist heute nicht gut.«

»Ach, ist sie krank?«

»Nicht wirklich; nur eine kleine Unpäßlichkeit. Aber meine Freundin ist wegen der Vorfälle von gestern sehr beunruhigt.«

»Vorfälle?« brauste ich auf. »Was denn für Vorfälle?«

»Nun«, fuhr die *Hebamme* sehr ruhig fort, »die Worte, die zwischen Ihnen und meiner Freundin gefallen sind. Und deswegen will sie Ihnen eben unbedingt ausrichten lassen, daß es ein Scherz war. Sie verstehen, daß nichts Ernsthaftes sein kann, zwischen meiner Freundin und Ihnen. Sie haben noch das ganze Lyzeum und die Universität vor sich, bevor Sie an etwas derartiges denken können. Meine Freundin dagegen ist achtzehn, und früher oder später, Sie werden sehen, läßt der Oberst sie nicht mal das Abitur machen und verheiratet sie mit jemand. Kurzum, meine Freundin ist eine Frau, und Sie, Mainardi, entschuldigen Sie, wenn ich Ihnen das so sage, Sie sind ein Junge. Meiner Ansicht nach hat meine Freundin schlecht daran getan, Ihnen Hoffnungen zu machen ...«

Und während ich sie mit glühenden Augen verschlang, dehnte sie dieses »Hoffnungen« endlos in die Länge, als würde mir das sehr guttun und mich beruhigen, so weich auf meiner brennenden Stirn.

Wir waren auf der *Parasanghea* fast auf die Höhe des *Pascoli & Giglio* gelangt, das sich beim Läuten der Schulglocke leerte.

Aber bevor sie ging, blieb die *Hebamme* stehen, trat auf den Bürgersteig, wie um mir gegenüber, der ich sie um einen ganzen Kopf überragte, etwas größer zu sein, und fügte hinzu:

»Seien Sie ein Mann diesmal, und vergessen Sie das wenige, was da war. Und nun lassen Sie mich gehen, auf Wiedersehen.«

Hinter ihr war ein Waffengeschäft, und während sie sprach, faszinierten mich die langen, blitzenden Gewehrläufe in der Auslage. Ein Gewehr, aber ein verrostetes, hing in dem alten Landhaus von Onkel Costantino an der Wand, und ich konnte es am Ende des Kolbens berühren, wenn ich auf die Rückenlehne des Sofas kletterte. Ich berührte es, dann setzte ich mich still in eine Ecke und malte mir einen Mord aus. So wuchs ich heran, ich trug noch Schürzen und wartete auf den Tag, an dem ich das Gewehr von der Wand nehmen und aus dem Fenster auf jemanden würde schießen können. Ich hatte auch schon beschlossen, auf wen, ich hatte mir einen Typen mit grauem Bart ausgesucht, den ich immer im Hof des benachbarten Bauernhofs sah, wie er den Truthähnen Händevoll Mais hinstreute. Ich träumte von Schwefel, Schwefel und gelbem Schießpulver an meinen Händen. '22 hatte ich dann tatsächlich einen Revolver besessen, eine Mauser, endlich, aber das war nur für einen halben Tag. Nie hatte ich wirklich eine Waffe benutzt, nie auch nur einen einzigen Schuß abgegeben, nie jemanden umgebracht. Aber noch nie seit den Zeiten in Schürzen war es mir so notwendig erschienen wie jetzt, jemanden in seinem Blut zu Boden gestreckt zu haben, wenn ich wirklich ins Leben eintreten wollte, jenseits von *Hebamme* und Pfarrer und Griechischlehrer, in das Leben, in dem man rote Nelken pflückte und Giovanna küßte.

Was sollte das heißen, das Lyzeum und die Universität vor mir?

Ich fühlte, daß ich Giovanna genau an dem Punkt liebte, an dem ich heute stand, mit so und so viel Lyzeum und Universität vor mir; und ich fühlte, daß nichts ernsthafter zwischen ihr und mir sein konnte, nichts wirklicher. Aber wenig später, als die Straße des Gymnasiums verwaist dalag und ich noch an diesen vernichtenden Worten herumkaute, bereitete es mir fast Vergnügen, daß sie mir gesagt worden waren, ein unbestimmtes Vergnügen, als wäre ich damit zu einer Welt zugelassen worden, die anders war als meine, als hätte ich in einer Hauptrolle genau dort Zutritt gefunden, wo man so dachte wie die *Hebamme*.

Der Sohn des Quacksalbers kam vorbei, er war zu spät dran.

»He, *Frosch*«, rief ich ihn an, mit dem ganzen Zorn, den ich in mir trug.

Seltsamerweise lächelte der, wie im Spott, und auch wenn er in Richtung Schulportal davonlief, hauchte er mir einen Moment lang seinen Atem ins Gesicht.

»Ich weiß, daß sie dir diese Nelke gegeben hat«, sagte er.

»Hurensohn«, brüllte ich ihm nach.

Und wieder dachte ich an die *Hebamme*, die, so kam mir plötzlich vor, gar nicht wirklich wie eine *Erwachsene* geredet hatte, sondern nur auf komische Weise die Rolle der Erwachsenen gespielt hatte. Ich schwor ihr Tod in meinem Herzen, und wütend auf Giovanna, dabei aber gleichzeitig irgendwie glücklich, draußen zu sein aus dieser Schule, wo sie nicht war, ging ich die *Parasanghea* hinunter, um in der Pension meinen großen Freund Tarquinio zu treffen; und fast hatte ich Lust zu pfeifen, trotz allem.

II

Tarquinio Masséo war ein achtzehnjähriger Junge, der aufgrund einer verwickelten Geschichte von mehrmaligem Sitzenbleiben die Abschlußprüfung des Gymnasiums nicht rechtzeitig geschafft hatte und sich nun als Externer auf die des Lyzeums vorbereitete. In der Schülerpension war er deswegen; aber bei welchen Professoren er lernte, wußte man nicht; und wenn wir im Juli heimfuhren zu unseren Familien, blieb er ganz allein zurück, als ob er keine Verwandten hätte, und genoß den Sommer in der Stadt, mit Baden, kleinen Musikkapellen am Strand und Freilichtaufführungen. Er erzählte dann von den Tänzerinnen, die unsere Plätze in der Pension eingenommen hatten, und von den Tanzproben, die sie, noch im Pyjama oder Nachthemd, den ganzen Vormittag über im großen Gemeinschaftsraum veranstalteten.

In diese unsere Pension bei der Signora Formica hatte ich ihn gebracht.

Ich hatte ihn '22 eines Abends in der Werkstatt eines Schmieds und Druckers kennengelernt, wo eine Schülerzeitung gedruckt wurde, auf Papier so grob wie Packpapier, soweit ich mich erinnere.

In die Räume der Druckerei gelangte man durch das Gewölbe, wo die Ambosse standen und es Funken sprühte, und oft kam man gar nicht hinein, dann blieb man auf der Schwelle stehen und sah dem Meister und seinen Gesellen zu, wie sie sich mit einem Pferd zu schaffen machten, denn oft beschlug dieser Schmied auch Pferde.

Wir wurden Freunde, Tarquinio und ich, indem wir uns nach wie vor jeden Abend zwischen sieben und acht in dieser Werkstatt trafen, auch als die Schülerzeitung ihr Erscheinen einstellte.

Die ›Höhle‹ nannten wir sie.

»Also, ich warte dann in der ›Höhle‹ auf dich«, sagte Tarquinio jedesmal beim Abschied, und hob die Hand zum Gruß.

Und ›Höhle‹ war nicht nur die Werkstatt, sondern auch diese besondere Tageszeit zwischen Dunkelheit und brennenden Lampen, all die Gassen dort in der Nähe, die um diese Stunde widerhallten von geheimnisvollem Pferdegetrappel, und all die Dinge, die wir uns zu sagen hatten, dort drinnen, wobei wir getrocknete Kastanien kauten, von Frauen und Ländern, von Schlägereien, Flugzeugen, Automobilen, Fußball, von Büchern und der Zukunft. Das war es, was wir gemeinsam hatten.

»Da holten sie Liebknecht aus dem Schlaf und brachten ihn zum General. Ihr wollt den Bund also nicht auflösen? sagte der General. Wieso sollte ich ihn auflösen? sagte Liebknecht. Wenn ich ihn auflöse, wer verteidigt dann das Volk von Berlin gegen Männer wie Sie? Gut, sagte der General, und verabschiedete ihn mit einem Händedruck. Durch eine andere Tür kam Rosa Luxemburg herein, die sie ebenfalls aus dem Schlaf geholt hatten. Und Liebknecht stieg die Treppe hinunter, ohne daß ihn jemand begleitete, während

Rosa Luxemburg dem General dasselbe antwortete wie er. Liebknecht kam hinaus, und an der Tür warteten vier Bayern auf ihn. Zwei legten ihm die Handschellen an, und zwei erschlugen ihn von hinten mit der Axt. So ist endlich Schluß mit dieser Kanaille, sagten sie. Und dann fingen sie mit Rosa Luxemburg an, die die Treppe hinunterstieg, hinaustrat, und zwei weitere Bayern legten ihr die Handschellen an, andere zwei erschlugen sie mit der Axt …«

Dies erzählte Tarquinio, und es wurde etwas Gemeinsames zwischen uns.

Alles, was er wußte, wurde zur Gemeinsamkeit zwischen uns. Seine Bücher wurden meine Bücher, seine Ideen meine Ideen, seine Logik meine Logik. Und diese Verbrüderung, dieses uns in unseren jungenhaften Bestrebungen Erkennen, das nannten wir die ›Höhle‹. Tarquinio sprach über all das auch im Café mit den anderen, aber dann war das nicht die ›Höhle‹. Es schien, als könnte es ›Höhle‹ nicht geben außerhalb dieser Tageszeit, ohne dieses Pferdegetrappel, diese Dunkelheit und diese Lampen, ohne diese getrockneten Kastanien, die wir kauten, ohne die Schmied- und Hufschmiedgesellen, diesen Schmied- und Hufschmiedemeister, diese Werkstatt.

»Ha, das ist wie eine Verschwörung hier!« sagte Tarquinio.

Er erzählte natürlich auch von sich, von seinem sagenhaften Dorf, Quero, wo er seit zehn Jahren nicht mehr gewesen war, von seinen verstorbenen Eltern, von seiner Verwandtschaft, die er nicht kannte, von seiner Kindheit zwischen hohen Bergen.

»In Quero lebt jeder Bauer, jeder Schäfer wie ein König«, sagte er. »Ihr Leben ist bescheiden, alle verrichten einfache Arbeiten und ernähren sich von Oliven, Ricotta und Hammelfleisch, aber jeder wohnt in einem Königspalast. Oh, wenn doch alle in Königspalästen wohnen könnten! Früher einmal lebte ein großer König in Quero, der ließ überall Brunnen und Denkmäler bauen …«

Und er erzählte: »Bei mir zu Hause gab es Marmortreppen, hohe schmiedeeiserne Tore, große, ausladende Balkone über dem Fluß … Die Decken in den Zimmern waren hoch wie Kirchenkuppeln … Und vom Hof her wuchsen Mispelzweige bei allen Fenstern herein … Aber es gab immer Gewitter«, erzählte er, »und ich fürchtete mich vor den Blitzen, die den Statuen die Köpfe abschlugen, wie ich meinte … Ich konnte das Licht der Blitze nicht ertragen, weißt du. Der Donner machte mir nichts, aber das Licht machte mich nervös. Jetzt auch noch, übrigens …«

So gab er auch seine Ängste preis, und manchmal zog ich ihn auf, und er sagte: »Es ist unglaublich, Mainardi, wie du einfach überhaupt nichts kapierst.«

Dann war ich beschämt, und etwas später berichtete ich von einer eigenen Angst, und dann war er es, der mich aufzog: »Das ist eine dumme Angst«, sagte er. Und wir bekamen Streit. »Gibt es etwa dumme und intelligente Ängste?« sagte ich. »Und ob!« sagte er. »Und ob! In der Angst schließen die Menschen sich zusammen. Du kannst sehen, wie die Tapferen und Gerechten in einer intelligenten Angst zusammengeschlossen sind … Und die Bösen in einer idiotischen Angst! Die ganze Menschheit ist aufgeteilt durch Bündnisse und Zusammenschlüsse gegen die Angst …«

Dann kam Tarquinio mit seiner grünen Kiste und seinem schwarzen Lederkoffer und zog ebenfalls bei der

Signora Formica ein, und die Pension insgesamt war das ›Protektorat‹, und das große Zimmer mit den ausgemalten Oberlichten war ›das Feld‹. Aber er verbrachte gut die Hälfte des Tages im ›Zelt‹.

III

Dort fand ich ihn, ich meine in seinem Bett mit dem eisernen Bettgestell, die Decke über den Kopf gezogen, und er schlief oder dachte doch still nach, wie im Schlaf.

Ich brauchte das jetzt, ihn wachrütteln, aus dem Bett werfen, gemeinsam hinausgehen mit ihm und anfangen, diese vollen zwei Tage meiner Stafe zu verleben, im Freien, in der Sonne. Es würden zwei wundervolle Tage werden mit ihm, auch wenn wir nur ziellos durch die Cafés streunten; zwei ganze Tage lang ›Höhle‹!

Aber von Giovanna würde ich ihm nichts erzählen; ich fürchtete die zwei Jahre, die er älter war als ich, weswegen ich in ihm so etwas wie ein erwachseneres Ich sah, der sie mir wegnehmen, sie womöglich heiraten könnte.

»Tarquinio«, rief ich.

In das halbdunkle Zimmer drang durch die angelehnte Balkontür ein Klavierakkord. Fingerübungen, und der Ton war so schwach in der Ferne, daß es mir schien, er käme aus seinem Traum.

Dann, nachdem ich die Balkontür und das Fenster (das auf den Kanal ging) weit geöffnet hatte, richtete er sich in dem frischen Luftzug auf und schaute sich um, völlig zerzaust, der Blick schon ironisch, aber erstaunt, als fände er sich unversehens an Deck eines Segelschiffs wieder.

Er entdeckte mich, wie ich dasaß und grinste.

»Ah«, sagte er, und sein Krauskopf fiel in die Kissen zurück. »Aber verflixt, was ist denn in dich gefahren, mich um diese Zeit zu wecken?«

»Um diese Zeit?« erwiderte ich. »Aber wenn ich aus der Schule komme«, setzte ich hinzu.

Er fuhr hoch: »Was soll das heißen? Aber wenn ich doch gesagt hatte, daß man mich um halb neun wecken sollte. Ich müßte längst draußen sein; um elf ...«

Ich bemerkte, daß auf seinem Schreibtisch das Tablett mit der Tasse Milchkaffee und dem Brötchen stand.

»Da siehst du ja«, sagte ich und zeigte darauf, »daß sie dich geweckt haben. Und du bist wieder eingeschlafen.«

Er war bestürzt, dann aber auch schon wieder zerstreut, als würde er sich bereits damit abfinden, daß er seine Verabredung versäumte.

»Na ja. Aber wie spät ist es denn?« fragte er.

»Ich sag ja. Ich komme aus der Schule ...«

Aber ich verstummte, als es ganz in der Nähe, von der Kirche *Angelo Custode* her, durch das eintönige Rauschen des Baches und die dünne Musik und das Rattern der Straßenbahn, die in der Ferne vorübergondelte, in unser gespanntes Schweigen hinein zehn Uhr schlug.

»Ach, zehn Uhr ist es?« sagte Tarquinio gähnend, mit äußerster Gleichgültigkeit.

Dann sah er mich mit einem Augenzwinkern an:

»Aus der Schule kommst du, ja?«

Ich erzählte ihm von meinen zwei freien Tagen.

»Wegen dieser Brillenschlange ...«, sagte ich.

Tarquinio dehnte und streckte sich, strich an sich hinunter wie eine Art Katze.

»Ach du heilige Muttergottes!« rief er aus. »Stell dir vor, ich träumte, ich hätte mich verliebt in …«

Und einen Moment lang senkte er seine Stimme wie bei den großen Vertraulichkeiten.

»Hältst du es für möglich? In eine, die ich nicht sah und die Klavier spielte, na so was. Mit anderen Worten, als hätte ich mich in eine Musik verliebt … Und es mußten diese Fingerübungen sein, hörst du? Aber im Traum war das was anderes … So ein Schwachsinn!«

Es klopfte.

Herein kam mit weit ausladendem Federhut noch aus der Vorkriegszeit und breitem Bischofsgesicht die Signora Rosmunda Formica.

»Jungs, die Post …«

Sie keuchte. Sie warf einen Brief auf den Marmorsims des Wandspiegels. »Für den Ragusaner«, sagte sie, und ihr gutmütiger, leicht schielender Blick der Fettleibigen glitt lächelnd über uns hin, ohne etwas dabei zu finden, daß Tarquinio noch im Bett lag und ich dort war anstatt in der Schule.

»Signora, Signora …«, rief Tarquinio sie zurück, als sie nach einem letzten Blick ringsum aus dem Zimmer gehen wollte.

»Schicken Sie mir ein Paar frische Socken herauf?« sagte er.

Sie blieb stehen, wie gedankenverloren, und sah ihn ausweichend an, wobei sie den Türknopf in ihrer schwarz behandschuhten Hand hin und her drehte.

»Ah?! Ach ja?! So also?!« sagte sie. Und rauschte hinaus.

»Blöde Kuh«, sagte Tarquinio ruhig und schüttelte seinen Krauskopf.

Wir brachen in Gelächter aus, zufrieden mit uns selbst, und erzählten uns, sie wie eine Schulaufgabe herunterleiernd, die bekannte Geschichte.

»Es war einmal eine Frau, die hieß Signora Rosmunda Formica, ihr Mann hatte sie vor zwanzig Jahren verlassen, und noch immer dachte sie daran ...«

»Ach komm«, rief ich danach; in der Zwischenzeit hatte man ihm die Strümpfe gebracht. »Es wäre so fantastisch draußen. Mach schnell. Ich lade dich auf eine Granita ein, wenn wir bis halb zwölf im *Giglio* sind ...« Er fragte mich, ob ich viel Geld hätte, pfiff, bat mich, ihm den Milchkaffee rüberzureichen, den er in einem Zug austrank, er streckte sich, gähnte und zündete sich eine Zigarette an.

»Keine Sorge«, sagte er. »Ich rauche sie schnell und zieh mich an. Zu der Verabredung gehe ich ohnehin nicht mehr. Ich gehe einfach nicht hin. Es war, um ein paar Stunden in Trigonometrie auszumachen; bei diesem Buongiovanni, weißt du ... Ich pfeif drauf.« Und auf eine Schlagermelodie, die gerade in Mode war, fuhr er fort:

>»Ja, ich pfeif drauf
>Ja, ich pfeif drauf
>Ja, ich pfeif drauf
>Ich pfiffpfaffpfeif drauf
>pfiffpfaffpfeif drauf
>Und du? Und du? Und du?«

»Oh, ich«, antwortete ich.

Und machte eine Geste, die ich bei den Droschkenkutschern gesehen hatte. Aber sofort wurde ich rot, ich weiß auch nicht warum.

»Was hast du?« fragte Tarquinio mit zwinkerndem, fast höhnischem Blick. »Du bist heute nicht so recht in Form, scheint mir.«

Ohne eine Erwiderung ging ich auf den Balkon hinaus. Ein weit ausladender, herrschaftlicher Balkon hoch über dem Corso, wo die gemächlich dahinziehenden Kinderwagen, die gemächlich dahinziehende schwarze Menge, das gemächliche Rauschen der Stadt, die sich in der Sonne räkelte, laut verkündeten, wie herrlich, wie wundervoll das Leben war. Und an einer ganz bestimmten Stelle hinter Dächern und wieder Dächern war Giovannas Liebe: in dieser immensen Welt voller Sonne.

Wie ein Schornstein oder wie einer der bewimpelten Masten, die dort drüben bei der Mole hervorschauten; und es hätte genügt, dort zu sein, an jener Stelle, nur ganz still und ruhig dort zu sein und meine Knie umschlungen zu halten, um mich mit einmal glücklich zu fühlen. Die ›Höhle‹ war etwas Ähnliches … Eine Vorratskammer des Glücks. Als Kind im Landhaus meines Onkels hatte ich eine bestimmte Stelle, in der Küche zwischen der ständig offenstehenden Tür und der Wand, wo ich hinlief und mich still hinkauerte; und was auch immer mein Kummer war, einfach durch das Dortsein wurde ich glücklich.

Es schlug halb elf.

»Hör mal«, sagte ich vom Balkon aus zu Tarquinio, »eine halbe Stunde ist schon rum, und du bist immer noch nicht fertig mit dem Rauchen …«

Aber ich hörte nicht, was er mir antwortete, denn seine Stimme kam nur abgerissen durch die brausende, sonnendurchflutete Luft des Balkons zu mir.

Etwas verärgert ging ich wieder hinein.

»Gehst du morgens eigentlich nie raus?«

»Du gehst ja auch nicht raus, wenn nicht wegen der Schule … Bei mir ist das immer wie bei dir am Sonntag.«

»Du bist es, der mir die Sonntage verdirbt … Und Tage wie diesen auch.«

Seine Reden über meine Sonntage kränkten mich, als ob ich ein Musterschüler wäre und mir nicht so oft frei nehmen würde, wie es mir paßte.

»Da schau, ich zieh mir das Hemd an …«, sagte er.

Und nachdem er sich das komische blaue Leibchen ausgezogen hatte, das er zum Schlafen trug, schlüpfte er ins Hemd; dann steckte er die Hände wieder unter die Decke und umschlang seine Knie.

»Mhm …«, sagte er. »Ich dachte an eine Frau. Die schönste Frau der Welt …«

»Wo hast du die gesehen?« fragte ich hastig, und irgendwie befürchtete ich, es könnte sich um Giovanna handeln.

Er ließ den Kopf wieder ins Kissen zurückfallen.

»Bei Madame Ludovica …«, antwortete er. »Aber ich hatte das Geld nicht. Und heute fährt sie. Um elf, weißt du.«

Unterdessen umkreiste mich sein Blick wie eine summende, brummende Fliege, und mit einmal fühlte ich ihn auf mir.

»Oh, was hast du da? Eine Nelke im Knopfloch, eine rote Nelke …«

Und er betonte jede Silbe einzeln.

»Bist du etwa der *Pro Spada della Giustizia*[2] beigetreten?«

Ich wurde rot vor Zorn und hatte Lust, mich auf ihn zu stürzen und ihn zu verprügeln.

»Ich? Ich wollte, du wärst noch so ein Matteotti, dann würde ich es dir schon zeigen …«, sagte ich.

29

Er war nicht der Polizist Briscola, der in einem mit roter Nelke einen Aufrührer sehen konnte. Er sah in mir nichts weiter als einen romantischen Eiferer – und das machte mich wütend, entsetzte mich.

»Nein«, protestierte ich noch, aber zu heftig; und es gelang mir nicht, seinen unerträglich ironischen Blick zu brechen, der mich, ich fühlte es, mit der Fackel in der einen, der Waage in der anderen Hand sah, den Ruf nach Ordnung und Gerechtigkeit auf den Lippen. Gleich würde er mich auch noch Spießer schelten.

»Dieses ganze Affentheater, in dem Kommunisten, Freimaurer und Liberale sich einmütig unter einem Heilsarmee-Banner zusammenrotten, enthüllt die kleinbürgerliche und ganz und gar nicht revolutionäre Gesinnung der traditionellen italienischen Parteien. Und für den Faschismus ist das gut so, das sage ich euch. Der Faschismus, den ihr für reaktionär gehalten habt, er allein wird als revolutionäre und wirklich antibürgerliche Kraft daraus hervorgehen …«

Diese Worte von ihm, die auch meine eigenen waren, kamen mir in den Sinn, mit ihnen hatte ich ihn manchmal im Sprechsaal der Sektion über bestimmte kleinbürgerliche Dissidenten herziehen sehen. Ah, welcher Zauber doch in dem Wort ›antibürgerlich‹ lag! Und welche Lust zu schießen!

»Also eine Schaumgeborene?« sagte er dagegen.

Ich nickte begeistert.

»Ja … Sie heißt Giovanna.«

Und ich erzählte ihm von einer großen Leidenschaft, erfand Geschichten von Treffen mit Küssen, Klettereien über Hauswände, aber ich erzählte ihm auch von dieser rasend vitalen Güte, von der ich in ihrer Nähe durchdrungen war.

Er fragte mich nur, wann ich die Kletterpartien machte.

Ich gab nicht auf.

»Oh, Kletterpartien, das ist nur so gesagt … nur ein paar Meter die Mauer hoch, dann hopp, da ist gleich die Terrasse …«

»Ja, aber um wieviel Uhr?« sagte er.

Und ich: »Doch nicht immer … Es waren vielleicht drei oder fünf Mal. Nur einen Moment, wenn ihre Familie beim Essen ist.«

»Ißt sie denn nicht?« sagte er.

Ich seufzte.

»Ich sage doch: Wenn ihre Familie noch bei Tisch sitzt, wie das vorkommt. Giovanna steht auf, geht ein bißchen durch die Zimmer und kommt auf die Terrasse raus …«

»Und du, nichts wie rauf«, schloß Tarquinio, und betonte den falschen Reim.

Aber ich begriff, daß er es im Grunde glaubte, wenn nicht alles, so doch das meiste, und daß er sich bloß darauf versteifte, so zu tun, als glaubte er es nicht, wie um sich vor einer Unruhe zu retten, die sich undeutlich auf sein Herz herabsenkte, wegen dieser Sache, die zu haben ich vorgab und die er nie gehabt hatte.

»Und hast du kein Foto?« fragte er mich nach einem kurzen Schweigen.

»Entschuldige«, log ich, »ich kann sie dir nicht zeigen.«

Und ich rückte etwas ab, weil ich einen dieser Kämpfe befürchtete, die ich manches Mal zu bestehen hatte, wenn er mir irgendeine läppische Sache, die ich mich geweigert hatte ihm zu zeigen, aus der Tasche ziehen wollte; dann rannten wir hintereinander her, warfen uns über die Tische, wälzten uns am Boden, bissen uns ins Ohr, immer halb im Scherz, bis es ihm, weil er stärker war als ich, gelang, mir die Jacke auszuziehen und wegzunehmen.

Aber jetzt war er im Bett, und er hatte nicht einmal Unterhosen an, dachte ich. Aber da, jetzt holte er sie sich. Nachdenklich, mit betrübter Stimme, als würde er etwas bedauern, fragte er mich:

»Aber warum hast du mir denn nie was gesagt?! In der ›Höhle‹ haben wir uns doch immer alles erzählt …«

Dieser unerwartete Vorwurf, der mich auf so liebevolle Weise genau bei unserer Geschichte von einem gemeinsamen Leben packte, brachte mich um meine ganze Lust, mich draußen zu halten. Und ich fühlte, wie sinnlos diese Lüge war, die mich unmerklich dazu verleitet hatte, diesen Mangel an Freundschaft zu übertreiben.

»Ich weiß nicht«, sagte ich; und ich wollte ihm eine große Wahrheit sagen. »Mir kam es vor, als würdest du sie mir wegnehmen. Sie ist so alt wie du.«

Er brach in Gelächter aus.

»Ach herrje, was bist du für ein Schwachkopf … Ich habe dir ja schon prophezeit, daß du wie ein ganz gewöhnlicher Spießer enden wirst. Das fehlte noch … Keine Sorge, ich ziehe Nutten vor.«

Es klopfte.

Peppa kam herein, fünfzig Jahre alt, ein schrecklicher Dragoner: Zimmermädchen und Putzfrau in einem. Wir nannten sie auch *Hygiene*, manchmal auch *Sprengwagen*. Sie pflanzte sich auf, die Hände in die Hüften gestemmt, nachdem sie ihren Wassereimer am Boden abgestellt und den Besen an die Wand gelehnt hatte.

Sie machte exakt das Gesicht der sogenannten ›guten
Miene zum bösen Spiel‹, mit dem besonderen, etwas
grobschlächtigen Lächeln von einer, die jede Menge Sti-
cheleien gewohnt ist. Aber Tarquinio warf ihr nur lustlos ein paar schon recht abgedroschene Schimpfworte
hin, um ihr bald das »Machen Sie nur« zu erteilen.

»Heilige Muttergottes«, protestierte ich. »Bevor der
fertig wird, ist es Mittag. Warten Sie, Peppa ... Daß er
wenigstens vorher aus dem Bett steigt.«

»Von mir aus«, sagte die achselzuckend, und schon
stellte sie die Matratzen eines der anderen Betten
hoch, »der junge Herr Masséo weiß ja, daß er Nackt-
tänze aufführen kann: oder schämt er sich vielleicht?
Aber machen Sie mir Ihr Bett frei, ich meine ...«

Ich sah Tarquinio fragend an.

Mit beschwichtigender Miene, und doch, als wollte er
noch um einen kurzen Aufschub bitten, deutete er ein
»Ja« an.

»Ich bin fast angezogen«, sagte er. »Auch die Socken
habe ich schon an, siehst du.«

Und er streckte einen Fuß unter der Decke vor.

»Ich rauche nur noch eine Zigarette...«, setzte er hinzu.

»Noch eine?« sagte ich.

»Ach komm, fünf Minuten ...«

Ich ging wieder auf den Balkon hinaus.

Der Schatten, der am Nachmittag bis zu den Dächern
dort drüben hinaufklettern würde, begann sich langsam von der Höhe des Hauses auf mich herabzusen-
ken. Ein altes Patrizierhaus, in dessen erstem Stock
die Signora Formica das – für uns wunderbare – Glück
gehabt hatte, die Eisenbetten und Buchentische ihrer
Schülerpension unterbringen zu können. Unten war es
jetzt schöner. Die dunkle Menge schlenderte gelassen

33

dahin, von der morgendlichen Eile war nichts mehr zu spüren ... Meine Lust hinauszugehen war größer denn je. Außer Sichtweite brummte ein Flugzeug. Und ich dachte an den Schauder von Glück, den es bedeutete, gegen elf Uhr vormittags auf einem sonnigen Gehsteig zu stehen, ein Flugzeug brummen zu hören und blinzelnd hoch, hoch hinaufzuschauen ...

Im Zimmer waren sämtliche Stühle auf die Tische hochgestellt, und der Dragoner fegte aus. Voller Ungestüm war sie ständig mit ihrem Besen hinter mir her, und ich wußte nicht, wohin ich mich wenden sollte.

»Gehen Sie mir aus dem Weg, aus dem Weg«, sagte sie andauernd mit finsterer Tatkraft zu mir. »Aber Herr Mainardi, ja sind Sie jetzt auch im Privatunterricht?« platzte sie heraus, als sie mit dem Lappen aufzuwischen begann und ich ihr durchs Nasse lief.

Ich sprang auf den Tisch und setzte mich dort oben in einen Sessel.

Es schlug elf.

»Elf Uhr?« rief Tarquinio und warf die Zigarettenkippe weg.

»Nicht mehr und nicht weniger«, kommentierte ich von meinem Thron herab und zeigte mich befriedigt.

Er schlüpfte in die Hosen, sprang vom Bett, zog die Schuhe an, drehte sich im Kreis und suchte in plötzlicher Ungeduld ringsum unter seinen Sachen.

»Rasieren muß ich mich auch noch«, sagte er dann, wie zu sich selbst, und betrachtete sich in dem riesigen Spiegel mit breitem Goldrahmen, der zwischen seinem und meinem Bett stand. Und gleich wieder müde und lustlos, strich er sich unschlüssig über die Wangen.

»Du bräuchtest dich nur alle drei Tage zu rasieren«, sagte ich in meiner Ungeduld, ihn fertig zu sehen.

34

Aber er hörte nicht auf mich.

»Schnell, Peppa. Das Schüsselchen mit warmem Wasser«, sagte er zum *Sprengwagen*. Und machte seine Rasierklinge fertig.

Dann brachte Peppa Besen und Eimer hinaus, er ging sich waschen, kam wieder, kämmte sich, band sich die Krawatte um, und von der Straße aus pfiffen unsere Freunde aus der Dritten, die jetzt nach Schulschluß die *Parasanghea* hinaufgingen.

Wir riefen ihnen zu, daß wir im *Giglio* zu ihnen stoßen würden.

»Und wo gehen wir jetzt hin?« fragte Tarquinio mich hingegen, als wir in der Haustür standen.

Ich wußte jetzt selbst nicht, wohin ich gehen wollte.

»Siehst du«, fuhr er fort, »wenn wir rechtzeitig dran gewesen wären, hätten wir zur Anlegestelle laufen können ... Um zehn nach elf ist sie abgefahren. Ich schwöre dir, sie ist eine fantastische Frau.«

»Und kommt sie nicht wieder?« fragte ich mit lauem Interesse.

»Sie müßte wiederkommen«, antwortete er. »Ich habe gehört, daß Madame Ludovica sie mindestens noch für ein paar Monate haben will. Aber weißt du, sie ist eine Frau, die nichts darauf gibt, so sehr steht sie über den Dingen, wirklich über den Dingen ...«

Er schwieg, kniff die kurzsichtigen Augen zusammen und sah in die Ferne, als ob die Erinnerung an diese Frau plötzlich unerträglich lebendig würde, jetzt, da er sich draußen in der heiteren Atmosphäre der Welt befand.

»Man muß sie gesehen haben, wie sie schläfrig und in sich versunken am Fenster des Salons steht, ohne sich um irgendwen zu kümmern. Sie ist nicht wie die anderen. Sie macht sich nicht an einen heran, hebt nicht den Rock mit diesem lauten, aufgekratzten Getue ... Wenn man sie will, dann ist sie da, dort beim Fenster. Und glaub mir, man kann gar nicht anders, als sie zu wollen. Sie ist großartig, einfach großartig ...

»Großartige Frauen mag ich nicht«, sagte ich, aber ich hatte den herben Geschmack des Begehrens im Mund, wie von Kupfermünzen.

»Oh!« meinte er, »ich wollte damit nicht sagen, daß sie feierlich ist.«

Und seine Stimme war schrill.

»Denk dir eine große Frau«, sagte er, »etwas dunkel, schwarze Augen, aber ernsthaft schwarz, nicht so das übliche Braun, und mit blonden Haaren! Sie bewegt sich mit einer Langsamkeit, mit einer Langsamkeit ... Kennst du das, die Langsamkeit eines schnellen Tiers, eines flüchtigen Tiers, einer Gazelle, wenn sie nicht mehr die ganze Freiheit des Weiten Westens vor sich hat? Mit zwölf muß sie wie verrückt gelaufen und gesprungen sein. Und sie nennen sie Signora, ihre Kolleginnen ... Es heißt, sie sei verheiratet.«

Ich sah hoch zu den Balkonen, von einem von ihnen, dem letzten in der Reihe, kreischte der Papagei der Signora Formica:

»Quinio! ... Quinio!«

»Und wie heißt sie?« fragte ich, und meine Stimme war ebenfalls schrill.

»Wie sie sich nennt, willst du sagen. Rate mal. Es ist ein Name fast wie aus Tausendundeiner Nacht.«

»Scheherazade? Fatima?« sagte ich.

»Aber nein. Zobeida ...«

»Zobeida?!«

Ich hakte mich bei ihm ein, und wir gingen los.

IV

Aus Mainardis Tagebuch

Juni 1924, Sonntag

Seit vier Tagen sehe ich sie nicht, meine *demoiselle élue*, und mir wird langsam bang, daß sie nicht mehr in die Schule zurückkehrt. Wenn sie morgen nicht kommt, dann wette ich, daß sie gar nicht mehr wiederkommt. Was soll ich tun? Ich bin unter ihren Fenstern vorübergefahren, und nichts ist passiert. Nicht einmal das Klavier habe ich gehört. Und es kommt mir seltsam vor, daß sie im Juni die Fenster geschlossen halten. Ob sie aufs Land gefahren sind? Oh Gott! Und ich weiß doch, daß Giovanna mich liebt und daß ich sie anbete. Sicher; wir lieben uns; wir könnten glücklich sein; stattdessen nun dieses Rätsel.

Heute morgen hätte sie wie immer in die Kirche gehen müssen; voller Hoffnung und meines Glücks gewiß war ich aus dem Haus gegangen, war an die Straßenecke gelaufen, um dort auf sie zu warten, alles war herrlich, die Sonne kräftiger denn je, aber ich habe nur den Vater an mir vorbeigehen sehen, in Galauniform für das Offizierstreffen.

Das ganze muß ein Komplott der *Hebamme* sein. Und ein bißchen auch von *Frosch*. Dieser Idiot, gestern abend ist er in die Pension gekommen und hat nach mir gefragt, was völlig ungewöhnlich ist, denn wir haben nie etwas gemeinsam gehabt, und ich glaube, er kann mich genauso wenig leiden wie ich ihn. Unglücklicherweise war ich nicht da. Sie haben ihn gefragt, was sie mir ausrichten könnten, und er hat geantwortet, es gäbe nichts auszurichten, ja besser, sie würden überhaupt nicht sagen, daß er nach mir gefragt hat. Ich aber gehe sehr wohl zu ihm, und wenn ich ihn erwische, dann sollte er mir schon einiges zu sagen haben, sonst schlag ich ihm die Fresse ein.

Mit Tarquinio wage ich nicht über Giovanna zu reden. Und er seufzt nur von seiner Zobeida. Zobeida, Zobeida, Zobeida. Ich stelle sie mir fett vor und sehr weiß; immer nackt ausgestreckt auf einem Diwan mit blauem, fast schwarzem Samt, drumherum Feigenbäume, der blonde Kopf unter einem kleinen Turban. Und ich begreife nicht, warum ich, sooft ich ihren Namen höre, spüre, daß ich Giovanna unendlich viel lieber hätte und um einiges glücklicher wäre, sie zu lieben, wenn Giovanna so eine Art Zobeida wäre, meine Zobeida. In Wirklichkeit könnte das aber nicht so sein. Oder kann man eine solche Frau lieben?

Hier sitze ich jedenfalls mit meinem Tagebuch. Ich meine: mit meinem alten *Tagebuch eines Strategen*, das ich vor vielen Jahren angefangen habe, als ich noch ein Kind war, in unserem Baumwolland, wo wir zur Eroberung von Heufestungen jenseits der Kaktusfeigenhecken auszogen. Zwei Jahre ist das jetzt her, daß ich es nicht mehr hervorgeholt und nichts mehr hineingeschrieben habe. Seit dem Oktober '22, Herrgottnochmal, genauer gesagt, seit dem Tag, an dem ich wirklich Tarquinios Freund wurde, und das war am Abend des 31. Oktober in der Werkstatt des Schmieds und Druckers, wo ich allein und traurig auf die Rückkehr meiner Kameraden von ihrem Marsch auf Rom wartete.

Sie hatten mich nicht dabeihaben wollen, nicht einmal zum Trompetespielen. Ich erinnere mich noch gut, daß Pelagrua, der mit der schwarzen, betreßten Jacke und den hellbraunen Gabardinehosen, der damals, glaube ich, in der ersten Klasse Lyzeum, aber schon über achtzehn war, mich bei den Haaren gepackt hatte, damit ich aufhörte zu bitten, und daß ich ihn dafür in die Hand gebissen hatte. Und ich wartete in der Werkstatt des Schmieds, kostete noch einmal den Geschmack des Bluts von dieser Hand und Pelagruas wilden Aufschrei vor Wut und Schmerz, ich lehnte im Rahmen der Eingangstür und wartete, während es dunkler und dunkler wurde, und dachte, es wäre vielleicht besser gewesen, Kommunist zu werden und ein ganzes Leben lang den Amboß mit dem Hammer zu bearbeiten.

Oh, ich dachte das im Ernst; und ich würde auf der Stelle damit anfangen; irgendwo gab es eine Rosa Luxemburg, zu der hinzugehen und ihr mit dem Spartakusgruß die Hand zu schütteln genügen würde, damit schlagartig auf der ganzen Welt eine wilde Hetzjagd auf Lehrer, Königliche Garden und Pelagruas eröffnet würde.

An einem dieser Tage hatte ich eine Mauser besessen, aber für die wilde Jagd wünschte ich mir ein Gewehr.

»Ein Gewehr«, fragte ich den Schmied, »lädt man das wie einen Revolver?«

Die zwei Lehrburschen brachen in Gelächter aus, aber mein Schmied sah mich ernsthaft an und hob die Hand im hellen Widerschein des Feuers, der vom Ofen her kam.

»Alles wird auf die gleiche Art geladen«, sagte er.

Da kam Tarquinio zusammen mit vier oder fünf anderen Schwarzhemden. Sie waren vor wenigen Minuten zurückgekommen, sagten sie. Erregt sprachen sie von der Reise, von einem langen Marsch durchs Gelände, einer Ebene voller Zeltlager und von den berittenen Königlichen Garden. Sie wollten sofort eine Nummer unserer Zeitung herausbringen.

»Und du schreibst uns den Leitartikel«, sagte Tarquinio, indem er zu mir herüberkam und mir die Hand auf die Schulter legte.

Ich kannte ihn nur flüchtig vom Sehen, aber er war mir gleich sympathisch und, obwohl es mich ärgerte, daß man mich nur zum Artikelschreiben für gut hielt, weiß ich doch, daß ich im Grunde froh und ihm fast dankbar war.

»Kommt überhaupt nicht in Frage«, sagte ich dagegen, »ich kann keine Artikel schreiben, für andere. Macht das doch selbst, ihr seid ja dort gewesen.«

Tarquinio hatte die redliche Hand nicht von meiner Schulter genommen, und ich hatte ein wenig den Eindruck, als wollte er mich umarmen.

»Sicher wäre es besser gewesen, wenn du auch mitgekommen wärst. Du hättest wenigstens Patronen verschossen«, sagte er.

Wieder wurde gelacht über mich in der Schmiede, während mir da nochmal einer von Mann zu Mann den tiefsten Respekt bekundete, den ich mir je hatte erhoffen können.

»Da gibt es gar nichts zu lachen«, sagte er noch. »Dieser Pelagrua zum Beispiel hat sein Gewehr nicht mal geladen.«

»Ach, hat er also nicht geschossen?« fragte ich gespannt.

Und ich erfuhr, daß er nicht nur nicht geschossen hatte, sondern am Morgen des 28. die Uniform und das schwarze Hemd in den Koffer gestopft und seine Gabardinehosen in Rom spazierengeführt hatte.

»Na, sehr schön«, rief ich. Aber gleich wieder finster sagte ich: »So seid ihr alle«, und knirschte mit den Zähnen, »alles Krämerseelen ... Ich weiß das. Ich will Karl Liebknecht.«

»Karl Liebknecht?« riefen die anderen, schon wieder bereit, sich über mich lustig zu machen.

»Ist das ein Pseudonym für Lenin, Karl Liebknecht?« Errötend sagte einer der beiden Lehrjungen, er wüßte, wer das sei.

»Das war der Liebste von Rosa Luxemburg«, erklärte er, wobei er schüchtern und stolz zugleich uns alle ansah, und er wirkte, als erwartete er als Antwort einen Revolverschuß.

Aber Tarquinio sah mit seinen Augen unter flatternden Lidern zu mir her.

»Freund«, sagt er. »Du mußt uns einen Artikel schreiben ganz im Sinne von dem Liebknecht, den du im Herzen trägst. Denn das muß jetzt gesagt werden. Daß dieser Marsch keine Veranstaltung von Industriellen war; und daß Faschismus mehr und etwas Besseres sein soll als Kommunismus, nicht etwas Geringeres als der Liberalismus. Verstehst du?«

Ich verstand so ungefähr; aber ich war nicht in Rom gewesen ...

»Und glaubst du«, fragte ich, »glaubst du, daß noch gekämpft wird?«

Irgendeiner antwortete, das sei eine bloße *Idee*. Oder hatte Mussolini etwa nicht die Macht ergriffen?

»Aber das war doch nur so was wie ein Sturm auf die Bastille«, widersprach Tarquinio vage und zog die Schultern hoch. Dann kam er dicht zu mir heran, bis ich seinen Atem mit dem frischen Zigarettenrauch darin spürte, und übermütig flüsterte er mir ins Ohr: »Die Montagne, das sind wir; du wirst sehen.«

Da mochte ich ihn. Und seit damals sind wir Freunde, damals haben wir angefangen zusammenzusein, uns alles zu erzählen, unsere ›Höhle‹ in der alten Schmiede zu haben – und seit dem Zeitpunkt habe ich nichts mehr in mein *Tagebuch eines Strategen* geschrieben.

Das kommt mir aber dumm vor, nichts mehr in das Tagebuch geschrieben zu haben – und jetzt fühle ich mich glücklich, in meiner Liebe zu Giovanna, wenn ich ihr schon nicht schreibe, wenigstens mir selbst die geheimsten Dinge anzuvertrauen, die nur mir gehören, und mich dazu auch von Tarquinio zurückzuziehen. Ich weiß nicht, vielleicht ist etwas zwischen uns passiert, zwischen Tarquinio und mir, vorgestern morgen, was uns im Innersten entzweit hat; ein Wort von mir oder von ihm; oder vielleicht hat für mich ein neues, ein Leben allein begonnen, wie früher, zu Zeiten der Strategien; aber sicher ist, daß ich ganz durchdrungen bin von einem tieferen Atem und mir wie einem Hahn der Kamm schwillt, wenn ich mir sage: ICH.

Montag

Heute bin ich voll ängstlicher Erwartung in die Schule gelaufen, aber keine Giovanna, auch heute nicht. Da bin ich zur *Hebamme*, fest entschlossen, es mit ihr aufzunehmen und ihr gehörig die Meinung zu sagen, aber es ist ihr gelungen, mir auszuweichen. Und was für häßliche, schiefe Blicke sie mir zugeworfen hat!

Auch *Frosch* habe ich gesucht, und er war nicht da. Die Jungs sagen, sein Apotheker-Vater erprobe an seinem Körper die Wirkungen eines neuen Abführmittels. Das ist gut gesagt.

Unterdessen war es in der Schule so öde, in der Schulbank lastete die Sonne den ganzen Morgen wie Erde auf mir, und als die *Bermuda* mich die Eroberungsfeldzüge Alexanders abfragte, wollte ich nicht mal aufstehen und hätte gute Lust gehabt zu brüllen. Das fehlte noch, daß ich nun bei der *Bermuda*, die so schön ist, genauso anfange wie in Französisch/Englisch bei der *Dauersechs*![3] Letztes Jahr in der fünften Gymnasium war ich ›ihr ganzer Stolz‹.

Und doch weiß ich, daß ich lernen und wirklich gut sein könnte, aber irgendwas fehlt mir dazu; etwas, was ich heute gehabt hätte, wenn Giovanna in der Schule gewesen wäre, statt zu fehlen. Wenn sich dieses Rätsel nicht löst und Giovanna nicht in die Schule zurückkommt und ich mir nicht wieder sagen kann, daß *wir uns lieben*, dann kann nicht einmal mehr die *Bermuda* schön sein auf dieser Welt. Alles wird nur noch *Frosch* sein, alles *Hebammen* und *Dauersechs*, und in mir erst Tränen über Tränen, später Bosheit.

Großer Gott! Und was bedeutet mir schon Tarquinio? Er macht mich wütend und wird mich immer nur wütend machen mit seiner Freundschaft, wenn ich Giovanna nicht mehr und immer näher an meinem Herzen habe.

Gestern nachmittag wollte er mich auf den Fußballplatz mitnehmen, er hatte zwei Karten für die Tribüne, ganz stolz war er, daß er zwei ergattert hatte, eine für sich und eine für mich, und ich habe mich geweigert mitzugehen. Deshalb reden wir heute nicht miteinander, wir schauen uns finster an, und ich gestehe, es gefällt mir richtig, nicht mit ihm zu reden, heute jedenfalls.

Er saß da, die *Gazzetta dello Sport* breit vor dem Gesicht aufgeschlagen, im Innersten gewiß, daß ich vor Neid platzen würde, und er weiß nicht, daß mir das völlig egal war.

Mittags war er dann gemein.

Wir saßen wir üblich im *Giglio* und warteten auf das Klingelzeichen zur vierten Stunde, da kamen zwei Kutschen voll lachender Frauen mit nackten Armen vorüber. Das waren die fünfzehn Neuen von Madame Ludovica. Kaum hatten wir sie bemerkt, ging an den Tischchen ein Getöse los, und plötzlich hat Tarquinio ihnen zugerufen, jemand hätte hier eine rote Nelke für diejenige unter ihnen, die Giovanna hieße. Eine in einem weißen Kleid hat geantwortet, aber ich verstand nicht, was, denn während sie sich noch umdrehte und uns zulachte, verschwand die Kutsche im Trott auf der *Parasanghea*.

Aber meine rote Nelke behalte ich, die gehört mir, von wegen! Ich habe sie in die Brieftasche gesteckt.

Im übrigen war es auch idiotisch, sie im Knopfloch zur Schau zu tragen, wie am ersten Tag. Am Samstag hätte ich deswegen fast mit denen aus der Dritten Ärger gekriegt. Sie haben mich für einen Matteotti-Anhänger gehalten, man stelle sich das vor, und ich, um nur ja meiner Nelke die Treue zu halten, hätte fast Lust gehabt, ja zu sagen.

Aber jetzt, wo wir getötet haben und alle Bürgerlichen und Professoren gegen uns sind, bin ich zu stolz darauf, Faschist zu sein, zu stolz, und ich will es bleiben.

Heute morgen bin ich in einem Donnergrollen aufgewacht.

Es war sechs, alle schliefen noch in tiefen Zügen, und zwischen einem Donner und dem nächsten schien es, als wollte das Haus samt den Wänden und der Decke des Zimmers ringsum in Wasserrauschen untergehen. Im Prasseln des Regens hörte man die Köchin den Kaffee mahlen, und ganz im Hintergrund das Wasser des Kanals, das rumorte wie von Pferden.

Dann fing der Ragusaner an zu fluchen, ein anderer ebenso, und er weinte dem schönen Wetter der vergangenen Tage nach, Tarquinio schimpfte auf beide.

Da wünschte ich mir, daß die Straßen überschwemmt wären und man nicht zur Schule gehen könnte. Und tatsächlich bin ich nicht hingegangen. Aber nach neun verhallte der letzte Donner ganz in der Ferne, fast nur noch wie eine Wolke, die sich auflöst, und die Sonne kam wieder.

»Wollen wir rausgehen?« fragte Tarquinio mich um halb elf.

Still und leise haben wir uns angezogen, und um elf waren wir draußen.

Verblüfft, daß es ihm in einer halben Stunde gelungen war, fertig zu sein, habe ich ihn gefragt, ob er vielleicht bei einem Arzt eine Elektrotherapie angefangen hätte. Er hat geantwortet, das sei vermutlich die Wirkung des Gewitters.

»Ach stimmt ja, du bist ja der, der Angst hat vorm Blitz«, sagte ich.

Er sah mich vorwurfsvoll an, dann meinte er: »Paßt dir das nicht?«

»Ob mir was nicht paßt?«

»Paßt es dir nicht, daß ich nicht gähnend im Bett liegen geblieben bin?«

In der Tat, ich muß gestehen, vielleicht hat es mir wirklich nicht gepaßt, daß er heute nicht wie üblich der Faulpelz war.

Oben am Corso sind wir in Giovannas Straße eingebogen; anfangs habe ich es fast nicht bemerkt, dann plötzlich hat mich eine Art Panik gepackt. Ich wollte um jeden Preis umkehren, aber Tarquinio blieb hart.

»Hier wohnt doch deine Giovanna?« fragte er.

Ich nickte, und mir schien, als sähe ich ihn ein Grinsen verschlucken. Einen seiner bösen Grinser, die ihm blitzartig von den Augen zu den Lippen übers Gesicht huschen, wenn er sich überlegen vorkommt.

»Kannst du mir gar nichts von dieser Giovanna erzählen?« hat er gesagt und seinen Arm unter meinen geschoben. »Komisch. Als ob du kein Vertrauen zu mir hättest ... Schauen wir mal, zeig mir, wo sie wohnt.«

»Oh, dort drüben«, sagte ich, mit einer unbestimmten Geste nach links deutend.

Er hingegen hat sofort ins Schwarze getroffen.

»Neunzehn, nicht wahr?«

Mit einer derart spöttischen Sicherheit hat er das gesagt, daß mir durch den Kopf schoß, ob er nicht schon einmal mit Giovanna geschlafen hat. Und ehrlich gesagt, ich hätte nichts dagegen gehabt, wenn das schon passiert wäre ... Ich fürchte, es ist so!

Aber da hat er angefangen, mich zu bedrängen, wollte, daß ich ihm die Terrasse und alles andere zeigte, wovon ich ihm erzählt hatte, immer in diesem ungläubigen und spöttischen Ton, der mir all die Unverfrorenheit eingab, die ich haben kann, wenn ich jemanden hasse.

Und ich habe Glück gehabt, ich konnte ihm meine Lüge noch glaubhafter machen.

Es gibt da einen Durchgang, fast wie eine Art Tunnel unmittelbar neben der Nummer neunzehn.

»Da«, sagte ich, »hier lang.«

Und in wütender Hoffnung hing ich voraus.

Wir gelangten in einen Hof, geräumig wie eine Tenne, mit einem Stück Wiese in der Mitte, ringsherum niedrige gelbe Werkstattgebäude. Am Boden im Kies lagen Heuhalme. Der Anhänger eines Lastwagens stand in einer Ecke, vollbeladen mit Kisten. Und der eintönige Lärm einer Säge kam von jenseits der Glasfenster, wie aus einer anderen Welt.

Tarquinio hat das alles sehr gefallen, und er hat gesagt, es sei schöner als die ›Höhle‹.

»Ist das nicht fantastisch?« sagte er. »Und du wußtest das und hast mir nichts davon erzählt. Ist das auch Giovanna? Alles für dich behalten. So ein Schuft.«

Und er hat eine Bewegung gemacht, wie um mich zu boxen.

Dann hat er hinzugesetzt: »Kennst du den Besitzer?«

Ich: »So so la la, wir grüßen uns ... Aber er will niemand drin haben.«

Er: »Was denn, ist er etwa ein Misanthrop? Und wenn ich das Handwerk lernen wollte?«

Und ich: »Pah. Findest du das vielleicht seriös, jeden Tag ein anderes Handwerk lernen zu wollen? In der ›Höhle‹ fühltest du dich zum Pferde Beschlagen geboren.«

Er hat mich ein Weilchen zögernd angesehn, wie um sich schlüssig zu werden, ob sich eine Erwiderung lohnte oder nicht, und dann:

»Ich weiß nicht«, sagte er. »Pferde beschlagen oder etwas anderes, sicher ist, daß ich mir mein Leben als erwachsener Mann in einer Art eigener Werkstatt vorstelle, in meiner eigenen Schreinerei neben einer laufenden Maschine oder einem brennenden Feuer. Mich selbst stelle ich mir mit fünfzig vor wie unseren Alten in der ›Höhle‹, nie wie meinen Vater in seiner Notariatskanzlei, als er noch lebte ... Und du?«

Ich habe mir noch nicht überlegt, wie ich mit fünfzig sein möchte, ja, es kommt mir eher komisch vor, daß auch ich fünfzig Jahre alt sein könnte; ich versuche es, strenge mich an, sehe mich wieder im Baumwolland, in dem großen Haus neben Papas Ziegelbrennerei: und ich muß lachen.

»Ach du, das brauche ich dich gar nicht erst zu fragen«, hat Tarquinio sofort hinzugesetzt. »Man weiß ja, daß du davon träumst, Lehrer zu werden. Mit Ehefrau Giovanna als Lehrerin für Geschichte und Geographie, und die Söhne alles Ingenieure.«

Es ist ziemlich dumm, um jeden Preis witzig sein zu wollen, wo er doch weiß, daß das, was ihm vorschwebt, ich in meiner Ziegelbrennerei werde tun können und tun müssen, ich nämlich! Ich habe es ihm gesagt, und er war fast beleidigt. Was für ein Typ!

Er wollte in die Schreinerei gehen.

Wir blieben ein Weilchen an der Tür stehen und schauten zu, die Hände in den Hosentaschen, und wir mußten wirklich aussehen wie Leute, die in der Sonne spazierengehen, denn niemand kam herbeigestürzt, um unsere Bestellungen aufzunehmen ...

Beim Hinausgehen ist ihm die Terrasse wieder eingefallen.

»Also, wo kletterst du rauf?« hat er mich gefragt.

Ich habe mich umgesehen und zunächst nichts gefunden, was die Terrasse meiner Verabredungen hätte sein können. Ich sah Dächer, Dächer und nochmal Dächer, aber dann, genau an der Wand von Giovannas Haus, einen Stapel Baumstämme, gut sieben Meter hoch.

»Siehst du die Baumstämme da?« habe ich gesagt.

»Ja und?«

»Von dort aus kommt man auf dieses Dach und dann … Siehst du die Töpfe mit den Fresien?«

Und so habe ich entdeckt, daß Giovanna tatsächlich eine kleine Terrasse hat und daß die voller Fresien ist. Dort steht auch die Pflanze, von der meine Nelke stammt. Und auch heute trug sie eine Blüte, eine einzige, aber nicht so rot wie meine. Wer weiß, ob sie sie jetzt nicht gepflückt hat. »Wem sie die wohl geben wird?« habe ich gedacht. Aber gibt es sie noch, hat es sie je gegeben, Giovanna? Ist sie dort? Und war jener Tag in der Schule Wirklichkeit?

Idem

Heute abend läuft im Ideal *Guanto di Cavallo* [4] an und bleibt dann neun Abende im Programm. Einer von den Filmen, wie ich sie mag, mit Schlapphüten, Sand, Palisaden und viel Piffpaff und Rauch aus Pistolen; was für ein Vergnügen, neun Abende lang!

Ich erinnere mich noch letztes Jahr, als *Der Fliegende Holländer* lief und viele von uns aus dem Gymnasium hingingen, mit den Ardizzoni und der Giaquinto. Was für einen Lärm wir da veranstalteten, das war so schön … Wir saßen im Dunkeln, dicht zusammengedrängt in einer Reihe, und es war, als hätten wir uns alle sehr gern. Aber jetzt! Plötzlich waren wir alle groß geworden, dieses Jahr, und so was ist nicht mehr vorgekommen. Giovanna scheint Kino nicht zu mögen. Ich habe sie nie dort gesehen.

Heute abend gehe ich mit Tarquinio hin.

Idem

Es herrscht Unruhe in der Stadt. Von den Zeitungen sind Sonderausgaben erschienen, und die Menschen haben sich zusammengerottet. Es heißt, es wird einen Umzug geben. Tarquinio ist schnell weggelaufen, und er hat mir keine Nachricht hinterlassen wegen dem Kino.

Idem

Vor kurzem muß etwas passiert sein. Die vom *Soldino*[5] halten Reden. Aber ich konnte mich nicht damit abgeben herauszubringen, was zum Teufel sie haben.

Ich hatte den *Frosch* in der Menge gesehen, bin ihm nachgelaufen, bis ich ihn erwischt hatte.

»He Gulizia«, habe ich zu ihm gesagt. »Welche Freude! Hast du mir nicht eine Menge zu sagen?«

»Ich? Warum?« erwiderte er und stotterte auf seine besondere Art, als ob er es absichtlich machen würde.

»Ach nein?« sagte ich. »Ich dachte.«

Und mit einem Ruck riß ich ihm einen Knopf ab und warf ihn weit weg.

»Oh«, hat er gesagt und wurde fahl. »Was, glaubst du etwa, ich kann mich nicht wehren? Wenn wir nicht mitten auf der Straße wären ...«

Ich: »Ich pfeif auf die Straße.«

Und ich habe bemerkt, daß er mit seinen Kaninchenaugen auf mein Faschistenabzeichen starrte.

»Und was gaffst du da?« sagte ich. »Du fühlst dich wohl ein bißchen wie Matteotti, sei ehrlich … Aber es genügt, wenn du mir sagst, was du Samstag abend wolltest. Her die Hand.«

Er: »Samstag abend?«

Ich: »Jawohl, Samstag abend. Du bist in die Pension gekommen und hast nach mir gefragt, ohne zu sagen, wer du bist. Aber du täuschst dich, wenn du dich für unbeschreiblich hältst. Einer, der nach Rindergalle stank, hat man mir gesagt, und wer konnte das schon sein?«

»So eine …«, brauste er auf und versuchte krampfhaft, sich aus meinem Griff zu befreien.

Und ich: »Nur ruhig, ganz ruhig. Und denken wir mal scharf nach. Samstag abend bist du zu mir gekommen, und da du nie zuvor diese Treppen hinaufgestiegen bist, weder meinetwegen noch wegen irgend jemand sonst in deinem Leben, liegt es da nicht auf der Hand, daß du mir etwas sehr Wichtiges zu sagen hattest? Und nehmen wir absurderweise mal an, du hättest jetzt keine Lust oder keinen Grund mehr, mir diese Sache zu sagen, das ändert doch an meiner Neugierde nichts, oder? Und irgendwie muß die befriedigt werden. Erfinde was, lüg, aber rede … Ich geb dir drei Minuten Zeit.«

Und er: »Ach nichts. Es war diese Geschichte mit der Nelke …«

Und er ist knallrot geworden auf den Wangen, wie Pinocchio.

»Die Geschichte mit der Nelke?« sagte ich.

»Ich dachte, du könntest sie mir verkaufen.«

»Die Nelke?«

»Ja, genau«, erwiderte er. »Ich hasse dich, Mainardi, weißt du. Ich hatte Signorina Giovanna um die Nelke gebeten, aber dann hat sie sie dir geschickt. Und ich dachte, ich könnte sie dir abkaufen. So. Und jetzt«, schloß er fast weinend, »jetzt gehen wir auf den *Matto Grosso*.«

»Ja«, habe ich gesagt, »das ist wohl nötig.«

Auf den *Matto Grosso* gehen heißt sich prügeln gehen, und der *Matto Grosso* ist ein ganz von einem Bretterzaun umschlossenes Gelände, das wir am alten Hafen haben. Früher war das das Zollgelände, aber schon seit einiger Zeit ist es verlassen, das Haus verfällt, und die Leute sagen, nachts spukt es dort drinnen. Früher waren fast jeden Tag zwei zum *Matto Grosso* zu begleiten, die sich schlagen wollten. Die Regel war, daß die beiden allein blieben in der Umzäunung; wir anderen warteten an der alten Landungsbrücke, und wenn der Kampf dann vorbei war und der Sieger mit einem Pfiff Bescheid gab, ging man hinein, um ihn zu feiern und den Unterlegenen zu verarzten. Jetzt kommt das selten vor, und man prügelt sich ohne große Umstände, wo man gerade ist. Aber bei einer Sache, bei der unklar ist, wie sie ausgeht, ist es immer besser, zum *Matto Grosso* zu gehen, dort sieht uns keiner und im Boden des Hauses haben wir noch ein Kästchen mit Mullbinden, Essig und Jodtinktur versteckt. Und die Sache mit *Frosch* war ernst.

An Ort und Stelle angelangt, haben wir uns Jacke und Hemd ausgezogen, und er hat sofort angefangen, mit Hahnengekrächz wie ein Kannibale um mich herumzulaufen und herumzuspringen.

Ich gestehe, daß er mir einen Moment lang Angst eingejagt hat, und ich glaubte schon, der *Matto Grosso* verleihe ihm irgendeine finstere Macht.

»Legen wir die Regeln fest«, hat er gesagt. »Wenn ich gewinne, gehört die Nelke mir.«

Als ich ihn stottern hörte, gewann ich meine ganze Selbstsicherheit zurück.

»Ist gut«, habe ich gesagt. »Und wenn ich gewinne, mußt du mir dienen.«

Und er: »Was soll das heißen?«

Und ich: »Das soll heißen, daß du mir helfen mußt, das Geheimnis zu lüften.«

Er: »Das Geheimnis?«

Ich: »Ja; das Geheimnis, das ihr, du und die *Hebamme*, rings um Giovanna aufgebaut habt, du weißt schon. Und jetzt paß auf.«

Und so renne ich auf ihn los und versetze ihm einen festen Schlag mit der flachen Hand auf den Brustkorb, einen von denen, die auf der Haut brennen.

»Das brennt, hm?«

Er weicht einen Schritt zurück, brüllt, springt hoch, dann läuft er mit gesenktem Kopf los und versucht mich in die Magengrube zu treffen. Ich packe ihn am Hals und spüre seine spitzen Nägel in meinen Handgelenken. Ich schüttle ihn, wir gehen zu Boden, ich sehe seine gebleckten Zähne, die mich beißen wollen. Und sofort läßt er meine Handgelenke los und will mich an den Leisten packen ... Da werde ich wild. Ich drehe ihn mit dem Gesicht nach unten und schlage ihm seine Visage auf den Boden, zwei, drei, vier Mal. Danach ist er weichgeklopft.

»Will heißen, du hast gewonnen«, sagt er, und ich spüre, daß er weint.

Am Boden sehe ich Blut. Ich drehe ihn auf den Rücken, laufe, um das Kästchen mit der Medizin zu holen, dann fange ich an, ihm das Gesicht mit Essig abzuwaschen. Er hat die Augen geschlossen, und ich denke, er ist tot. Er ist Matteotti, denke ich: jetzt werf ich ihn in das alte Hafenbecken. Aber er hat keine Wunde und blutet aus der Nase. Das blutet und blutet. Ich sehe ihn an. Ich denke, er hört nicht mehr auf zu bluten. »Soll ich ihm Jodtinktur hineinschütten?« frage ich mich. Da hat er die Augen halb aufgemacht und gesagt: »Laß mich allein.«

Und dort habe ich ihn liegen lassen, ich habe mich angezogen und bin hierher gekommen, wie enttäuscht und sonst gar nichts. Eine halbe Stunde lang habe ich heftig weinen müssen, dann habe ich mich ganz ruhig hierher gesetzt zum Schreiben. Und ich habe genau das hier aufgeschrieben, weil ich jetzt eine Art Vergebung brauche. Das ist seltsam. Ich weiß nicht, was ich ihm getan habe, aber ich wollte, ich hätte ihn umgebracht und könnte um eine immense Gnade der Vergebung bitten, eine ganz, ganz große Gnade, nur von Giovanna.

Mittwoch

Gestern war nach der Sache mit *Frosch* noch lang nicht Schluß. *Frosch* war nur der Anfang. Ich hatte einen sehr bewegten Abend. So was wie Krieg, genau wie in *Guanto di Cavallo*, piff-paff, jawohl, und wie!

Gleich nach dem Essen ging's los. Tarquinio war nicht mit uns am Tisch.

»Man wird ihm alles kalt aufbewahren müssen, nicht?« sagt die Signora Rosmunda. »Ja. Ich glaube wirklich.

Da kann man gar nichts anderes machen. Nicht wahr, Jungs?«

»Aber gewiß doch, Signora Rosmunda Formica«, antworten wir im Chor.

Und man hört einen Schuß.

Wir laufen auf die Balkone hinaus und sehen, daß die Straße verlassen daliegt, mit einem Trambahnwagen, der einsam bei der Kirche *Angelo Custode* steht. Aber in der Ferne, drüben bei der Präfektur, ist eine Menschenmenge, die scheinbar einer Hinrichtung beiwohnt. Dann hört man in der Leere einer benachbarten Straße martialische Marschtritte und in Abständen das »Mir nach« von früher und ein vereinzeltes »Wer da«, das sich entfernt. Eilig ziehe ich mir das schwarze Hemd über, suche mir einen Knüppel und laufe hinunter.

Die Sektion Angelo ist geschlossen, von Carabinieri bewacht. Ich treffe Leute, die mir »*Balilla*«[6] nachrufen und mir nachpfeifen. Auf dem Domplatz finde ich mich unter Faschisten wieder, ich kenne sie nicht, aber das macht nichts, ich ziehe mit ihnen. Sie sagen, die *Soldini* (und dazu fällt mir »Söldlinge« ein) hätten die Absicht, das Parteibüro anzugreifen, und das Gros der Unseren wäre da in der Gegend.

»Also dann gehe ich hin«, sage ich und denke, auch die vom Lyzeum und Tarquinio werden dort sein.

»Bist du bewaffnet?« fragt mich einer, der an den Aufschlägen des Schwarzen Hemds die Sternchen trägt.

»Es sind nur ein paar Schritte«, antworte ich.

Und er: »Hör mal, Pimpf«, ruft er mich noch mal zurück. »Kannst du schießen?«

Und ich: »Sicher kann ich schießen. Ich hatte eine Mauser, als das in Rom war. Das Problem ist, ich hab sie verkauft.«

Und er hält mir ein eiskaltes Ding hin, das in meiner Hand blinkt wie Silber.

»Was starrst du sie denn so an?« sagt er. »Kannst du schießen oder nicht? Steck sie weg. Und merk dir: Nur im äußersten Fall benutzen. Und morgen bringst du sie zum *Fascio* zurück. Wie heißt du?«

Ich sage ihm Namen und Nachnamen, die er sich notiert, dann gehe ich, nach und nach beschleunige ich meinen Schritt, schließlich laufe ich.

Da fühle ich mich glücklich. Ich fühle die Kälte der Pistole, die im Laufen gegen meinen Schenkel schlägt. Ich bekomme Lust, die ganze Nacht hindurch so zu gehen und zu gehen und mysteriöse Duelle zu bestehen und durch Giovannas Straße zu kommen. Ich denke an *Frosch* in seinem Blut auf dem *Matto Grosso*. »Ich habe ihn umgebracht«, sage ich mir. »Ich habe ihn heute mit dieser hier umgebracht.« Und fest umschließe ich *diese hier* mit der Hand in der Tasche.

Beim Parteibüro angekommen, rufe ich Tarquinio und zeige sie ihm.

Aber sofort brüllt jemand, daß wir auf den Platz müssen. Auch ich gehe mit, zusammen mit Tarquinio, wir sind mindestens dreißig. Und wo die Menge ist, sehen wir noch zwanzig oder dreißig Schwarzhemden, die den Ausgang zur *Parasanghea* hin abriegeln.

Bei uns werden Witze gerissen, es wird gelacht, und man hört nichts von dem Mann, der irgendwo auf dem Platz eine Rede auf Matteotti hält. Wir wissen nur, daß er redet, daß da diese weinerliche und etwas näselnde Stimme ist, stellenweise schrill, wie während Plädoyers beim Schwurgericht, und daß da dieser Gesalbte der Bürgerlichen Gerechtigkeit ist, der herumfuchtelt über Gewissen und Gewissen, bis sie Junge kriegen –

aber wir sehen ihn nicht, und unter uns pfeifen wir *Giovinezza*[7].

Die Menge ruft nach Ruhe. Polizisten kommen her und bitten uns, Geduld zu haben. Eine Stimme ruft: »Es lebe Matteotti!« und bevor das der allgemeine Ruf der Menge wird, gehen wir mit den Stöcken dazwischen.

Die haben sich schön durchprügeln lassen. Sie wollten nichts weiter als mit Anstand fliehen, als ob sich schlagen unter ihrer Würde gewesen wäre; und sie ließen sich prügeln und prügeln. Ich habe vielleicht Hiebe ausgeteilt! Es war der ganze Zeitung lesende Mittelstand: vom *Commendatore* bis zum Barbier ...

Von der Menge mit fortgerissen und immer weiter Prügel austeilend, höre ich plötzlich, wie mir einer entgegenruft: »Auf die Alten, so eine Schande!« Und ich sehe, daß mein Alter ein Kerl von einem Fünfzigjährigen ist, mit schwarzem Schnurrbart, der mir das Genick hätte brechen können, wenn er gewollt hätte. Da hatte ich das Gefühl, alles ist verdorben, umsonst ... Und Lust, lieber in der Menge zu sein, aber in einer schrecklichen, schwarzen Menge im Kampf gegen Maschinengewehre.

Tarquinio sagt, die wahre Revolte, das sind wir, während diese ganze Menge bloß eine riesige, drückende Kaste von Privilegierten ist. Und daß die wirkliche Freiheit *wir* wollen, weil wir sämtliche Privilegien zerstören wollen. Die der Freimaurer, der Aktenträger in Moralischen Angelegenheiten, der Gerichte, der Aktiengesellschaften usw.

Ich weiß nicht ...

Sicher ist, daß ich später, nach den Schüssen, die beim Parteibüro fielen, auf dem Nachhauseweg mit Tarquinio und anderen, als wir am *Ideal* vorbeikamen, Lust bekam reinzugehen; und ich habe es auch gesagt.

Tarquinio hat mich verstanden, glaube ich, denn er ist mit mir stehengeblieben und hat sich die Bilder angesehen. Der Sand, die Palisaden … Ein Weilchen blieben wir still, wie in einer Art Bann. Und auch er muß wie ich das Bedürfnis nach einer anderen Erfüllung verspürt haben, nach einem Abschluß. Die Kasse war schon zu, sonst wären wir beide ins Kino gestürzt, das weiß ich, um in *Guanto di Cavallo* einen Todeshauch zu atmen, wie soll ich sagen? – einen wesentlich überzeugenderen Hauch von Tod und Gewalt.

P.S. Das bedeutet, daß Tarquinio doch immer noch mein Freund ist, nicht wahr?

Idem

Zu Hause habe ich ihm dann die Geschichte mit *Frosch* erzählt.

Die ganze Nacht hindurch haben wir geredet, leise, am Fenster, das auf den Kanal geht. Giovanna und Zobeida, aber vor allem Zobeida, Zobeida, Zobeida … Und bevor wir ins Bett gingen, haben wir uns die Hand gedrückt, genau wie bei der ›Höhle‹, wenn wir dort herauskamen.

V

Mainardis Tagebuch. Fortsetzung

Jetzt haben wir in der Schule gestreikt. Gestern haben die Lehrer an der Universität eine Gedenkfeier für Matteotti abgehalten, und wir protestieren dagegen mit Streiks an sämtlichen Schulen.

Heute um vier haben wir Versammlung. Aber das ist nicht wie früher, als wir brüllend mit der Schwarzen Fahne vorneweg die *Parasanghea* runterrannten und die Technische Oberschule stürmten, weil diese Lakedämonier von der Technischen nie auf das Klingelzeichen hören wollten und wir sie förmlich rauswerfen mußten. Ich fühlte mich als Pirat von den Philippinen in der Attacke – von wegen Schüler! Und als ob da unsere Flotte in Feuerstellung ringsum im Meer läge.

Dafür, daß es der erste Tag war, ist es heute nicht schlecht gelaufen. Wir haben ausgerechnet, daß mehr als ein Drittel der Schüler weggeblieben ist, aber morgen wollen wir, daß alle wegbleiben. Pelagrua, der mit den Gabardinehosen vom Oktober, der jetzt in der Dritten ist, hat uns, das heißt Tarquinio und mich, den dreien von der Universitätsgruppe vorgestellt. So daß diese drei – Pelagrua, einer von der Technischen, genannt der Alte, und ein Rothaariger, genannt Capuleto, eben-

falls Lakedämonier –, Tarquinio und ich die strategische Leitung der ganzen Sache in der Hand haben ...
Nicht umsonst ist dies das *Tagebuch eines Strategen* ...
Aber Scherz beiseite: Ich habe eine recht brauchbare Idee, wie man den Streik auf alle ausweiten kann ...
Ich werde sie auf der Versammlung vortragen.

Idem

Und so ist es gekommen, daß ich mit im Generalstab dieses Streiks bin.

Heute morgen waren wir seit halb neun unterwegs, ich und Tarquinio, durch alle Straßen, in denen Schulen sind, und als wir am *Fondaco* vorbeikommen, was ein Café im arabisch-lateinamerikanischen Stil gleich bei der Universität ist, sehen wir an einem Tischchen hinter den Glasscheiben bekannte Gesichter, nämlich Pelagrua, den Alten und Capuleto zusammen mit den drei Studenten, von denen schon die Rede war. Wir begrüßen sie, indem wir kurz an die Scheiben klopfen, und Pelagrua macht uns Zeichen.

»Ihr zwei?« sagt er, als wir drinnen sind, und er streicht sich ausgiebig über seine rabenschwarze Mähne, die schwer nach Friseur aussieht. »Hierher, Masséo, hörst du? Setzt euch hierher.«

Und er stellt uns den anderen vor.

»Kennt ihr euch?«

Alle bejahen, und wir begrüßen uns mit kräftigem Händedruck, obwohl wir die drei Studenten nur vom Sehen kennen.

»Dies hier, seht ihr«, beginnt Pelagrua, »ist der berühmte Masséo, Tarquinio Masséo, der im Jahr '22 sei-

60

nen sämtlichen Lehrern Rizinusöl verpaßt hat, wie die Chronik verzeichnet. Seinerzeit war er auch im Priesterseminar ... Ist es nicht so?«

»Genauso«, versichert unser Freund und entblößt die Zähne.

»Gut. Aber seine wahre Berufung ist es, der Saint-Just des Faschismus zu werden: von verhängnisvoller Blässe ... Ist es nicht so?«

Diesmal hält Tarquinio die Lippen geschlossen.

»So ist es also. Er verlangt einen Wohlfahrtsausschuß und hunderttausend Köpfe. Er hat es auch geschrieben, in einer Zweiwochenschrift. In Rom, nicht wahr? Für die er arbeitet. Denn er ist ein Kollaborateur, einer, den man schätzt ...«

Er schaut sich um.

»Irre ich mich?«

Sicher spürt er, daß seine Schmeicheleien allen zuviel werden.

»Und dieser hier«, setzt er rasch hinzu, um schnell, aber in Ehren zum Schluß zu kommen, »dieser hier ist Mainardi Alessio, von dem in den Strafregistern noch nichts zu lesen steht, aber sehr vielversprechend ... Einmal war er tollwütig, hier der Beweis.«

Und er zeigt die Hand mit den Narben von meinem Biß aus dem Jahr '22 herum.

»Auch er schreibt, in irgendeinem Blättchen ... Unter Diktat.«

Pelagrua war mir schon immer unsympathisch, aber ich fühle mich zu verschieden von Tarquinio, und da kann er ruhig Andeutungen machen, soviel er will, ich würde meinen Freund nachahmen, seine Sprache, seine Ideen und Meinungen übernehmen; bestens; ich bleibe wirklich völlig ruhig, im übrigen sicher, daß niemand daran glauben würde, und mache dem ganzen Gerede mit einer eisigen Bemerkung ein Ende.

»Richtig«, sage ich. »In der Tat, wenn du willst, schreibe ich dir gerne unter deinem Diktat, daß du blöd bist wie ein Gott.«

Und er, indem er die Beine übereinander schlägt: »Seltsam. Ich wußte gar nicht, daß Götter blöd sind ...«

»Genug jetzt«, ruft mit schriller Stimme einer der Studenten, er hat ölglattes Haar und ein schmales Gesicht. »Ich denke, zwei wie ihr«, sagt er zu mir und Tarquinio, »kommen in dieser Sache gerade recht. Seid ihr dabei?«

Und wieder zu Pelagrua gewandt: »Ich vermute, sie haben einigen Anhang in der Schülerschaft?«

»Einigen?« sagt Pelagrua. »Großen! ... wunderbaren Anhang sozusagen.«

Und einer skandiert: »*Taide è la puttana che rispose* ...«[8]

Dann redet wieder der Schrille mit dem öligen Haar und gibt die kompliziertesten Instruktionen bezüglich des Streiks, in einer rein technischen Fachprache, die mich nicht vor Staunen erbleichen läßt, obwohl er es auf nichts anderes abgesehen hat, und er redet und redet, seine zwei Kollegen lauschen ihm wie einem Mazzini, die anderen wie einer Art Fakir.

»Und jetzt gehen wir und messen uns«, sagt Tarquinio, kaum daß wir draußen und wieder allein sind.

»Um zu sehen, wieviel wir durch die Instruktionen gewachsen sind?«

Ich laufe Gefahr, endgültig von der Schule geworfen zu werden, aber das ist mir egal. Denn nun weiß ich, was meine Berufung ist. Ich warte, bis ich achtzehn bin, und dann melde ich mich als Fliegeranwärter bei der Luftwaffe.

In diesen Tagen haben sie auch hier bei uns ein Camp aufgeschlagen. Gestern abend sah man überall Flieger, und sie sind wunderbar, ganz in Blau, unmöglich, mich mir anders vorzustellen. Und dann, wenn Giovanna nicht mehr in die Schule kommt, dann will ich, daß ein Krieg ausbricht. Auf jeden Fall wird sie mich mehr und im Ernst lieben, wenn sie weiß, daß ich in einem Fliegercamp lebe und jeden Tag fliege, wie in einem Krieg, und wenn ich sie nie heiraten kann, dann pfeif ich eben drauf. Pah, gibt es denn nichts anderes auf dieser Welt als heiraten?

Aber es ist traurig, daß der Streik zu Ende ist. Auf der Versammlung am Freitag wollten viele, daß wir an dem Punkt, wo wir waren, aufhörten, denn so kurz vor Schulschluß, das könnte schädlich sein, oder so …
Aber Tarquinio hat dagegengehalten, das sei ja richtig, aber wir bräuchten einen Tag lang den Generalstreik von sämtlichen Schülern, um zu verhindern, daß gegen die wenigen, die bisher gestreikt hatten, Maßnahmen ergriffen würden.
Und da habe ich in der Geheimen Ratssitzung meinen Plan dargelegt: Am Abend sämtliche Schulen besetzen, sich drin verbarrikadieren und durchhalten …
»Bolschewikenstil«, sagte Pelagrua. »Siehe unter: Besetzung der Fabriken …«

Aber den anderen, besonders Tarquinio, blitzten die Augen vor Abenteuerlust.

»Zum Ausgleich«, sage ich, »nehmen wir die *Marcia Reale*[9] mit hinein, wenn das für deine Gesundheit unentbehrlich ist.«

Nur der Mazzini oder Fakir oder wie immer man ihn nennen will, kurz, nur der Schrille zögerte, von tausend technischen Bedenken geplagt.

Aber es wird beschlossen, die mutigsten Jungs werden zusammengerufen und sieben Mannschaften aufgestellt, eine für jede Schule.

Freitag abend um halb zehn warteten Tarquinio und ich auf dem Balkon der Pension auf die anderen von unserer Mannschaft, die uns abholen sollten. Die anderen drei waren aus der Dritten, einer, versteht sich, Pelagrua, der kein Feigling sein wollte, sodann ein gewisser Mazzarino, ein Pfundskerl von einem Jungen, der eine tiefe Männerstimme hat, und Manuele Guiscardo, ein Typ, der büffelt und die halbe Odyssee auswendig kann, dabei aber kräftig ist wie ein Boxer. Sie pfeifen, und Tarquinio und ich laufen runter.

Pelagrua hat einen Koffer dabei.

»Verreist du etwa?« sage ich.

»Ich brauche doch wohl einen Pyjama für heute nacht, und Waschzeug für morgen …«, sagt er.

Homerisches Gelächter. Beleidigt geht er voraus, und wir vier haken uns unter.

Eins, zwei, eins, zwei – durch die schon menschenleere Straße zu marschieren, nimmt uns ganz in Anspruch. Seltsam, das Gefühl in solchen Momenten. Auf einmal war mir, als bemerkte ich eben jetzt, daß ich Giovanna liebte, daß ich *jemanden* liebte. Und ich bekam Lust zu rennen.

»Langsam, Herr Leutnant«, sagt Tarquinio. »Wir sind da.«
Der Nebeneingang des Gymnasiums liegt in einer Seitengasse, in der es völlig dunkel ist.

»Masséo«, sagt Pelagrua, »übernimm du das, du bist nicht von der Schule.«

»Aber klar doch«, sagt Tarquinio.

Wir von der Schule maskieren uns unterdessen wie abgemacht mit Taschentüchern das Gesicht.

Tarquinio zieht heftig am Glockenstrang, woraufhin ein langanhaltender Ton wie von einem scheppernden Eimer erklingt. Dann kommt aus dem Jenseits mit Megärenstimme ein »Wer da?«

»Der Pfarrer«, antwortet Tarquinio.«

»Der Pfarrer? Wie: der Pfarrer? Was soll das heißen?« fragt die Stimme der Alten, die näher gekommen ist.

Und Tarquinio macht weiter, versucht die Stimme des Griechischlehrers nachzuahmen: »Ja, gute Frau. Ich bin's, Pater Caffaro. Ich habe die Aufsätze unserer lieben Jungen oben liegenlassen …«

Und die mit der Stimme macht einen Spaltbreit auf, wie um eben nachzusehen, wer da ist. Tarquinio drückt die Tür auf, wir dringen alle ein und machen wieder zu, schieben den Riegel vor. Die Alte hüpft in die Luft, ruft um Hilfe, ihr Mann Lombrico kommt mit dem Hosengürtel in einer Hand gelaufen, und es kommt zum Handgemenge.

In dem Durcheinander geht mir das Taschentuch auf.

»Ach, Sie«, sagt der arme Teufel. »Ich hab's doch gerochen, daß das ein Jungenstreich ist. Seid ihr alle da? Aber was wollt ihr? Sowas nennt man tätlichen Überfall …«

»Nein, mein Wertester«, sagt Tarquinio hart zu ihm. »Das ist Streik. Und kein Wort über Mainardi, verstanden?«

»Ist gut«, sagt der Mann, indem er einen Zehnlire-schein wegsteckt.

Aber ich wußte, daß ich verloren war; sei's drum; ich wußte ja schon, daß ich mich zur Luftwaffe melden würde. Es ärgerte mich nur, daß die anderen kleinlaut geworden waren.

»Im übrigen«, sage ich, »auch wenn er redet. Ich konnte dieses Jahr ohnehin nicht mit der Versetzung rechnen. Ich habe einen prachtvollen Durchschnitt von vier Komma zwei, meine Lieben; außer in Grie-chisch, wer weiß warum, und in den Fächern der *Bermuda* ... Sitzengeblieben hin oder her, genausogut ein Verweis, was meint ihr? Ich glaube ja. Und die *Moral* ... soll er doch in seinem Saft verrecken ...«

»Die *Moral*?« fragt Emanuele. »Was soll das heißen?«

Lächelnd schaltet sich Tarquinio ein.

»Er nennt seinen Vater die *Moral*«, sagt er.

»Ja«, sage ich mit Nachdruck, »das ist Papa. Ihr solltet ihn mal sehen, wenn er die Brennöfen verläßt, und der Kleinste kommt gelaufen, um uns Bescheid zu geben: die *Moral* kommt, die *Moral* kommt ... Und was für rote Augen meine *Moral* hat, meine Herren, wenn der Zorn ausbricht. Nicht bloß so wie bei Direktor Tartareo. Schlimmer. Und wenn er mißtrauisch um uns herumschleicht, was für ein Vergnügen es ist, uns da zuzuflüstern: die *Moral* geht vorbei ...«

»Ha, das hab ich mir doch schon immer gedacht, daß du ein Verbrecher bist«, seufzt mit einem Gähnen in der Stimme Pelagrua.

Und der alte Pförtner nutzt das aus. »Armer Vater«, sagt er.

Das geht mir auf die Nerven. Einen Moment lang fühlen wir im Dunkeln die ganze Öde des Schulalltags

auf uns lasten, die diese zwei Worte merkwürdiger-
weise heraufbeschworen haben, und wir werden verlegen …

Idem

Dann bittet Tarquinio die beiden, sich in ihrer »Pri-
vatwohnung« einschließen zu lassen, und damit gute
Nacht, und wir gehen ans untere Ende der Treppe.

»Achtung, Jungs«, sagt Mazzarino, »daß ihr nicht das
Licht anmacht. Von der Straße aus würde man das sehen. Habt ihr keine Taschenlampen?«

Und er knipst seine in der Tasche an. Tarquinio und
Manuele auch, tack, tack, sie machen Licht in ihren
Taschen wie seltsame Signale.

»Oh, ich«, sagt Pelagrua, »ich habe sie im Koffer.«

»Hol sie raus«, sagt Mazzarino zu ihm, »denn wir müssen uns schließlich trennen … Am besten machen wir
das gleich aus. Ich schlafe im Chemiesaal, so über-
wache ich den Haupteingang …«

»Und ich im Zimmer des Direktors«, sagt Pelagrua.

»Bravo, Agamemnon«, sagt Manuele. »Das Königszelt
für ihn, der einen Pyjama hat.«

Und Tarquinio: »Ruhe, Jungs. Teilen wir das Gebiet in
fünf Zonen auf. Zone eins: die, die Mazzarino sich ausgesucht hat, vordere Zone A, in Ordnung? Zentrale:
Chemiesaal.«

Mazzarino: »Nennen wir sie Küstenzone. Es ist die mit
der größten Berührungsfläche nach außen.«

Und Tarquinio: »Gute Idee. Küstenzone. Gleich dahinter legen wir Mesopotamien, das den Rest vom Erdgeschoß und die Pavillons umfaßt. Zentrale … Zentra-

le ist die Turnhalle. Nicht? Willst du sie, Manuele? Aber Achtung: das ist die gefährlichste.«

Manuele: »Sicher will ich sie, wenn das so ist ... Und die oberen Stockwerke?«

Wir schauen hinauf in den Treppenschacht.

»Das da oben«, sagt Tarquinio mit leiser Stimme, die klingt, als wäre sie aus jener Höhe heruntergefallen, »kann Alessio Mainardis Pamir sein. Äußere Zone Excelsior. Und paßt auf, Zentrale ist die alte Eingangshalle von der Via Seminario her. Die Zugänge von dieser Treppe zu den anderen Stockwerken, sind die nicht alle zugemauert worden?«

»Sicher«, bestätigt Mazzarino. »'21 haben sie die zugemauert.«

Und Tarquinio: »Also klar. Pelagrua in der Vorderen Zone B, so kann er sich das Direktionszimmer nehmen, wenn er den Schlüssel dazu hat ... Mainardi auf dem Pamir. Ich sorge für die Verbindungen und behalte die Steppen des Westens im Auge ... Die sind immer leer, nicht wahr? Die alten Klassenzimmer, die auf die Gärten des Erzbischofs hinausgehen ...«

»Oh ja«, sagt Pelagrua und gähnt.

Und würdevoll setzt er hinzu: »Kann ich mich nun in meine Gemächer zurückziehen?«

Da legt Mazzarino die Stimme eines Vierzigjährigen an den Tag: »Einen Moment noch. Zuerst sollten wir alle gemeinsam das Gelände inspizieren.«

»Aber laß ihn doch gehen«, sagt Emanuele ärgerlich, der den Pelagrua nicht ausstehen kann und mir deswegen sympathisch ist. »Sind wir vier nicht genug?«

Und Pelagrua: »Ich überlasse euch die Entscheidung, ob ihr genug seid. Und solltet ihr zu dem Schluß kommen, daß nicht, könnt ihr ja nach mir pfeifen.«

68

Dann hallt oben sein Schritt wie der Schritt des Kalchas, und ein Weilchen lauschen wir ihm, wie er eine Tür aufmacht, eine zweite, etwas umwirft, gegen ein Möbelstück stößt, pfeift ... Er pfeift und pfeift, und mit einemmal, plötzlich Totenstille.

»Nun, wie ist's, machen wir diesen Rundgang?« fragt Mazzarino.

Unterdessen schlägt eine Uhr draußen in der Welt elf Schläge in der Nacht.

»Gerade erst elf ...«

Auf dem obersten Treppenabsatz unter dem Glasdach angekommen, lehnen wir uns mit verschränkten Armen auf die Brüstung. Irgendeiner läßt seine Spucke fallen. Müdigkeit herrscht, fast Langeweile. Wir seufzen. Tarquinio legt mir den Arm um den Hals und sagt, ich könnte zufrieden sein, daß ich eine Zone zugeteilt bekommen habe, an der mir so viel liegt.

»Ist in diesem Stock nicht das Klassenzimmer der Zwei B?« sagt er.

»Sämtliche B-Klassen vom Lyzeum sind auf diesem Stock«, sagt Emanuele.

Und ich spüre, daß Tarquinio gemein ist und daß er alles von Giovanna erzählen wird, so niederträchtig, wie nur er das kann ...

»Und die Tochter vom Oberst, ist die immer noch da?« fragt er noch.

Die beiden lachen.

»Frag das doch deinen Freund, der schläft mit ihr ...«, sagt einer der beiden.

Das ärgert und überrascht mich, zugleich aber freut es mich beinah. »Also stimmt es, daß alle es wissen?« denke ich. Und ich sage kein Wort, nur noch darauf bedacht, allein zu bleiben in *unserem Gelände*, in der

Nähe des Korridors, wo *unsere Sache* passiert ist, in ihre Klasse zu gehen, in ihre Bank zu treten ...

»Nur keine Umstände, Mainardi«, fährt Tarquinio gnadenlos fort, »wenn du es dir gleich bequem machen willst, gute Nacht. Und reichen Kindersegen ...«

Nur mit Mühe bringe ich noch heraus: »Aber ich habe keine Lampe.«

Unterdessen kehrt undeutlich ein Stolz in mein Bewußtsein zurück, Stolz, etwas bei mir zu haben, was ich vergessen hatte und was wesentlich mehr ist als ihre Taschenlampen. Und ich fühle wieder etwas Kühles an meinem Schenkel. Ganz langsam ziehe ich den Revolver vom Abend der Zusammenstöße aus der Tasche. »Jungs«, sage ich, und meine Stimme ist rauh. »Was haltet ihr davon?«

Aber die Jungs erschrecken. Emanuele sieht mich an, als entdecke er irgendein schauerliches totes Tier in meinem Gesicht.

»Oh Gott«, ruft er. »Und warum das?«

Und Mazzarino: »Das ist ja eine schöne Bescherung.«

Und Tarquinio: »Wieso hast du den denn nicht zurückgegeben? Was für eine Idee aber auch, ihn hierher mitzunehmen! Verstehst du, mit neunundneunzigprozentiger Sicherheit werden wir morgen früh von der Polizei durchsucht. Und wenn die sehen, daß wir einen Revolver haben ...«

Und Mazzarino, der sich gar nicht mehr einkriegt: »So ein Trottel! So ein Trottel! Ich meine, warum hast du denn nicht gleich eine Bombe mitgebracht?«

Darauf Manuele: »Wir müssen sie verschwinden lassen. Wißt ihr was? Gehen wir sie vergraben.«

Ich hatte nichts dagegen, sie zu vergraben; und dann eines Tages die Erde aufbuddeln zu müssen, um sie mir wiederzuholen.

So gehen wir alle vier hinunter, wir überqueren den Hof und finden uns draußen in der Dunkelheit des Gartens wieder, dort, wo der Feigenbaum steht, neben der Mädchenturnhalle.

»Später müssen wir uns nach dieser Seite hin verbarrikadieren«, sagt Mazzarino im Vorbeigehen. »Die Sbirren werden dort drüben über die Mauern kommen.«

Ich beschließe: »Unter dem Feigenbaum.«

Und Tarquinio: »Manuelito, lauf in die Turnhalle und hol irgendwas zum Graben.«

Mit ihren schwankenden Lichtern kommt es mir einen Moment lang so vor, als würden sie sich alle drei entfernen und drüben unter den Bäumen herumgehen und mich alleine lassen. Emanuele kommt mit einem dieser Eisenstäbe zurück, die man für Beugeübungen braucht.

»Ich habe nichts Besseres gefunden.«

Ich nehme ihn ihm aus der Hand, und verbissen mache ich mich daran, unter dem Feigenbaum ein tiefes Loch zu graben.

Tarquinio steigt auf den Baum.

»Sieh mal einer an«, ruft er, »es sind welche dran ...«

Und er wirft Feigen herunter.

»Nicht so laut«, flüstert Mazzarino. »Und paß auf, das sind falsche Feigen, die sind bitter ...«

Und Tarquinio von oben: »Ist der Mispelbaum noch da? Die waren schön süß ...«

Er läßt sich zu Boden gleiten. Und die ganze Nacht scheint in diesen Blättern in Bewegung zu geraten, dann rauscht in der Ferne auch das Laub von anderen Bäumen.

»Er ist noch da«, sagt Mazzarino, »siehst du, Manuele ist rübergegangen.«

Tarquinio läuft zu Manuele hinüber, auch Mazzarino läuft gleich hinter ihm her, und ich höre ihre leichten Schritte, ihr munteres Getuschel und wie sie sich Püffe versetzen. Auch ich werde gleich rüberlaufen.

Ich lege die Pistole in das Loch, fülle es auf, trete die Erde fest.

Da kommt mir in den Sinn, daß man auch *Frosch* begraben muß ... Ich glaube wirklich, ich habe ihn umgebracht, und ich sehe ihn mitten auf dem *Matto Grosso* liegen, lang hingestreckt, das Blut im Gesicht schon getrocknet, und ein Rabe, der vom Meer gekommen ist, hüpft kreischend auf ihm herum. Aber ich habe keine Kraft mehr, denke ich, wie soll ich ein so großes Loch graben?

Als die Jungs zurückkommen, fragen sie mich, was bloß mit mir los ist.

»Du bist ja ganz naß von kaltem Schweiß«, sagt Tarquinio, der mir die Stirn fühlt. »Müde von so einem bißchen?«

»Jetzt geh ich mir auch Mispeln holen«, sage ich.

»Wenn du Blätter essen willst, dann geh«, sagt Emanuele. »Aber wir haben auch für dich welche. Hier ...« Und mit beiden Händen füllen sie mir die Jackentaschen. Dann machen wir uns daran, mit den Bänken aus einem nahen Klassenzimmer die Tür zur Turnhalle zu verbarrikadieren. Es schlägt Mitternacht.

»Sollen wir nicht ein, zwei Stunden schlafen gehen?«
sagt Mazzarino. »Den Rest machen wir später.«
Und Manuele: »Wir müssen alle Bänke und Stühle
durcheinander bringen. So haben sie gut einen halben
Tag lang zu tun, bevor sie wieder an Unterricht denken
können …«
Und Mazzarino: »Richtig. Fast überlege ich mir, ob es
nicht reichen würde, alles auf den Kopf zu stellen und
abzuhauen.«
»Aber nein«, sagt Tarquinio. »Um halb neun kämen
die Schüler trotzdem rein, sie würden sie zum Apell im
Hof antreten lassen, und das wäre, wie wenn gar nicht
gestreikt würde, meint ihr nicht auch?«
Mazzarino kratzt sich im Nacken. »Richtig«, sagt er.
Da ertönt, überraschender als ein Schuß, in der großen
Leere der Schule und in unser Geflüster hinein ein
Klingeln.
»Keine Angst«, beschwichtigt Tarquinio. »Ich wette,
das ist einer von den unseren, der nachschauen kommt,
ob wir da sind.«
Und so ist es. Es ist der *schrille Mazzini*, der die Runde durch alle Schulen gemacht und gesehen hat, daß
es überall geklappt hat, außer im Lehrerseminar. Die
Gruppe vom Lehrerseminar ist bei ihm; sie verabschieden sich von uns und sagen, stattdessen gingen
sie jetzt bei Madame Ludovica Stellung beziehen.
»Lassen wir den Pelagrua hier und gehen auch mit?«
fragt Tarquinio. Aber es ist klar, daß er das nur im Spaß
gesagt hat.
Wir sind eben wieder im Treppenhaus, da kommt Pelagrua heruntergestürzt, im wehenden Pyjama, kanariengelb.
»Was ist los? Was ist denn los? Habt ihr gehört, daß es
geläutet hat?«

Dann trennen wir uns, jeder geht auf seinen Posten, und ich steige in meinen Pamir hinauf, bis in den zweiten Stock begleitet mich Tarquinio, der das erste Viertel hier Wache schiebt. Allein geblieben, fange ich an, Mispeln zu essen und schleudre die Kerne gegen das Glasdach. Tock, machen sie, und fallen verloren ins Leere.

Ich habe keine Taschenlampe, aber das macht nichts, ja, fast scheint mir, ich bekäme große Angst, wenn ich die Umgebung mit der Lampe absuchen könnte. Ich fühle, daß mir das Dunkel angenehm ist, daß ich selbst etwas Dunkles bin. Den andern gegenüber, ja da könnte ich »buuuuh« machen, der Welt gegenüber …

Und ich bin auf dem Gebiet *unserer Sache*. Ich betrete Giovannas Klasse, Zwei B. Ich setze mich in ihre Bank. Ich rauche.

Im Schein der Zigarettenglut sehe ich, daß auf der Bank *Diana* steht. Mühsam ritze ich mit meinem Taschenmesser darunter *Alessio* ein. Danach gehe ich an die Tafel und schreibe mit Kreide darauf:

Diana und Alessio
lieben sich sehr

Dann, während ich nachdenklich am Treppengeländer lehne, schlägt es eins. Und aus geheimnisvollen Gärten ertönt ein Hahnenschrei. Drei Stockwerke tiefer höre ich Tarquinios Bewegungen, der auf der untersten Treppenstufe sitzt, und ich sehe die Glut seiner Zigarette. Da ist nichts anderes im Dunkel, als dieser brennende Punkt, der Tarquinio ist … und plötzlich steigt ein Nebel in mir auf, weil all dies, mit Giovanna und unseren beiden Namen an der Tafel, bald vorbei sein

wird. Das geht mir auf an diesem lebendigen Feuer-
punkt. Und ich werde wütend, daß ich nicht früher
daran gedacht habe; denn es sind nur noch ein paar
Tage, dann ist die Schule aus, es ist Sommer, und ich
muß abreisen. Da ist mir, als wäre das morgen. Und es
kommt mir ungerecht vor, so ungerecht. Daß da nichts
Liebes war. Und *Frosch* blutet wieder und liegt mitten
auf dem *Matto Grosso*, er wird aufwachen, aufstehen,
wird hierherkommen und unter dem Feigenbaum nach
dem Revolver suchen. Und alles wird wieder nur
Frösche sein, auf der Welt, die auf alle Zeit leer, von
mir verlassen und leer ist.

Idem

Gestern morgen dann, fast bis um elf, die johlende
Schar der Jungs draußen, begeistert über die Ereignisse. Wir hatten Sbirren an sämtlichen Eingängen, im
Garten, auf den Dächern … Auf dem gegenüberlie-
genden Bürgersteig die Lehrer, vollzählig, und Kalchas, der mit verschränkten Armen auf und ab ging.
Und Sonne, Glockenläuten und große Lust auf Granita …
Wir wußten nicht, wie davonkommen. Aber ich mußte
mich jetzt unbedingt in die Menge stürzen. Ich bin in
dem Zimmer, wo ich war, an ein Fenster getreten und
habe den Jungs draußen zugerufen, ich würde ihnen
aufmachen, damit sie rein und alles auf den Kopf stellen könnten.
»Hurra, hurra«, schrien sie.
Und als ich die Tür aufgemacht habe, wurden die vier
Polizisten, die davor standen, von der Flut der ausge-

75

lassenen Kurzhosen förmlich an die Wand gequetscht. Sie haben alles niedergetrampelt und durcheinander gebracht, Vorhänge abgerissen; um jeden Preis hätten sie die Klassenbücher verbrennen wollen.

Und am Nachmittag waren wir mehr als zweitausend Schüler auf dem Marsfeld, die Taschen voller Kirschen, zwischen Schießbuden und Achterbahn.

Dienstag

Heute habe ich erfahren, daß *Frosch* mit einer Rippenfell- und Lungenentzündung im Krankenhaus liegt.

Mittwoch

Die Lehrer haben mich bis zum Ende des Schuljahrs vom Unterricht dispensiert. Nicht mehr. Das heißt, sie haben Schiß vor der Schwarzen Fahne … Aber es ist klar, daß ich das Jahr wiederholen muß.

Freitag

Heute mit Tarquinio und Manuele zu Madame Ludovica gegangen. »Die Socken« gibt die Pförtnerin oben Bescheid, als wir klingeln. So nennen sie uns: Socken, weil in unserem Alter viele noch keine langen Hosen tragen, die die Socken verdecken.

Madame Ludovica und ihr ständiger *Liebling*, den wir manchmal, immer im Pyjama, in eines der Zimmer hineingehen oder aus einem herauskommen sehen, hatten Streit. Eine gewisse Leonie war völlig verstört. Der *Liebling* war bei ihr gewesen, Madame hatte die beiden entdeckt und geschlagen. Und er: »Liebste, mein Engel, du weißt doch, daß ich dich anbete, verzeih mir diese letzte Leichtsinnigkeit meines Lebens, und ich werde für immer dein Bettvorleger sein, deine Armstütze, das Ruhekissen für dein Feenköpfchen.« – »Er hat versucht, sich mit dem Rasiermesser umzubringen«, sagte das Mädchen ernst. Und vom warmen Salon aus hörten wir ihn oben noch wimmern: »Sag, willst du, daß ich mir die Puls... Sag es mir, mein Herz, wenn du es willst, ja, sag nur, und ich werde keinen Augenblick zögern ...«

Dann habe ich gehört, oder es schien mir doch so, daß Tarquinio und eine Blondine, die sich als Wienerin ausgab, etwas abseits über Zobeida redeten. Dann sind sie zusammen aufs Zimmer gegangen. Ich hab keine gewollt.

Aber ich bin später alleine noch einmal hingegangen und habe die Blonde genommen.

Sonntag

Alles wird immer schlimmer.

Ich habe mir die *Hebamme* vorgeknöpft und erfahren, daß Giovanna seit fünf Tagen mit ihrer Tante in Oberitalien ist, und daß sie sich quasi verlobt hat. Aber ich spürte, daß sie nicht im Ernst redete, was diese letzte Sache anging. Und ich habe ihr den Marsch geblasen, daß das ihren Intrigen zu verdanken sei, wenn diese Tante Giovanna auf Reisen mitgenommen hat.

Morgen letzter Schultag. Bekomme einen Brief von der *Moral*: knapp und wütend. Er sagt, ich sei die Schande der Familie.

Pelagrua getroffen, er war sehr freundlich und hat mir fast unter Tränen anvertraut, daß er sich einen schrecklichen Tripper zugezogen hat.

Und heute wurden in der Schule die Ergebnisse der Zeugniskonferenz ausgehängt.

Ich bin in sechs Fächern durchgefallen; auf Wiedersehen im nächsten Jahr. Giovanna versetzt, *Frosch* und *Hebamme* idem. Francovich, der im Oktober Nachprüfung in Geographie und Geschichte hat, flennte, der Idiot. Was meine Freunde in der Dritten betrifft, so ist Pelagrua dermaßen schlecht dran, daß er nicht zum Abitur antreten kann.

Ob Giovanna nun wohl einen gernhaben kann, der immer noch in der Ersten ist, diese Tochter eines Obersten? Verdammter Mist! Und zum Teufel auch mit diesem Tagebuch; genug davon! Heute abend nehm ich noch einmal die Wienerin, und ich will doch auch wissen, was für eine ... diese Zobeida ist!

VI

Am Tag nach diesem Dienstag, dem Tag meiner letzten Eintragung in dieses alte *Tagebuch eines Strategen*, brach ich auf ins »Land der Brennöfen«.

Ich erinnere mich nicht mehr genau an meinen Abschiedsschmerz, aber ich weiß noch, daß ich wütend an Papa telegrafierte: »Ankomme heute abend 19 Uhr Bahnhof, Eure Schande.« Von Tarquinio verabschiedete ich mich kühl.

Um zehn wollte er mich zum Zug begleiten, aber er lag noch im Bett und rauchte eine letzte Zigarette, und um elf, während unten schon meine Droschke wartete, seifte er sich gerade das Gesicht ein, um sich zu rasieren.

»Einen Augenblick nur, einen Augenblick …«, wiederholte er fahrig angesichts meiner Ungeduld.

»Unmöglich, der Zug geht um zwanzig nach elf, und ich weiß nicht mal, ob ich es schaffe …«

Und ich machte es kurz: »Ich muß mich jetzt verabschieden. Auf Wiedersehen.«

Da er die Wangen voller Rasierschaum hatte, umarmten wir uns nicht, ein Händedruck war alles.

»Schreibst du mir?«

»Aber sicher!«

Im Flur stand die fast zu Tränen gerührte Signora Rosmunda mit dem gesamten Personal.

»Nun. So also?« sagte die Signora, und schüttelte ergeben den Kopf.

»Mainardi, mein lieber Junge! Wir haben Sie doch nächstes Jahr wieder bei uns, nicht wahr? Ich mach Ihnen auch jeden Tag diese Linsensuppe, die Sie so gerne essen.«

Dann saß ich in der Droschke, mit meinen Kastenkoffern und einem enormen Kutscher vor mir, dessen Rücken so breit war wie der von zwei Männern zusammen. Vom Balkon mit dem Papagei kam das übliche laute Gekreisch: »… Quinio! … Quinio!« Und als die Droschke schon im Trott hinter der Kirche *Angelo Custode* um die Ecke bog, sah ich meinen großen Freund in Hemdsärmeln und mit Rasierschaum im Gesicht auf dem Balkon unseres Zimmers stehen, dem Balkon unseres ›Felds‹, und mir ein letztes Mal zuwinken, wobei er die kurzsichtigen Augen zusammenkniff.

»Und warum?« dachte ich feindselig. »Warum? Warum? Ich zieh doch schließlich nicht in den Krieg!«

Aber dann sagte ich mir, daß ich ein Ungeheuer war und niemanden mehr mochte.

Dann kamen wir an den Grünanlagen vorbei, wo die Straße von Giovanna einmündete. »Da«, dachte ich, »eine Weile lang werde ich jetzt nicht durch meine Anlagen gehen.«

Und noch einmal fühlte ich, was es hieß fortzugehen, wenn auch nicht in den Krieg, und meiner Welt ›eine Weile‹ fern zu sein, drei Monate, vielleicht sogar vier: eine Weile, ohne durch ›meine Anlagen‹ zu gehen. Aber Tarquinio, die Signora Formica und die anderen hatten nicht recht; sie, die hierblieben.

Dann am Seehafenbahnhof stieg ich in den Zug der sogenannten Vereinigten Eisenbahnen und nahm Platz

80

in einem Abteil dritter Klasse, in einem fast neuen grünen Waggon. Und mit einem Mal war ich draußen aus der Stadt, nach einem gellenden Pfiff, der auch im Tunnel nicht aufhörte, und fuhr am blauen Saum des Meeres entlang.

Rechts in der Ferne ließ ich auch den rosa Berg hinter mir, den man am Ende von Giovannas Straße sieht. Dann fingen die Salinen an.

So jedesmal. Das letzte Mal war an Weihnachten gewesen. Aber mir kam es vor, als hätte ich diese Reise nur einmal zuvor gemacht, einmal am Beginn meiner Existenz, als wir übers Meer von ich weiß nicht wo in die Stadt mit dem rosa Berg kamen, und dann mit Mama und Papa diesen Zug nahmen, auf den roten Plüschbänken der ersten Klasse.

Mama hatte mich auf ihrem Schoß, und ich fragte sie nach allen Dingen, die draußen vorüberzogen.

»Aber das ist Wasser, mein Junge«, antwortete Mama. »Siehst du das nicht? Es ist Wasser.«

Es mußte Herbst sein, hier und da fiel ein leuchtender Regen, und auf den Feldern wuchsen Trauben da und dort, glänzend vor Nässe unter dem Laub. Und Mama sagte »Wasser« zum blauen Meer, zum Regen, zu den Trauben, zu den Salinen, mit ihrem zerstreuten, abwesenden Lächeln einer Mutter.

»Wie: Wasser?« beharrte ich.

Aber ich bekam keine Antwort mehr, da stieg ich von Mamas Schoß und setzte mich auf den roten Plüsch neben meine Schwester Menta, die größer war als ich und schon lesen konnte und mir wenigstens sagte, was auf den Bahnhofsgebäuden geschrieben stand.

Jeden Moment hielt der Zug jetzt an, wie damals, aber jetzt war da Sonne und schläfrige Benommenheit, und jenseits der Stimmen der Eisenbahner hörte man den tiefen, bebenden Laut der Zikaden.

Eine Weile fuhren wir durch die Salinen, bis das Meer außer Sicht geriet.

Und andere Bahnhöfe begannen aufzutauchen, unter Bäumen, unter Kastanienlaub, und lange Steigungen fast im Schrittempo, während an den Biegungen die Gleisarbeiter in Hemdsärmeln träge zur Seite wichen, ihre Schaufeln in der Hand, und sich mit schmutzigen, blaukarierten Taschentüchern über die verschwitzten Gesichter fuhren.

Wir hielten auch an einem Ort, wo keine Stimmen zu hören waren, nur ein rotes Fähnchen war an den Ast eines Baumes geknüpft. Dann ein geschlossenes Signal. Und der Zug pfiff und pfiff, stand still inmitten von Schilfrohr, unter dem murmelnd verborgene Wasser dahinliefen.

An diesem Bahnhof im Schilfrohr kam ein Güterzug entgegen; und noch weiter ging es hinauf und wieder hinunter; im Abteil waren wir zu fünft, manchmal zu sechst, ein Priester, den ich für einen Araber hielt, so finster war er, sagte auch keine einziges Wort, ein munteres Bauernpaar, Mann und Frau, die nach den Salinen zugestiegen waren, eine Alte mit Indianergesicht, die in der Sonne schlief, einen Korb Mispeln unter ihren Röcken, und, zwischen einer Station und der nächsten, ein Waldarbeiter von saturnischem Wesen, der sich völlig erschöpft auf den Rand der Sitzbank fallen ließ, sogar ohne die Axt abzulegen, die in alte Armeegamaschen gewickelt über seine Schulter hing.

Es war Nachmittag, es war drei, dann vier, und ich hatte Giovanna nicht mehr …

Wellen von Schlaf stiegen mir plötzlich zu Kopf, und in einer schrecklichen Minute des Einnickens hörte ich die Stimmen Tarquinios und der Signora Rosmunda, unerträglich lebendig, Dinge sagen, wie sie im gemeinsamen Leben zwischen uns alltäglich waren. »Ich rauche noch eine letzte Zigarette … eine letzte Zigarette … Wir haben Sie doch nächstes Jahr wieder bei uns, nicht wahr? …«

Und nach und nach kamen wir in die Gegend der Schwefelgruben, ich fuhr mit Blick auf gelb überglänzte Höhen dahin, die Luft stank nach Schießpulver und Teufel.

An den Bahnhöfen machten wir jetzt länger halt, es war heiß, man hörte zankende Stimmen der Fuhrleute von der Verladerampe der Güterzüge her, wo wie Barrikaden im Krieg die Schwefelsäcke gestapelt lagen.

»Aber warum so lang?« dachte ich verärgert über den Halt.

Ich trat ans Fenster und sah, wie von der Wassersäule mit ihrem langen gußeisernen Arm die Lokomotive aufgefüllt wurde. Dann ging es wieder weiter, und von fernen Landstraßen her kam der träge, brummende Gesang der Fuhrleute.

Und wir gelangten an die Ausläufer einer Stadt mit Kuppeln hoch auf einem Hügel, und ich sah wieder die Bögen ihrer berühmten Klöster über den steilen Felsen. Das war Tibet – in den Spielen mit meinen Geschwistern.

Guglielmo, der dort in die Klosterschule ging, erzählte Außerordentliches von ihren Prozessionen mit Kerzen so groß wie Säulen, und ihrer Karwoche.

Erleichtert dachte ich daran, daß Guglielmo schon zu Hause sein würde. Er war versetzt worden, wie immer ohne Nachprüfung im Oktober, in die dritte Klasse Gymnasium diesmal. Und die *Moral* würde sagen, daß man auch mich in eine Schule zu diesen Mönchen schicken müßte.

Es schlug sechs von dort oben, und nach und nach entfernten sich die Kuppeln in ihrem dunklen Schatten gegen die Sonne; und ich sah, daß wir schon durch die große, von Wermut bedeckte Ebene fuhren. Leicht sauste der Zug zwischen den dünnen Bäumchen dahin, die in der Ferne etwas wie einen grünen Nebel bildeten, dann donnerten wir in voller Fahrt über die Eisenbrücke, die mich beim ersten Mal erschreckt hatte mit ihrem Lärm, und es schien, als wollte sie gar nicht mehr aufhören.

»Wir sind da«, dachte ich, die Seele voll düsterer Vorahnungen.

Ich holte meine Koffer über dem Kopf des finstren Priesters herunter, der als letzter mit mir im Abteil geblieben war.

»Wer wird mich wohl abholen?«

An dem kleinen Bahnhof unter Eukalyptusbäumen war ich der einzige im ganzen Zug, der ausstieg. Durch das Laub hörte ich Peitschenknallen, und ich beeilte mich, schleifte die Koffer hinter mir her auf das Ausgangstor zu.

»Es wird Guglielmo mit der Kalesche sein«, dachte ich. Doch ich sah, daß es meine Schwester war.

»Oh, Menta!«

»Sicher«, sagte meine Schwester mit strahlendem Gesicht, und sprang herunter, ohne die Peitsche aus der Hand zu geben.

84

»Wie geht's, hm?« kam sie her und fragte mich, wobei sie mich fest am Arm packte.

Da verspürte ich Lust zu weinen.

»Uuhm!« brummelte ich.

Aber ich war froh, daß gerade sie mich abholen gekommen war und nicht wer anderer. Sie trug Grau, darunter etwas Grünes, und war ein schönes junges, Ding mit kräftigem Hals und Augen voller Freude.

»Sie wollten den Lastwagen schicken, stell dir vor!« sagte sie, als wir beide oben waren und dicht beieinander saßen.

»Den Lastwagen?« sagte ich. »Weil ich die Kalesche nicht verdient habe diesmal?«

Das Pferd trabte los. Und ich versuchte, meiner Schwester die Zügel aus der Hand zu nehmen, aber es gelang mir nicht.

»Laß es wenigstens Schritt gehen«, sagte ich. »Es ist so schön um diese Zeit ...«

»Gib's zu, daß du keine Lust hast heimzukommen«, sagte Menta und wurde ernst.

Aber es war wirklich schön so, langsam und ohne ein weiteres Wort auf der Hauptstraße dahinzutrotten, die rot war vom Staub unserer Ziegelsteine, die die Lastwagen von morgens bis abends zur Bahn brachten, während die letzten Sonnenstrahlen über der weiten Ebene mit Baumwollfeldern verloschen. Große grüne Eukalyptuswipfel leuchteten noch hier und dort – glänzend in ihrem Laub und am Stamm –, die geliebten Bäume, unter denen ich die merkwürdigsten Bücher über kannibalische Abenteuer gelesen hatte. In nebligen Schwaden schwankten Pfefferbäume am Horizont – Duftwolken durchzogen endlos an den Kanälen entlang die ganze Ebene.

85

Die schönste Gegend der Welt wäre es, hätte es sein können ...

Und ich dachte an die Parkanlagen mit den hohen, fast blauen Bäumen am anderen Ende der Straße, wo Giovanna wohnte.

»Warum ist denn nicht Guglielmo gekommen?« fragte ich dann.

»Weil ich Lust hatte zu kommen«, sagte Menta. Und voll freudiger Genugtuung erzählte sie, daß die Kalesche jeden Tag, meistens etwa um diese Zeit, ihr gehörte. Gewöhnlich fuhr sie bis ins Dorf oder auf der Straße zum Meer bis zu der kleinen Ortschaft, in der das Fest von San Vincenzo gefeiert wurde.

»Erinnerst du dich noch? Mittlerweile haben sie es aufgegeben, die Strengen zu spielen, Papa und Mama ... Ich bin doch groß genug, meinst du nicht auch?«

Etwas irritiert sah ich sie an, wegen all ihrem ›Großsein‹ als Frau, das ich beurteilen sollte. Und rot vor Verwirrung über die vielen Dinge, die mein Herz bedrückten, wandte ich mich ab und versuchte die Gerüche der Landschaft einzuatmen, nicht ihren Jungmädchenduft, der dem von Giovanna so ähnlich war. Und es gelang mir, den trockenen Geruch nach verbranntem Sand in den Öfen auszumachen.

Er senkte sich mit einem Schatten von Rauch aus der Luft herab, jetzt, wo die Sonne auch von den Baumwipfeln verschwunden war.

Man sah die Fabrikanlagen und die Häuser noch nicht, aber dort hinten war der Kirchturm des Dorfes, und hier und da verstreute Bauernhöfe, alle aus roten Ziegelsteinen, wie wir sie herstellten. Man hörte Muhen; ein Glockengeläut, das schon eine Weile lang von ganz ferne, von jenseits des südlichen Endes der Baumwollfelder herüberdrang, hörte plötzlich auf.

»Also findest du nicht, daß ich viel größer geworden bin?« fragte Menta.

»Aber sicher bist du größer geworden«, sagte ich, ohne sie anzusehen. »Du bist ein Prachtstück von einem Mädchen, kann man gar nicht anders sagen ...«

Und in plötzlichem, wütendem Wiederaufflammen meines ganzen Grolls riß ich ihr die Peitsche aus der Hand.

Schnalzend ließ ich sie durch die Luft sausen, und das Pferd verfiel in Trab.

»Aber ich bin auch gekommen, um dir zu sagen, wie die Dinge liegen«, sagte meine Schwester. »Weißt du, Alessio, du hast den beiden großen Kummer gemacht ...«

»Der *Moral*, was ...?« sagte ich.

»Auch Mama«, sagte meine Schwester.

Mama? Vielleicht hatte sie ihr schönes, gepudertes Gesicht von einem Buch erhoben und hatte mit einem langen Seufzer den Kopf geschüttelt, ein bißchen wie die Signora Rosmunda Formica. Aber schon seit vielen Jahren war es mir egal, ob ich Mama Kummer machte. Meine ganze Kindheit hindurch hatte sie mich zu nichts anderem ermahnt: »Mach deiner Mutter keinen Kummer ...« Und wegen jeder Kleinigkeit dieses zwanghafte sich in acht nehmen müssen, daß wir der Mammina ja keinen Kummer machten. Wir hatten nichts anderes getan, als ihr unsere Spiele zu opfern, unsere gewisperten Worte, manchmal sogar unsere Schritte, wenn es draußen regnete und man drinnen bleiben mußte; denn sie war auf geheimnisvolle Weise immer mit ihren unsichtbaren Migräneanfällen beschäftigt, oder sie las oder spielte Klavier. Und jener andere, der Herr *Moral*, hatte sich zum Hohepriester dieses Kults gemacht. Wir waren es so leid, uns böse fühlen zu müssen, selbst wenn wir bloß pfiffen – und welches Bedürfnis wir hatten, es wirklich zu sein: böse! Und wie herrlich das war, wenn wir es dann sein konnten, sobald wir auf die Felder entkamen! Und wir spielten nichts anderes als ›Bösesein‹! Immer taten wir uns weh und bewarfen uns mit Steinen, mit Menta als Böser Königin, mit mir als Böser Indianer, Guglielmo als Böser Kapitän, und mit Ciro und Giuliano als Böses Fußvolk gegen das ganze Heer der Guten Rotznasen von Arbeiter- und Bauernkindern. Und manchmal kamen wir so ausgelassen zurück, daß nicht einmal die *Moral* sich Respekt verschaffen konnte, und dann wurden wir im ersten Stock in ein völlig leeres Zimmer gesperrt, wo wir, da es nichts zu zertrümmern gab, die Steine aus dem Fußboden rissen und aus dem Fenster warfen.

Aber jetzt fühlte ich, daß ich allein war auf der Welt mit meiner Ausgelassenheit.

Menta war ernst. Ihre ganze Fröhlichkeit eines jungen Dings war verflogen. Und je näher auf der Straße die Fabrikdächer heranrückten, um so mehr verfinsterte sich, sah ich, ihr Gesicht vor Angst.

»Nun«, sagte ich entschlossen, »sie werden mich ja wohl nicht mit der Peitsche erwarten, hoffe ich …«

Und ich setzte hinzu, daß ich andernfalls bereit wäre, zurückzufahren.

»Ach wo«, sagte Menta, »alles andere …«

Dann seufzte sie und nahm die Zügel enger, um die laute, schnelle Gangart des Pferdes zu verlangsamen.

»Sie wollen dich nicht sehen, sie wollen einfach nicht. Verstehst du?«

Ich fuhr hoch, und das Pferd verfiel wieder in einen heftigen Trab.

»Ach ja? Und was glauben die denn? Ich fahr zurück«, schrie ich, »ich fahr sofort zurück. Laß mich absteigen. Ich geh zu Fuß zum Bahnhof.«

»Du bringst mir das Pferd zum Scheuen«, brüllte Menta zur Antwort.

Und sie mühte sich ab, hochrot im Gesicht, die Zügel anzuziehen.

»Aber weißt du, daß Papa sehr krank ist?« sagte sie dann sehr ruhig.

Ich war drauf und dran zu erwidern, daß mir das egal wäre. Aber angesichts der großen Ruhe meiner Schwester zögerte ich.

Nichts als das Klappern der Pferdehufe und das Quietschen der Federung waren zu hören auf der Straße in dieser schon grauen, von Zikaden erfüllten Landschaft. In der Ferne war es dunkel geworden, unter dem noch hellblauen Himmel, und Bäume und Dächer schmolzen zusammen. Aber keine Lampe war angegangen. Nur die drei Rauchsäulen, die von den Schornsteinen der Brennöfen aufstiegen, färbten sich feuerrot in dem Maße, wie der Himmel dunkler wurde.

Dann trafen wir hier und da auf Arbeiter, die zu Fuß heimkehrten in ihre Dörfer, die Jacke unterm Arm und die Hände in den Hosentaschen. Sie plauderten; der eine oder andere, der allein ging, sang oder pfiff; und sie grüßten uns.

»Der Revolutionär ist da, was?« rief einer, dessen Stimme klang, als käme sie aus einem dicken, wolligen weißen Bart.

Meine Schwester lächelte, wie für sich.

»Du bist berühmt hier. Weißt du, daß du in der Zeitung warst?«

Ich wußte es nicht, und die Nachricht erregte mich noch mehr. Aber man hatte mich wie einen Aufrührer dargestellt, sagte Menta, das heißt wie einen Kommunisten, der die Neue Ordnung des Faschismus untergraben will, eine Art Giftnatter am Busen des Vaterlands.

»Aber wie kommt es, daß Papa krank ist?« war meine Antwort.

»An der Leber«, sagte meine Schwester. »Ein bißchen hatte er schon immer damit zu tun, sagt er. Aber Montag sah es mit einemmal aus, als müßte er sterben. Wir sind gelaufen, Guglielmo und ich, um sechs Uhr früh, den Doktor holen. Richtig grün war er, armer Papa. Es war Galle, die ins Blut gekommen ist, glaube ich …«

»Und was habe ich damit zu tun, wenn er krank ist?« fragte ich besorgt.

Dann ließ ich die Peitsche meiner Schwester zu Füßen fallen und nahm den Kopf in die Hände.

»Ich bin so unglücklich«, murmelte ich. »Es ist mir ganz egal, daß sie mich nicht sehen wollen. Sie sollen mich fahren lassen. Ich werde Fliegeranwärter. Ich halte es nicht mehr aus, so unglücklich zu leben …«

Ich spürte, daß meine Schwester mich am Ellbogen faßte.

»Warum, Alessio?« rief sie. »Ich wette, du bist verliebt.«

»Und wenn ich es wäre?« stieß ich verärgert hervor.

Ich wehrte mich gegen die Idee, unglücklich zu sein, weil ich *jemanden* liebte.

Aber dann erzählte ich ihr alles, und daß das Mädchen, eine aus der Zweiten Lyzeum, sagte ich, nicht mehr in die Schule gekommen war, daß sie verschwunden war nach dem Tag des ersten Kusses, und daß ich sie nicht mehr hatte sehen können.

»Komisch«, sagte Menta, und sie schaute lächelnd starr vor sich hin. »Und wie heißt sie?«

Da meinte ich sagen zu müssen, sie hieße Zobeida. Das war so viel schöner als Giovanna, dachte ich. Und ich sagte es: »Sie heißt Zobeida.«

»Was ist das denn für ein Name?« rief Menta aus. »Noch nie gehört, einen solchen Namen. Aber was ist sie? Türkin vielleicht?«

Ich erfand: »Sie ist fast Ägypterin, sicher ... Sie ist in Kairo geboren. Aber ihr Vater ist Oberst hier bei uns.«

Und Menta: »Wie schön sie sein muß, stimmt's? Sie muß ein sehr dunkler Typ sein ...«

Sie war dunkelhaarig, Giovanna, ich wußte es genau, mit stolzen grauen Augen, aber jetzt, wo ich sie Zobeida genannt hatte, fühlte ich, daß ich ihr blonde Haare geben mußte.

»Vom Typ her eher dunkel«, sagte ich. »Aber sie hat blonde Haare ...«

»Und die Augen?« drängte meine Schwester.

Tarquinios Worte fielen mir wieder ein: »Schwarze Augen, aber ernsthaft schwarz, nicht so das übliche Braun«, hatte er gesagt. Aber Giovannas Augen waren ein graues Licht in mir, zu lebendig, und ich konnte nicht noch mehr lügen.

»Ich weiß nicht genau, wie sie sind«, antwortete ich. »Eher grau. Aber sehr, sehr intensiv ...«

Meine Schwester seufzte.

»Schön muß sie sein. Und wir könnten Freundinnen sein, meinst du nicht? Wenn wir in der Stadt wohnen würden ...«

Früher hatten wir für die Wintermonate eine Wohnung gehabt in der Stadt mit dem rosa Berg, aber dann hatte die *Moral* die ganze Familie bei den Brennöfen haben wollen. Und auch meine Schwester hatte wegziehen müssen.

»Wollten sie dich nicht ins Internat schicken?« fragte ich. »Warum haben sie es nicht getan?«

Und sie: »Ich habe nicht gewollt. Hier komme ich wenigstens raus ... Weißt du, daß ich auch mähen kann?«

Sie nahm die Peitsche und ließ sie hoch durch die Luft schnalzen, bis zu den Baumwipfeln hinauf. Ein Blatt löste sich, fiel herab auf den Nacken des Pferds.

»Wir sind da«, sagte sie.

Lichter schimmerten durch das Laub, obwohl es noch nicht ganz dunkel war. Kinderstimmen sangen alte Kinderreime, sie kamen von dort drüben, wo, wie ich wußte, der Vorplatz war.

> *Madama, Madama Giulia*
> *Di dove sei venuta*

Dann sprang plötzlich jemand aus einem Graben hervor und forderte uns auf, uns zu ergeben.

»Hände hoch ...«

Johlend und mit langen Schilfrohren bewaffnet hüpften Guglielmo, Ciro und Giuliano um uns herum, nachdem sie das Pferd zum Stehen gebracht hatten.

Unter großem Getöse – die drei Wildfänge tollten um mich herum, sprangen an mir hoch, umarmten und traten mich – überquerten wir den Vorplatz, wo im Widerschein des glühenden Rauchs aus den Öfen Arbeiterkinder im Kreis hüpften und sangen.

An einem der Fenster unseres Hauses stand jemand, vermutlich Mama, sie hatte dort gewartet und zog sich nun rasch zurück.

»Pst, Ruhe«, ermahnte Menta auf der Treppe, »ihr vergeßt, daß Papa krank ist ...«

Im Eßzimmer war der Tisch gedeckt, aber die *Moral* hatte befohlen, daß ich ohne Essen ins Bett sollte.

Bestens! Wer zum Teufel hatte schon Lust auf Abendessen?

Und ich war allein in meinem Zimmer, während sie unten aßen, ich hörte dasselbe Klappern von Tellern und Besteck, das mir als Kind jeden Mittag und jeden Abend die Kehle zugeschnürt hatte, wenn ich krank im Bett lag.

Zwei Tage lang versteifte ich mich darauf, in meinem Zimmer zu bleiben.

»Du hältst durch, was? Gut so«, sagte Guglielmo, der mit mir im selben Zimmer schlief.

In dem nebenan waren Ciro und Giuliano, und nachts blieb die Tür zwischen beiden Zimmern offen. Ich erinnerte mich an die Zeit, als wir noch viel kleiner waren und alle in einem Zimmer neben dem der Eltern schliefen. Giuliano war noch nicht geboren. Ciro war der Kleinste und wollte immer, daß Mama und Papa die Tür zu ihrem Zimmer offen ließen, während ich und Guglielmo sie zu haben wollten. Wir warteten, bis Ciro einschlief, um sie zuzumachen, dann flüsterten wir ein Weilchen in der Nacht.

Alle drei leisteten mir jetzt von morgens bis abends lautstark Gesellschaft, und Giuliano wollte um jeden Preis, daß ich mit seiner Kanone spielte und auf die Fensterscheiben zielte, die in Scherben zu legen er selbst sich nicht traute.

»Später kommst du doch raus spielen?« fragte Ciro. Und ich verstand nicht, worauf sich dieses mysteriöse »später« bezog. Guglielmo dagegen wartete schon ungeduldig darauf, daß meine freiwillige Isolation, »das Exil«, wie er es nannte, an ein Ende käme, um auf den Feldern Robinson zu spielen, wie im Jahr zuvor.

Auch Menta kam ab und zu herauf und besuchte mich. »Schick sie raus«, brüllte Giuliano. »Sie ist eine Spionin.«

Aber wir lehnten uns ins Fenster, meine Schwester und ich, und sprachen über die Stadt mit dem rosa Berg.

Ich erzählte ihr, wie dicke Freunde wir waren, Tarquinio und ich; und von der ›Höhle‹.

»Und Zobeida?« fragte sie schließlich.

Da schauderte ich. Ich dachte an jene andere, die ich nie gesehen hatte, und dann an die grauen Augen.

Einmal rutschte es mir heraus und ich sagte »Giovanna«.

»Wer ist Giovanna?« fragte meine Schwester, und das kam leicht ironisch.

Ich wurde konfus.

»Das ist Zobeida selbst«, sagte ich. »Anfangs habe ich geglaubt, daß sie Giovanna heißt ... Einer aus ihrer Klasse hatte mich reingelegt. Ein gewisser *Frosch* ... Aber ich habe ihn dann fast umgebracht, als ich erfahren habe, wie es wirklich war.«

Und wir sahen auf die flache, von Wermut bedeckte Landschaft hinaus, wo der Boden nicht bestellt war, jenseits der drei Türme von den Brennöfen.

Ich hatte sie jetzt sehr lieb, meine Schwester, und doch manchmal, wenn wir so Ellbogen an Ellbogen im Fenster lehnten und der Anblick der Landschaft uns verstummen ließ, hätte ich am liebsten gewollt, ich hätte ihr nichts anvertraut, und ich bekam Lust, sie zu hassen, wie ich sie gehaßt hatte, als ich gerade anfing, kein Kind mehr zu sein. Ich hatte Angst, sie ihrerseits könnte mir etwas anvertrauen wollen. Ich spürte, daß das unerträglich gewesen wäre, und daß ich auf der Stelle weggehen, sie mit ihrer trockenen Süße im Mund stehenlassen würde. Ich räumte ein, daß sie für jemanden dasselbe werden könnte, was Giovanna für mich war, und ich wünschte es ihr; aber ich wollte, daß es insgeheim geschähe, irgendeines Tages, und daß sie in dem Ereignis unterginge und erst nach vielen, vielen Jahren wieder auftauchte unter uns, wenn sie schon viele Kinder hatte und uns von einem eigenen Haus, von einem eigenen Leben erzählen konnte. Es lag darin keine Eifersucht des Blutes; wir fühlten uns überhaupt nicht von einer ›Rasse‹; wir waren aufgewachsen in der Überzeugung, besser zu sein als Papa und Mama, mit der deutlichen Empfindung, einer neuen Generation anzugehören, und wir waren offen für alle, die uns an Jahren und in allem anderen ähnlich waren. Ich hatte ihn mir sogar manchmal vorstellen können, den Jungen, der sich in Menta verliebte, ich hatte ihn erwartet, vor Zeiten, ein Freund für mich, gutmütig und gefügig, groß, mit blauen Augen, bereit, sich von uns Jüngeren schikanieren zu lassen, und auf mysteriöse Weise sollte er daherkommen in einem Wagen, gezogen von einem Pferdchen mit klingelnden Glöckchen; aber nie und nimmer hätte ich gewollt, daß Menta ihn allzu ernst nähme. Die Hochzeit, die ernsten Dinge sollten im Verborgenen geschehen. Und wir hätten uns wundern müssen, da sieh mal einer an! daß dieser Typ da unser Schwager geworden war.

Wenn ich ihr gegenüber Tarquinio erwähnte, kam es nun manchmal vor, daß ich mir meinen großen Freund ein bißchen wie jenen fantastischen Jungen aus früheren Zeiten vorstellte, und ich fragte mich, ob ich es akzeptieren könnte, daß er sich in Menta verliebte, ob es möglich wäre, ihn in einer klingelnden kleinen Kalesche bei uns vorfahren zu sehen. Aber ich schob diesen Gedanken beiseite, wie etwas Heikles. Er, Tarquinio, war zu wirklich, zu wenig irreal, als daß ich es hätte hinnehmen können, daß er sich in Menta verliebte; seine Ankunft in einer Märchenkutsche wäre keine Ankunft aus dem Nichts gewesen. Er wäre aus unseren Gespächen gekommen, aus unseren Tagen einer lebendigen und manchmal kriegerischen Freundschaft, aus unserem gemeinsamen Leben, er wäre direkt aus der ›Höhle‹ gekommen; und ich konnte nicht zulassen, daß Menta sich in unseren Gesprächen, in unserer ›Höhle‹ einnistete.

Ich erforschte das Schweigen, mit dem sie den Namen meines Freundes umgab, aber nichts an ihrem Schweigen erweckte meinen Verdacht. Sie erzählte, einmal, bei Gelegenheit einer Krankheit von mir in der Stadt, hätte sie anstelle von Mama geantwortet, an die Tarquinio sich gewandt hatte. Nein, von dieser Seite hatte ich keine Herzensergüsse zu befürchten; aber ich wollte überhaupt keine Gelegenheit zu Vertraulichkeiten. Sie sollte Vertraulichkeiten nicht nötig haben; sie sollte eine Königin sein für den fantastischen Jungen, der kommen würde, so wie für mich Giovanna eine Königin war.

Jeden Tag, solange meine freiwillige Absonderung dauerte, brachte sie mir das Essen aufs Zimmer. Aber eines Abends trat plötzlich mit dem Tablett in der Hand Mama ein.

Ich umarmte sie stumm.

»Nun, mein Junge, hoffen wir, daß das die letzte Überraschung war«, sagte sie, wobei sie sich auf Guglielmos Bett setzte.

Dann fügte sie mit großer Ruhe hinzu:

»Ich sehe, es geht dir nicht schlecht. Du bist sogar dicker als letzten Winter.«

»Ja«, sagte ich und senkte den Kopf, halb schmollend. Zufrieden begann ich zu essen, nach und nach jedoch hätte ich gewollt, daß sie ging. Sie schüchterte mich ein. Ich empfand sie als fremd gegenüber allem, was ich in mir trug. Und im übrigen, schon als Kind hatte ich mich gefragt, wenn ich allein mit ihr und Papa in einem Zimmer war, wo sie miteinander sprachen, ob sie wirklich Mama und Papa waren oder nicht vielmehr zwei Barbaren, die mich früher oder später auffressen würden, wobei sie unter sich lachten und redeten.

»Aber hattest du überhaupt nicht das Verlangen, deine Eltern zu sehen?« sagte Mama. »Du kommst und sperrst dich in deinem Zimmer ein. Was soll man nur von dir denken?«

Und ich: »Wenn ihr mich doch nicht sehen wolltet …«

Und Mama: »Na, na, mein Junge … So redet man nicht im Ernst. Du hättest zu uns kommen müssen und uns um Verzeihung bitten; bestimmt.«

Sie erhob sich, strich mir mit der Hand über die Haare, dann ging sie langsam zur Tür.

»Gut, ich erwarte dich im Zimmer deines Vaters, wenn du fertig bist … Haben wir uns verstanden?«

Und als ich fertig war mit dem Essen, ging ich in das halbdunkle Zimmer, wo es nach Essigwickeln und hohem Fieber roch, und küßte Papa, der mit schrecklich hellen, fast weißen Augen unter der schweißbedeckten Stirn im Kissen versank.

»Ah, unsere Schande!« rief er schwach. »Aber darüber reden wir noch«, setzte er hinzu, »darüber reden wir noch.« Und ohne weiter noch etwas zu sagen, weder er noch Mama, ließen sie mich mitten im Zimmer stehen und darüber nachsinnen, wie jede Möglichkeit, in ihrer Nähe zu leben, endgültig verloren war.

Aber hatte es eine derartige Möglichkeit je wirklich gegeben? Ich hatte Tanten geliebt, in meiner Kindheit, als ganz Kleiner hatte ich den Großvater verehrt, ich hatte Verwandte jeder Art geliebt; sie beide dagegen hatte ich immer mit Mißtrauen betrachtet. Ah, Opas Haus! Dort, ja dort war ich glücklich gewesen! Dort gab es weiße Balkone hoch über einer Straße, auf der im Galopp Kutschen vorüberfuhren, und nach hinten hinaus ein verwinkeltes System von Dächern und Balkonen, von denen aus man nach und nach geheimnisvolle Meeresfernen entdeckte. Dort gab es eine Tante, die fast noch ein Mädchen war und einen herrlichen Duft von frisch gebackenen Keksen verbreitete; während der Busen meiner Mutter nur nach Glyzinien roch. Da war mein Opa mit seinem weiß-blonden Bart, groß wie ein Normanne und mit blauen Augen, der mit einer Sanftmut erzählte, die noch aus anderen Zeiten stammte, über seine Kriege in den Ebenen des Ostens, während mein Vater klein war und schwarzbehaarte Hände hatte, und aus dem Krieg war er sofort auf einem Bein hinkend heimgekehrt. Mein Großvater war Jahre um Jahre seines Lebens durch ein großes Feuer gegangen und war heil zurückgekommen, er war un

sterblich; mein Vater hatte sich in nicht einmal einem
Monat an der ersten Flamme versengt. Und da gab es
eine andere Tante, die zusammen mit ihrem Mann, einem Schiffskapitän, in Amerika und in Australien gewesen war, auf der ganzen Welt, und sie hatte Erdbeben und Feuersbrünste mitgemacht, während meine
Mutter nichts hatte als Kleider und Röcke. Und da gab
es ein riesiges Zimmer mit Strohmatten an den Fenstern, das abends voller Verwandten war, und rote Wassermelone lag in großen Stücken auf den Tischen,
während es bei uns nur halb geschlossene Fensterläden gab und Papa und Mama ewig in einem anderen
Zimmer. Wie ein großer Jahrmarkt war Opas Haus, genauso das seiner Kinder, der Onkeln und Tanten, ein
großer Kommunismus des Goldenen Zeitalters herrschte dort, mit Leuten, die von überall hereinschneiten
und Freunden, die sich tage- und wochenlang im Haus
einquartierten, machten, was ihnen paßte, und es mit
fröhlicher, aufregender Unordnung erfüllten. Die ersten Jahre meiner Kindheit hatte ich mal im einen, mal
im anderen dieser Häuser verbracht. Dann war der
Opa gestorben, Onkel Costantino hatte die Spanische
Grippe hinweggerafft, die glückliche Sippe hatte sich
in alle Winde zerstreut, und wir, Menta und ich, meine ich, hatten uns der steifen Anständigkeit in den
Wohnungen fügen müssen, wo Mama und Papa sich
liebten. Von den Tanten hatten wir fantastische Dinge
erzählen hören, von der großen Liebe, die einmal zwischen ihnen gewesen war und immer noch war; daher
wußten wir, welchen Namen wir dem zu geben hatten,
diesem plötzlichen sich in die Augen schauen und in
ein anderes Zimmer flüchten von Mama und Papa.
Und wir wußten, daß sie deswegen so leer waren, so

trocken und so moralistisch, wenn sie sich nachher um uns kümmerten: Im Innersten ihrer Seelen verzehrten sie sich insgeheim gegenseitig, und nichts hatten sie je, um es für andere in einem Lächeln zu verströmen zur allgemeinen Freude der Welt. Und doch mußte Mama einmal anders gewesen sein; wie ihr Vater der Normanne, wie ihre orientalischen Schwestern hätte auch sie in sanftem Öl die gemeinschaftliche Flamme der Welt mit sich nähren können. Aber Papa hatte sie auf einen finstren Altar erhoben und brachte ihr die Welt zum Opfer dar, und jeden Tag löschte er sie aus mit seinen behaarten Händen für die Liebe der anderen, und jeden Tag hätte er ihr eines ihrer Kinder zum Mahl vorsetzen können, und sie hätte mit keiner Wimper gezuckt.

So war es gewesen, so war es noch immer; Papas Beruf allerdings gefiel mir. Und wenn mich in den ersten Schuljahren die Klassenkameraden fragten: was macht dein Vater? war ich stolz, antworten zu können: er stellt Ziegelsteine her. Vor meinem Vater waren Ziegelsteine in diesem Teil der Welt unbekannt gewesen, dann war mein Vater von der Lombardei in Großvaters Stadt gekommen, und auf einer Fahrt durch die Umgebung hatte er unter Eukalyptusbäumen versteckt eine kleine, antike Kirche entdeckt, deren Mauern aus Ziegelstein waren. Er wunderte sich, mein Vater, da er wußte, daß alle Bauten dieser Gegend aus Lavagestein waren, aber noch mehr wunderte sich der Mann, der ihn begleitete.

»Da sieh mal einer an, da sieh mal einer an«, sagte der Mann, der ihn begleitete. »Ziegelsteine! Und wenn man bedenkt, daß die Häuser nur ein Drittel kosten würden, wenn wir hier bloß solche Ziegelsteine hätten!«

Mein Vater hörte zu, und nach einem Augenblick der Überlegung befahl er, einen bestimmten Weg einzuschlagen. Mama erzählte die Geschichte dann weiter. Diesem Weg folgte mein Vater wie einer Spur, und schließlich kam er an eine Stelle, wo die Erde für die Herstellung von Ziegelsteinen geeignet war, und er sagte zu dem Mann, der ihn begleitete:

»Ich glaube, bald werden auch hier die Häuser nur noch ein Drittel von dem kosten, was sie heute kosten.« Er bemühte sich sofort um den Ankauf des Grundstücks, und bei der Gelegenheit lernte er meinen Großvater kennen, den Vater meiner Mutter, meine ich, und nach Ablauf eines Jahres hatte er Frau und Brennöfen.

Ich begann früh aufzustehen, gleich wenn die Sirene heulte.

Und während noch alle schliefen, streifte ich durchs Haus, stieß in den Zimmern im Erdgeschoß sämtliche Fenster weit auf, unter den Bäumen voller Vogelgezwitscher. Auf dem Hof liefen die Hühner herum, aufgeplustert von verhaltenem Zorn stolzierte mein alter Feind der Truthahn vorbei. Die falbe Hauskatze sprang auf die Fensterbank und strich an meinem Arm entlang. Sie hatte keinen Namen, denn in den Spielen war sie »Tiger« oder »Leopard«. »Katze« rief ich sie, wie in den intimen Momenten des Essens, und packte sie im Genick, hob sie hoch, sah ihr in die herrlichen schrägen Augen, die waren grau.

Jeden Morgen stand ich auf mit dem Gedanken, wegzulaufen, bevor die anderen aufwachten.

Und ich streichelte die Katze, lockte die Hühner, und unter Erinnerungen an meine Kindheit, als ich die Hühner abtastete und hoch in die Luft warf, wenn sie kein Ei gelegt hatten, unter all dem dachte ich an meine Flucht. Ich würde das Pferd vor die Kutsche spannen, würde zu einem Bahnhof fahren und auf Güterzügen bis in irgendeine Stadt fahren. Und es war gar nicht unbedingt, um in Giovannas Stadt zu fahren. Sondern an irgendeinen Ort dieser Welt, wo man nicht Mama und Papa zu verehren hatte und auch nicht ärgern konnte, ohne Brüder, ohne Schwestern, ohne Freunde …

Ich fing jedoch an zu lernen.

Es war Menta, die mir klar machte, daß es großartig wäre, wenn ich als Externer im Oktober zu den Prüfungen antreten und zwei Jahre gewinnen würde.

»Du könntest die Zweite überspringen, verstehst du? Sicher, du machst die Aufnahmeprüfung für die Dritte. Und anstatt die Erste zu wiederholen, kommst du in die Klasse von Zobeida.«

Diese Vorstellung begeisterte mich.

»Oh, das heißt aber tüchtig lernen. Traust du dir das zu? Wenn du dich ernsthaft dahintersetzt, schaffst du es bestimmt, da bin ich sicher. Und ich helfe dir. Ich habe meine Bücher. Mama und Papa sagen wir nichts.«

Heimlich stand ich jeden Morgen sehr früh auf, und nach einer Runde ums Haus und ein paar Worten mit dem Wächter der Öfen stieg ich auf den Speicher hinauf und übersetzte Griechisch und Latein. Dann gegen acht kam meine Schwester herauf und half mir. Gemeinsam lasen wir die Odyssee. Allein aber übte ich an Lukian, der mir von allen am besten gefiel. Auch mit den modernen Sprachen kam ich ziemlich gut zurande, wie man so sagt, damals lernte ich die französischen Klassiker kennen, und auch wenn ich der *Dauersechs* wenig über Formenlehre erzählen konnte, würde ich ihr stattdessen lange Passagen aus *Phèdre* und *Polyeucte* auswendig aufsagen. In Italienisch idem. In Geschichte und Geographie war nichts zu befürchten, da hatte ich die liebe, liebe *Bermuda*, und dann: das Mittelalter und die Kontintente der Abenteuer, Asien, Amerika, das würde ein Spiel sein für mich. Blieben also nur Physik und Mathematik, die mir Sorgen machten, und diese Fächer ging meine Schwester jeden Tag mit mir durch.

»Es genügt schon, wenn sie bereit sind, dir eine Sechs zu geben. Wenn du alles andere sehr gut machst, dann werden sie dich nicht wegen so einer Kleinigkeit durchfallen lassen, du wirst sehen.«

In Philosophie war nichts weiter zu tun als zu lesen, wenn auch mit zusammengebissenen Zähnen; was dagegen Naturgeschichte angeht, entdeckte ich bald, daß auf dem Land Botanik zu lernen ein Abenteuer ist: Ich suchte mir unter den Büchern der *Moral* umfangreiche, detaillierte Traktate heraus, und fast immer, wenn ich mit Latein und Griechisch fertig war, lief ich weit weg irgendwo unter die Eukalyptusbäume und las französische Handbücher über den Anbau von Baumwolle oder Kaffee oder Zuckerrohr, oder bestimmte Lehrbücher über Vergleichende Botanik, die ich seinerzeit in den Händen von Onkel Costantino gesehen hatte.

Dort, unter den Eukalyptusbäumen ausgestreckt, hörte ich über mir das feine Laub sich regen wie ein stiller grüner Wasserfall.

Ringsumher summte die immense Ebene in der Juli-
glut von Wespen, und manchmal stoben die feinen gelben Blüten der Baumwolle wie Schwärme hauchzarter
Schmetterlinge durch die Luft. In der Ferne rauchten
die Brennöfen ihren ewigen Rauch. Und vor den Häusern sah ich Frauen Tomaten schneiden, salzen und auf
langen Brettern in der Sonne zum Trocknen auslegen,
die sie dann im Winter mit Öl beträufelt auf Brot ver-
zehren würden.

VII

Mit den Arbeitern hatte ich keinen Umgang, außer mit dem Wächter. Ich fühlte mich ihnen unterlegen, als Sohn des Besitzers und Schüler, als Junge, der für ein anderes Leben bestimmt ist. Immer, schon als Kind, war das so gewesen. Ich dachte:»Bin ich nicht eine Kränkung für sie? Mein Vater schickt mich zur Schule, damit ich wer weiß was werde. Etwas anderes als Arbeiter am Brennofen. Er braucht sie, er benützt sie, und doch läßt er nicht zu, daß ich die Erde bearbeite wie sie. Heißt das nicht, sie verachten?« Dies waren nicht die Worte, in denen ich mit ungefähr zehn Jahren in diesem Sinn anfing zu denken. Das wurden sie aber später, als ich weiter nachdachte. Früher hatte ich erwartet, daß ich Arbeiter werden müßte. Daß wir Kinder alle aufwüchsen, um Arbeiter für unseren Vater zu werden. Und das hatte mich verzweifelt gemacht, wenn ich vom Großvater zurückkam, wo ich mir das Leben wie ein großes Karussel ausgemalt hatte, mit Wellen und Pferden. Natürlich glaubte ich, daß es mir gefallen würde, Herrscher über Rauch und Flammen zu sein, dieses rote Brot aus Stein zu backen, nach dem unsere ganze Gegend Tag und Nacht roch, es auf Lastwagen zu verladen, die Lastwagen in die umliegenden Dörfer und zur Bahn zu fahren, aber nicht einen Augenblick lang räumte ich ein, daß ich Gefangener meines Vaters hätte bleiben wollen. Hätte ich damals gewußt, daß es auf der Welt nicht nur die Brennöfen meines Vaters gab, hätte ich mir vielleicht ein Wanderleben ausgemalt, von Brennofen zu Brennofen unterwegs durch die Welt. Aber daß es nicht nur die Öfen meines Vaters auf der Welt gab, erfuhr ich erst, als ich auch alles andere begriff: daß ich zur Schule ging, daß ich viele Jahre lang lernen und studieren würde, daß weder ich noch meine Geschwister heranwuchsen, um Arbeiter für meinen Vater zu werden, und daß es da eine beleidigende Kluft gab zwischen uns Kindern unseres Vaters und den Arbeitern.

Das begriff ich in zwei Etappen. Die erste Etappe war, als ich nach der ersten Klasse Gymnasium heimkam. In der Volksschule waren zwei Jungen von unseren Arbeitern meine Kameraden gewesen, und zurück vom Gymnasium, fragte ich sie:

»Und wo wart ihr dieses Jahr in der Schule?«

Sie lachten.

»Keine Schule mehr für uns«, sagten sie.

Sie schienen zufrieden damit, aber dieses erste Jahr Gymnasium in der Stadt beim Opa war schön gewesen für mich, und ich machte ein verdutztes Gesicht.

»Warum keine Schule mehr für euch?«

Sie zuckten die Achseln, und es kam das zweite Jahr. Die spanische Grippe hatte gewütet, der Opa war tot, Onkel Costantino war tot, die glückliche Sippe war zerstreut, und es war häßlich, in der Stadt mit dem rosa Berg in einem Pensionat an einer Priesterschule zu lernen. Als ich in Latein im Oktober zur Nachprüfung antreten mußte, schleuderte mein Vater mir seinen weißen Blick wie Spucke ins Gesicht und sagte:

»Paß bloß auf, ich laß dich Brenner werden, wenn du das Jahr verlierst.«

So sah ich jene beleidigende Kluft vor mir, die mich von den Arbeitern trennte, und ich schämte mich, mit ihren Kindern zu spielen. Das war fast wie Frausein, empfand ich, dieses mich bewahren, um etwas anderes zu werden als Arbeiter. Und auch wenn die Scham verging, wenn ich bald doch wieder einen Weg fand, mit ihren Jungs zu spielen und mit ihren Mädchen, so blieb doch die Empfindung lebendig, einen Makel an mir zu tragen. In jedem Sommer nahm sie eine andere Gestalt an, und blieb doch. Ich war zwölf, als ich eines Tages zu Menta sagte:

»Komisch, daß man nichts lernen darf, um Arbeiter zu werden, nicht?«

Ich wiederholte es Mama gegenüber, und Mama sagte:

»Was soll das heißen?«

Und ich sagte:

»Ach, nichts!«

Aber einige Monate später sprach ich noch einmal mit Menta:

»Es sieht so aus, als würden Arbeiter gebraucht und anderes auf dieser Welt, nicht wahr? Arbeiter, Ärzte, Ingenieure, Bahnhofsvorsteher, ist es nicht so?«

»Natürlich«, sagte meine Schwester.

»Aber warum«, sagte ich, »müssen die anderen so viel wissen und die Arbeiter nicht?«

»Oh!« sagte meine Schwester, »wenn sie auch alles wüßten, dann würde niemand mehr Arbeiter sein wollen.«

»Wie? Ist es denn nicht schön, Arbeiter zu sein?« sagte ich.

Meine Schwester warf einen Stein weit von sich.

»Die Sache ist, daß es einem nicht immer gutgeht, wenn man Arbeiter ist«, sagte sie. »Nicht so gut, wie es für einen Gebildeten notwendig ist.«

Seit dem Tag, an dem mein Vater mir die Kluft der Beleidigung gezeigt hatte, wußte ich, daß es einem nicht gutgehen mußte als Erwachsener auf der anderen Seite dieser Kluft, aber das war eine Einsicht, an die ich im Grunde nicht wirklich glaubte, denn zu viel Schönes lag in meinen Augen im Leben der Arbeiter, während der Arbeit und außerhalb der Arbeit, beim Mittagessen, das sie im Freien aus Armeeblechnäpfen verzehrten und beim Aufbruch am Abend, beim zitternden Dröhnen der Sirene in der untergehenden Sonne, wenn alle sich vor Freude gegenseitig Rippenstöße versetzten. Von Menta die ausdrückliche Bestätigung zu bekommen, daß es einem nicht gutging als Arbeiter, verwirrte mich. Wo ging es einem nicht gut? In welchen Fällen? In welchem Sinn? Wie? Warum? Nach und nach sollten all diese Fragen heranreifen in mir und fällig werden. Damals sagte ich nur:

»Also zwingt man sie, Arbeiter zu sein?«

Menta lächelte.

»Oh nein!« sagte sie. »Man zwingt sie nicht. Es gibt bloß keinen anderen Weg für sie …«

Später erfuhr ich, daß mein Vater in seiner Jugend Sozialist gewesen war und was es mit dem Sozialismus auf sich hat.

»Aber wie!« sagte ich. »Du bist Sozialist gewesen und bist es nicht mehr?«

»Mein Junge«, sagte mein Vater, ohne mich anzusehen, sicher weil er wußte, daß sein vorwurfsvoller Blick auf der Stelle wieder Distanz zwischen ihm und mir herstellen würde, »der Sozialismus ist eine Idee, und einer kann Ideen gehabt haben. Mehr noch, der Sozialismus ist eine großzügige Idee, und einer in meinen Verhältnissen kann auch einmal den Wunsch gehabt haben, großzügig zu sein. Aber dann im Leben wird es unumgänglich, daß jeder sich selbst rettet.«

»Oh!« rief ich, »dann rettest du dich ... durch sie, die verloren sind?«

Ich wußte kaum, was ich meinte, nur ungefähr, aber das war spontan gekommen, aus meiner jungenhaften Logik, meiner Logik, die ich in mir pochen fühlte wie ein geflügeltes Wesen und um die ich zitterte, aus Angst, sie könnte verboten sein.

Mein Vater sah mich weiterhin nicht an. Er hatte einen seiner nachsichtigen Momente, und meine Logik ließ sich, etwas beruhigt, in mir nieder.

»Mein Gott! Sie sind schließlich nicht ganz verloren ...«, sagte mein Vater.

Auch Mama war im Zimmer, und sie sah ihn an, wie er mich hätte ansehen müssen. Auch Menta war dabei.

»Das ist aber doch immer eine schäbige Sache!« sagte ich.

Hier drehte mein Vater sich um, und sogleich sprang der Vorwurf aus seinen weißen Augen mich an, scheuchte mich zurück in das Reich, wo es keinen anderen Ausweg gab als Aufsässigkeit, Ungezogenheit und Ungehorsam. Und die ganzen restlichen Ferien über war ich aufsässig, ungezogen und ungehorsam wie nie zuvor. Im gleichen Jahr hatte ich Tarquinio kennengelernt, und ich war zu den Faschisten gegangen, aus Haß auf diesen Sozialismus, von dem mein Vater herkam, mit seiner widerwärtigen Art zu denken. Zu meiner Schwester sagte ich:

»Es ist schrecklich, daß man Leute zur Unwissenheit zwingt, nur um sicherzustellen, daß genügend Arbeiter da sind.«

Meine Schwester anwortete:

»Sagst du das nicht aus Neid auf die, die nicht zur Schule gehen?«

Ich wurde rot.

»Du bist blöd«, sagte ich. »Niemand hat Lust zu lernen, wenn er klein ist, aber auf die eine oder andere Weise lernt man doch, und dann weiß man eine Menge Dinge ...«

Ich sprach mit glühender Aufrichtigkeit. »Dann, als Erwachsener, gehört man zu den Leuten, die studiert haben«, sagte ich.

»Findest du Leute, die studiert haben, sympathisch?« sagte meine Schwester.

Hier freute ich mich innerlich, wir waren uns einig, meine Schwester und ich, aber die Sache stachelte meine Jungenlogik an.

»Gut«, sagte ich. »Wenn Leute, die studiert haben, fast nie sympathisch sind, dann eben wegen ihrer Position als Studierte. Wenn du ihnen diesen Podest unter den Füßen wegziehst, indem du alle studieren läßt ...«

»Oh, ich glaube, die Arbeiter sind sympathisch, weil sie nicht studiert haben«, sagte meine Schwester.

Das Gespräch brach damals an diesem Punkt ab, und in meinem Gefühl der Unterlegenheit den Arbeitern gegenüber stieß ich immer wieder auf folgendes Problem: »Warum sind Arbeiter sympathisch?« Ich beobachtete sie aus der Ferne, streifte sie manchmal mit einem Wort, nie aber wagte ich es, mich ihnen wirklich zu nähern, auch wenn ich fürchtete, ihnen überheblich zu erscheinen. Ich beobachtete sie zu Mittag, wenn sie

110

mit einem leichten Heben des Kopfes auf das Dröhnen der Sirene reagierten und eine entspannte Haltung einnahmen, es sich sofort bequem machten, sich hierhin und dorthin verteilt in der Sonne zusammensetzten, die Armeenäpfe in Händen, und scherzten, essend und rauchend auf einem Ziegelstein oder auf dem Trittbrett einer Ofentür saßen, mit einer Heiterkeit, die trotz der lauten Stimmen nie etwas Grobes hatte. Nachmittags ging ich mit einem Buch in den großen nachmittäglichen Schatten des Hauses hinunter zum Lesen, und ich hörte ihre Rufe, ihre Schreie, ihre Worte, die sich alle auf die Arbeit bezogen und Teil jenes trockenen Dufts waren, der sich von den Öfen aus dauernd und immer wieder erneut über die ganze Gegend legte. Auch wenn ich sie nicht sah, ich wußte um ihre Gegenwart, wenn sie auf der anderen Seite der Pfefferbäume beim Bocciaspiel waren oder wenn sie sich abends auf dem Heimweg in ihre Dörfer auf der Landstraße plötzlich in schweigsamen Gruppen aus braunen Armen und blauen Hemden, die Jacke über die Schulter geworfen, um einen scharten, der leise sprach. Das war dann, als fühlten sie sich wie Kämpfer einer Sache, so auf der Landstraße um einen zusammengeschart, und ich glaubte zu wissen, welcher Sache. Ich grübelte viel über sie nach und stellte mir zahllose Fragen; auf dem Grund jeder Überlegung jedoch stieß ich immer wieder auf die mittlerweile schon zwei Jahre alte Frage: »Warum sind Arbeiter sympathisch?« Nicht einen Augenblick lang hatte ich Mentas Ansicht teilen wollen: daß sie sympathisch waren, weil sie nicht studiert hatten. Es gab doch auch Leute, dachte ich, die sympathisch waren wie Arbeiter, auch wenn sie studiert hatten: der Opa, die, die in Opas Haus verkehrten, Tarquinio …

Oder hing das vielleicht mit dem Leben zusammen, das sie führten? Mit den Schwierigkeiten, den Spannungen, mit der Hoffnung, die sie verband? Nein, da war sogar bei den Älteren unter ihnen etwas Jungenhaftes, das von nichts Äußerlichem abhängig sein konnte ... Das war es, dieses Jungenhafte ... Ich hatte erzählen hören, die Sonntage in ihren Dörfern würden sie im Gasthaus verbringen, sich betrinken, ihre Frauen schlagen, ich hatte von Episoden brutaler Gewalt erzählen hören, aber wenn ich sie montags pünktlich mit dem Sirenenton an der Arbeit sah, ohne jede Spur von Nebel im Gesicht, lebhaft, wach, voll einer unwillkürlichen, frischen Zartheit, dann dachte ich: »Was auch immer sie getan haben mögen, jetzt und hier sind sie wieder ganze Männer, Arbeiter.« Und ich fragte mich: »Wer von den *anderen*, wenn er sich betrinkt, tut das nicht jeden Tag? Wer von den *anderen*, wenn er boshaft ist, ist nicht boshaft alle Tage? Und wer von den *anderen*, wenn er nicht abstinent ist, schafft es schon, eine ganze Woche lang abstinent zu sein?«

Ich war sechzehn jetzt, und keinen Morgen versäumte ich es, bevor ich ans Lernen ging, im Erdgeschoß die Fenster unter den Bäumen nach der Seite hin weit aufzustoßen, wo mich, wie ich wußte, sogleich die Stimme des alten Wächters begrüßen würde.

»Einen guten Tag auch an diesem Tag«, sagte die Stimme des Wächters.

Er sah mich nicht, ebensowenig wie ich ihn, aber er hörte mich die Fenster öffnen. Das Gebüsch war hoch zwischen den Baumstämmen an dieser Seite des Hauses, und ich antwortete:

»Guten Morgen, Alter!«

Ich wußte, wo er saß, in der Kühle des ersten Sommermorgens vor den Bürogebäuden, in altes, dunkles Tuch gekleidet, mit seinem alten Indianergesicht, der Kopf grau mit kurz geschorenem Haar, die Pfeife im Mund, immer auf dieselbe Seite auf den Boden spuckend.

»Auch heute lernen?« sagte er.

Seine Stimme war wie die eines großen Tiers in diesem grünen Dickicht, eine Art unsichtbarer Ochse.

»Auch heute«, sagte ich.

Er hatte keine Frau mehr, aber fünf Söhne, die droben in den Schwefelminen arbeiteten, und zwei Töchter, die mit Fuhrleuten verheiratet waren. Niemand kam ihn je besuchen, aber er wußte, daß er bei jedem von ihnen ein Bett und einen Platz am Tisch finden würde, wenn er wollte. Und ich sprang über die Fensterbank ins Freie, ging durch das Gebüsch hinüber zu ihm, stellte mich mit den Händen in den Hosentaschen vor ihm auf und sah zu den Brennöfen hinüber:

»Ich würde nicht ungern dort arbeiten«, sagte ich.

Er bewunderte mich keineswegs dafür, wie ich es hätte erwarten können, er nahm die Pfeife aus dem Mund, spuckte nach einer Seite hin sehr Dünnflüssiges aus und sagte:

»Ich habe viele Jahre dort gearbeitet ... Und jetzt, jetzt bewache ich sie.«

Ich war froh, daß er mir nur so antwortete, wie von Arbeiter zu Arbeiter, ohne Staunen über das, was wie Seelengröße hätte erscheinen können. Und doch beharrte ich:

»Ah, das würde mir wirklich gefallen! Das ist fast wie Brotbacken! Ein Brot, das man nicht essen kann und das doch nicht weniger kostbar ist als das, welches man ißt ...«

113

»Richtig«, sagte der Alte.

Und ich fuhr fort:

»Es hat alles vom Brotbacken ... auf eine besondere Art, vielleicht sogar noch schöner. Auch der Duft beim Herausnehmen aus dem Ofen ...«, sagte ich.

»Richtig«, sagte der Alte.

»Es gibt das Brot für die Menschen und das Brot für die Häuser«, sagte ich.

Eines Tages fragte ich ihn:

»Stimmt es, daß es den Arbeitern nicht gutgeht?«

Er antwortete mir: »Es könnte ihnen besser gehen, das ist es nicht ...«

»*Was* ist es nicht?« fragte ich.

»Was weiß denn ich«, entgegnete er.

An einem anderen Tag fragte ich genauer nach.

»Und mein Vater, behandelt er die Arbeiter gut?«

»Er ist ein anständiger Chef«, antwortete er.

»Aber ist er wirklich Chef?« fragte ich. »Ist er nicht wie der erste unter den Arbeitern?«

Der Alte machte mit der Hand eine weit ausholende Geste, die die Gesamtheit der Dinge ringsum umfaßte: »Das kann er nicht sein«, erwiderte er. »Das ist alles sein.«

»Dabei war er mal Sozialist«, sagte ich.

»Mhm«, entgegnete er.

Ich setzte mich auf eine Stufe vor der Tür, tiefer als er, der auf einem Stuhl saß.

»Und ich bin Faschist«, sagte ich, »aber ich weiß, daß ich nicht Chef sein will.«

Der Alte spuckte nach der anderen Seite hin seine dünnflüssige, geräuschlose Spucke aus.

»Vielleicht ändern sich die Zeiten«, sagte er. Er zog an der Pfeife und setzte hinzu:

»Aber wenn ich Chef würde, begreife ich nicht, wie ich es anstellen sollte, das nicht zu wollen.«

Unterdessen waren in aller Stille die ersten Arbeiter gekommen, man hörte, wie ihre Schritte frische Spuren durch die morgendlich feuchte rote Erde des Vorplatzes und der Verladerampe zogen.

Zu Mittag bei Tisch war es immer mühsam. Ich sage zu Mittag, aber da lag schon der große Ein-Uhr-Schatten auf dem Vorplatz an dieser Seite des Hauses, und die Arbeiter hatten an der Verladerampe und an den Öfen die Arbeit schon wieder aufgenommen. Es gab zwei Fenster im Eßzimmer, von einem sah man hinter dem Vorplatz die Straße, das andere ging auf den noch tieferen Schatten unter dem Grün eines großen Baums, der in meinem Gedächtnis ohne Namen geblieben ist. Wir saßen im Kreis um den Tisch, in der Mitte Mama vor der Kredenz, Papa links von ihr, dann Menta, dann Guglielmo, dann Ciro, dann ich, dann Giuliano, der den Kreis rechts von Mama schloß. Irgendwo war da ein Glas mit Goldfischen, da war eine Reproduktion in Öl eines berühmten Frühstücks im Grünen, da war die Straße, die sich durch die Landschaft zog, da war das Laub des großen Baums ohne Namen.

Es war immer mühsam. Wir Kinder flüsterten leise, nur Mama und Papa sprachen, jeden Augenblick hatte mich Menta wegen irgendwas mit Blicken zu beschwören. Mein Vater hatte mir die Gedichte von Rimbaud weggenommen, und jetzt hielt Mama sie unter Verschluß. So betrachtete ich die großen, schwarz behaarten Hände, die mich beraubt hatten, ich betrachtete den weißen Kragen seiner Eva, die sämtliche Geheimnisse mit ihm teilte, und ich dachte an das Essen der Arbeiter, das eine Stunde zuvor stattgefunden hatte, in fröhlicher Unordnung zwischen den Stapeln von Ziegelsteinen hier und da, in der von Sonne und den Brennöfen warmen Luft. Und rumpelnd rollte das rote Brot der Ziegelsteine auf die Ladeflächen der Lastwagen.

Nachmittags lief ich dann wieder weit fort mit meinen Büchern unter die Eukalyptusbäume, und unter einem großen Strohhut kam meine Schwester vorbei in Gesellschaft der Bäuerinnen beim Mähen und rief mir zu: »Uhuuh!«

Auf dem Bauch durch das Gras gerobbt kamen meine Brüder, um mich aufzustöbern. Sie pirschten sich an, und man hörte den Jüngsten glucksen, wegen der Überraschung, die sie mir gleich bereiten würden.

»Wer da?« ging ich sofort auf das Spiel ein.

Und sie mucksmäuschenstill, sie atmeten im Rhythmus des Blätterraschelns zwischen den Baumwollpflanzen, dann, auf einen abgemachten Schrei hin, nahmen sie mich mit Aprikosenkernen von ihren Schleudern aus Rohr und Gummiband unter Beschuß. Giuliano hatte immer etwas, was er mir zeigen wollte.

»Komm, ich zeig dir das Sonnenhäuschen«, flüsterte er mir ins Ohr. Und an der Hand führte er mich ans Bachufer, bis zu der Laubhütte, die sie sich gebaut hatten.

»Warum?«

»Ja, um drin zu sein!«

Dann war es vier auf dem roten Vorplatz, und der Schatten vor dem Haus war länger geworden. Gemeinsam mit einem Schwarm Kinder liefen die Brüder wer weiß wohin. Sie gingen schauen, wie die Mädchen beschaffen waren, hatte Giuliano mir ins Ohr geraunt

Alle Jungs setzten sich im Kreis auf den Boden, wie ein Rat der Medizinmänner bei den Indianern, in einem Heuhaufen, und die Mädchen warteten draußen, daß sie eine nach der anderen hereingerufen wurden.

»Weißt du«, sagte Giuliano, »die Margherita, die will sich nicht mehr anschauen lassen.«

Ich fragte warum, Staunen vortäuschend.

»Pah, sie ist tabu geworden!«

»Tabu?«

»Guglielmo sagt es. Plötzlich werden sie tabu und wollen sich nicht mehr anschauen lassen. Er sagt, sie kriegen einen schwarzen Bauch, wie die Mamas, weißt du, und da schämen sie sich, und wir ziehen sie deswegen auch auf.«

Gegen fünf spannten wir das Pferd vor den Wagen, Menta und ich, und dann ging es zwei, drei Stunden lang im Trott unter den Bäumen dahin.

Wir fuhren in die alten Dörfer unserer Kindheit, alle aus roten Ziegelsteinen mit einer Kirche in der Mitte. Vor den Kirchen stiegen wir ab, denn ich wollte hinein, und so sah ich San Calogero mit dem Mohrengesicht wieder, San Nicola mit dem Faß mit den Kindern in der Salzlake, San Rocco mit dem Hundebiß am Knie, und die Heiligen Damiano und Cosma, die Ärzte des Herrn, jeder mit einem Palmblatt in der Hand.

»Menta, welches Dorf war das noch mit der Madonna auf dem Pferd?«

»Die Madonna auf dem Pferd? Nie gehört ...«

»Aber ja doch. Die Madonna auf dem Pferd, die die Sarazenen niederritt.«

»Es gibt keine Madonna auf dem Pferd.«

»Aber doch, Menta, ich erinnere mich genau. Es war in einem Dorf an einem Fluß voller Geröll, wo uns On-

kel Costantino auf den Jahrmarkt mitnahm. Ich habe
es nie mehr vergessen. Ich möchte wissen, welches
Dorf das war.«
Und holla! trieben wir das Tier fast zum Galopp, daß
es auf der Straße roten Staub aufwirbelte.

Beim Nachhausekommen sah man Mama an ihrem
Fenster stehen, in einem Gemisch aus Gerüchen von
dem Baum ohne Namen und den Öfen, und ich bekam
wieder Lust wegzulaufen. »Ach, Giovanna!« dachte
ich, aber ich fühlte, daß Giovanna nicht Flucht bedeuten konnte, irgendwie wurde die Anrufung in meinem
Herzen: »Ach, Zobeida!«
Beim Abendessen war es nicht so mühsam wie zu Mittag. Da waren zwei Lichter, einmal die große Porzellanlampe, die über dem Tisch hing, das andere kam von
den offenstehenden Fenstern her. Und da waren kleine
weiße Schmetterlinge, die über die Teller flatterten, da
waren zufriedene Stimmen von draußen, von Kindern
und Müttern, da war der eine oder andere Gast, der Buchhalter der Ziegelbrennerei mit seiner Frau oder der Pfarrer aus einem Nachbardorf oder irgendeine alte Jungfer
von Gutsbesitzerstochter, die mit dem Auto gekommen
war ... Da waren also zwei Welten, und in einer von beiden konnte man sich mit den Jungs abseits halten.
Danach ging ich sofort zum Lernen in mein Zimmer
hinauf, aber ich stellte mich ans Fenster. Unten, in dem
vom Rauch aus den Öfen noch hellen Abend spielten
die Kinder die für diese Tageszeit typischen Spiele und
sangen den Kehrreim dazu.

Madama, Madama Giulia
Di dove sei venuta

Ein Spiel spielten sie da, in das auch mich die Erinnerung sogleich wieder hineinversetzte. Es gehörte meiner entferntesten Kindheit an, in der Erinnerung. Man stellte sich in einer Reihe auf, jeder verbarg sein Gesicht am Rücken seines Vordermann, und man wartete, bis zwei Mädchen vorbeikamen. Eine war der Engel und führte einen ins Paradies, die andere war der Teufel und führte in die Hölle. Man wartete mit geschlossenen Augen, und sie kamen vorbei und berührten nach und nach jeweils den letzten in der Reihe mit der Hand. Sie gingen ohne einen Ton vorbei. Sie berührten einen, und man mußte »nein« oder »ja« antworten. Und man mußte hinter der hergehen, zu der man »ja« gesagt hatten. Das Spiel war aus, wenn alle sich in zwei Reihen hinter den beiden Mädchen aufgestellt hatten, und dann wußte man plötzlich, ob man auf der Seite des Engels oder des Teufels gelandet war. Aber uns kam es nur darauf an, mit dem Mädchen zu gehen, das wir am liebsten hatten, und wenn einen die Hand berührte, dachte man, das ist die Hand von Lena oder die Hand von Enrica, und man sagte »ja« oder »nein«, je nachdem ob die Furcht größer oder geringer war, es könnte nicht die Hand der Liebsten sein. Als ich es nun wiedersah, wunderte ich mich, daß das alte Spiel, das ich mitsamt der Zeit, in der ich es gespielt hatte, verschwunden geglaubt hatte, noch lebendig war. Ich betrachtete diese Kinder, die nicht meine Kameraden waren, und fast hatte ich den Eindruck, sie spielten nicht im Ernst, sondern nur, um sich über mich lustig zu machen, der ich es im Ernst gespielt hatte. Und ich fand das Gefühl wieder von damals, als ich es gespielt hatte, das Dunkel, wenn ich wartete. Ich zitterte wie damals. Und ich fühlte mein ganzes Leben eingetaucht in die Angst, nicht die Hand zu erraten, der ich folgen wollte, die Hand der Liebsten, meine ich, von der es gleichgültig war, ob sie in die Hölle führte oder ins Paradies.

Dann kamen nach und nach die Mütter und brachten die Jüngsten ins Bett, die anderen blieben verschüchtert zurück, der Lärm verebbte, und man hörte nichts mehr als die von Froschgequake erfüllte Landschaft. In der Ferne sah ich die Lichter des Bahnhofs. Es waren sieben. Ich erinnere mich noch daran, weil mir häufig, wenn ich sie eins nach dem anderen und dann alle sieben zusammen fixierte, zum Heulen zumute wurde.

VIII

Briefe von Tarquinio begannen einzutreffen.

»Lieber Mainardi. Ich wußte ja, daß Du ein Schuft bist, aber nicht bis zu welchem Grad. Fünfzehn, zwanzig Tage, seitdem Du weg bist, und nicht einmal eine Ansichtskarte! Unglaublich. Oder hat die *Moral* Dich in einen finsteren Turm gesperrt? Wir hier können uns noch gar nicht über deine Abwesenheit trösten. Die Signora Formica weint und seufzt nur noch ... Aber wirklich, Spaß beiseite, es kommt mir vor, als hätte ich mein ganzes Leben nichts anderes getan, als mit Dir zusammenzusein, mit Dir zusammen nachzudenken, und jetzt begreife ich gar nichts mehr. Ich bin so allein, ehrlich; eine Seele in Verdammnis. Es ist keiner mehr da, der es schafft, mich aus dem Bett zu holen. Ich liege da, rauche und rauche, und es wird Zeit zum Mittagessen; da erscheint dann die Madonna der Sieben Schmerzen, Signora Formica, voller Sorge, daß die Suppe und das Essen kalt werden.

Nichtsdestotrotz hatte ich gleich nach Deiner Abreise die Kraft gefunden, vier Tage hintereinander um halb neun aus dem Haus zu gehen und die schriftlichen Prüfungen abzulegen. Und wie es scheint, auch ziemlich gut. Aber so bei der Hälfte der mündlichen, da konnte ich nicht mehr vor lauter Langeweile und mußte abbrechen.

Nach Haus zu kommen und Dein Bett mit den Beinen
in der Luft zu sehen, wie einen Wagen im Schuppen,
bedrückte mich dermaßen. Mit den Beinen in der Luft,
das ist natürlich nur so eine Redensart. Unser Dragoner sagt so, das weißt Du ja. Aber ich sah es wirklich
so vor mir. Auch die anderen beiden aus dem Zimmer
sind heimgefahren, und das ›Feld‹ ist bloß noch eine
Rumpelkammer. Nur mein ›Zelt‹ steht noch immer.
Und darauf flattert die Fahne der Trostlosigkeit, Heilige Mutter Gottes!

Und Dir ist das alles egal. Ich möchte wetten, Du hast
auch deine *demoiselle élue*, wie du sie nennst, vergessen. A propos, weißt du, daß sie wieder da ist? Vorgestern abend habe ich sie unter den Oleanderbäumen
beim Sonntagsspaziergang gesehen, und am Arm ihres
Herrn Papa, des Obersten, trug sie ein Kleid in japanischem Himmelblau zur Schau, mit einem Taschentuch von demselben Himmelblau, aber nächtlich, und
mit wirklich schreiend roten Punkten drauf, zu denen
einem nur noch eins einfiel: Kugeln, Kugeln. Man bekam regelrecht Lust zum Billardspielen. Aber herrliche nackte Arme hat sie, das muß man ihr lassen. Du
solltest jedenfalls wissen, daß Du und ich Freunde
sind und daß man einen Freund nicht zwanzig Tage
lang ohne Nachricht läßt, auf die Gefahr hin, daß er
sich in Unkosten stürzt, weil er Dich für tot hält.«

»Mein lieber Mainardi. Um so besser, was Du schreibst,
aber glaub bloß nicht, daß Du damit schon entschuldigt wärst. Allerdings nehme ich mit lebhafter Freude
zur Kenntnis, daß Du sogar für die Dritte lernst. Und

ich wünsche Dir, daß Du es schaffst, das soll allen Bes-
serwissern eine Lehre sein, die sie so schnell nicht
vergessen.

Auch ich lerne, genug, glaube ich, um im nächsten Oktober diese Geschichte mit der Schule endgültig abzu-
schließen, und daß keine Schüler um mich herum sind,
hilft mir sehr. Ja, in Eurer Gegenwart grauste mir vor
dem Lernen, in gewisser Weise, ganz besonders vor bestimmten Büchern. Wahrscheinlich ist die Sache die,
daß ich nichts tun kann, ohne es ernsthaft zu tun. Und
ihr Schüler lernt so wenig ernsthaft ... Aber ich lerne
im Bett und nehme keine Nachhilfestunden mehr. Wäre da nicht die Liebe zum Sommer, ich ginge, glaube
ich, überhaupt nicht mehr aus dem Haus. Die Sonne
lockt mich auf die Straße, nachmittags. Alle drücken
sich in den schmalen Schattenstreifen auf der linken
Seite der *Parasanghea*, aus Angst zu verblöden, ich dagegen hüpfe in der weißen Gluthitze rechts auf der *Parasanghea* herum und werde intelligenter denn je. Du
wirst jetzt ein Gesicht schneiden, aber du weißt nicht,
wie wahr das ist! Mir scheint, ich kann sogar die Gedanken von einzelnen Grashalmen lesen, von einer solchen großen Klarheit fühle ich mein Gehirn durchdrungen ... Die Signora Rosmunda sagt, ich bin der
Teufel, weil ich all ihre Falschmünzerabsichten in
punkto Kochen zunichte mache. Aber ich weiß nicht.
Ich nehme an, ich müßte seltsame Gelüste haben,
wenn ich der Teufel wäre. Dagegen habe ich auf gar
nichts anderes Lust, als so weiterzumachen, die Sonne
zu genießen, die Affenhitze zu genießen, meine Intelli-
genz zu genießen, meine guten Einfälle zu genießen,
die Liebe zu genießen, die ich für meine Freunde emp-
finde, und so weiter. Ciao, und antworte mir bald.«

»Lieber Mainardi. Du sagst, das sei neu bei mir, daß ich etwas ernsthaft mache? Ich posiere, sagst Du? Gut, ich wollte, Du könntest mich sehen in dem, was ich Dir von mir erzählt habe. Fast erröte ich, daß ich es Dir erzählt habe, wegen der Worte, die Du mir dafür an den Kopf wirfst. Ich hatte vielleicht mit Deiner vornehmsten Eigenschaft gerechnet, mit Deiner Schüchternheit, aber ich sehe, daß Du überhaupt nicht schüchtern bist, sobald Du aus der Entfernung zur Feder greifst, anstatt Deine Stimme ertönen zu lassen, schade! Ich sehe, daß es so, schriftlich und auf die Entfernung, vielleicht keine ›Höhle‹ gäbe zwischen uns. Und deshalb käme ich Dich am liebsten besuchen, wenn ich mir nicht sicher wäre, daß Dein Vater mich schief ansehen würde, wie eine Art Verführer Deiner Jugend, und daß ich mit Deinen Brüdern vom ›Sonnenhäuschen‹ eine Freundschaft auf Leben und Tod schließen und Dich links liegen lassen würde. Auf jeden Fall, warum sollte es da nicht etwas Neues geben bei mir? Man verändert sich, stelle ich mir vor. Das sage ich, wenn es wirklich um etwas ›Neues‹ ginge. Aber ich habe ja bloß etwas festgestellt, und ich versichere Dir, daß das, was ich da feststelle, etwas Altvertrautes in mir ist, wie jemand seine Nase als etwas Altvertrautes fühlen würde, oder die Augen, wenn ihm nach zwanzig Jahren zum ersten Mal auffiele, daß er sie hat. Im übrigen war das nur ein Punkt in meinem Brief. Zudem ein Punkt voller ›Vielleicht‹. Wieso hältst Du Dich fast Deinen ganzen Brief über dabei auf? Man würde sagen, es beunruhigt Dich zu wissen, daß ich mich ernsthaft einer Sache widme. Man würde sagen, es enttäuscht Dich. Aber reden wir von etwas anderem.

Die Signora Rosmunda hat mir einen ins Zimmer gelegt, von dem ich nicht weiß, ob ich ihn für einen Voll-
idioten oder ein Genie halten soll. Es ist ein Junge vom
Land, der bei den Übergangsprüfungen vom Gymnasium zum Lyzeum in Geschichte und Geographie
durchgefallen ist. Sein Gesicht ist bedeckt von Som-
mersprossen, obwohl seine Haare schwarz sind wie El-
sternfedern, die ersten zwei Wochen nach den Prüfungen hat er bei seiner Familie auf dem Land verbracht,
und jetzt ist er wiedergekommen, um sich bei einem
Professor vorzubereiten. Aber es ist ein Rätsel, wie sie
ihn ausgerechnet in Geschichte und Geographie
durchfallen lassen konnten. In Geschichte weiß er sogar, wie viele Hebräer unter dem Sassaniden gegen
Rom kämpften, welche Ereignisse in der Französischen Revolution zum Massaker auf dem Marsfeld
führten, und er weiß von jedem einzelnen der Abgeordneten im Konvent, wer für den Tod des Königs
stimmte, wer für Gefängnis und wer für bedingte Frei-
heitsstrafe ... In Geographie kann er dir alle Städte auf-
zählen, die auf dem 48. Breitengrad liegen und ihr
Verhältnis zum Längengrad. Seitdem ich seine Fähig-
keiten entdeckt habe, verbringe ich Stunden um Stunden damit, in ihm zu blättern wie in einem Atlas. Und
gar nicht so sehr, um davon zu profitieren, er fasziniert
mich einfach ... Und dann ist er merkwürdig schüchtern. Er muß sich für seine Socken schämen, für seine
Unterhosen. Abends, wenn ich früh nach Hause komme, wartet er mit dem Ausziehen, bis ich eingeschlafen bin, und morgens ist er immer schon auf, ge-
waschen und fix und fertig angezogen, wenn ich
aufwache. Im übrigen ist er überhaupt kein Streber, die
Bücher rührt er nicht mal an, Schulbücher, meine ich,

er geht in die Bibliothek und kopiert Stiche. Und zu Hause zeichnet er, schneidet aus und klebt zusammen, aus Papier und Wachs hat er das ganze Paris von 1789 nachgebaut, mit Notre-Dame und der Bastille, mit dem Pont-Neuf und der Tour de Nesle, den Cafés vom Palais Royal und so weiter, wie auf zeitgenössischen Stichen. Er hat eine Menge Leute, alle einen Zentimeter hoch, die hat er Stück für Stück auf Fabriano-Papier gezeichnet und ausgeschnitten und auf kleinen Sockeln aus Wachs befestigt, im Türkensitz auf dem Boden hockend verschiebt er sie in seinem Paris von einem Viertel ins andere, so langsam und konzentriert wie ein Schachspieler. Was für einen Gefallen findet er daran, allein zu spielen? – habe ich mich gefragt und ihm gesagt, wenn er wollte, könnte ich auch mal mit ihm spielen. Die Sache gefällt mir nämlich. Aber er ist rot geworden, als hätte er erst jetzt bemerkt, daß ich ihm zusah, und hat Paris unters Bett geschoben und mir erklärt, da gäbe es nichts zu spielen. Seine Stimme zittert beim Sprechen, und er hat mir erzählt, bei sich zu Hause hätte er Babylon, außerdem Korinth samt seinem Hafen und Schiffen, Talamone mit der etruskischen Kavallerie, Karthago mit dem Heer von Matho samt Elefanten, eine mexikanische Stadt mit den Tempeln der Totengötter und so weiter und so fort. Als er das sagte, wirkte er wie einer, den man auf frischer Tat ertappt hat und der nun angibt, wo die Opfer von früheren Verbrechen begraben liegen. Er ist fünfzehn. Nach dem, wie er sich kleidet, würde man sagen, er ist Sohn von Arbeitern oder Bauern. Und vor allem nach der Art wie er schaut. Aber er hat keine Ideen. Alles in allem halte ich ihn doch für einen Idioten. Jetzt, wo er mit im Zimmer ist, stehe ich nicht mehr so spät auf und ver-

126

bringe den Großteil des Tages im Freien. Vielleicht, weil ich ihn irgendwie nicht leiden kann, vielleicht auch, um ihm bei seinen Spielen Luft zu lassen ...«

»Lieber Mainardi. Ich lese von Deinen Gewissensbissen wegen der Arbeiter, von Deinen Gesprächen mit dem Wächter und so weiter. Gut, Du bist also doch der, für den ich Dich immer gehalten habe, und ich beglückwünsche mich, Dich zum Freund zu haben. Aber fang deswegen nicht an herumzuspinnen, daß Du kein Faschist bist, sondern Kommunist. Hör mal ...
Ich lerne jetzt im Café, aber nicht im *Pascoli & Giglio*, in einem anderen, wo ich mich wohlfühlen kann. Ich bestelle einen Espresso und rauche. Der Raum ist dunkel, kühl, voller Pflanzen und Schatten. Es handelt sich um das Café bei der Oper, ich glaube, wir waren einmal zusammen dort. Du weißt ja, die Leute gehen nur an Theaterabenden während der Saison dorthin, sonst ist es verlassen. Ich setze mich in eine Ecke, von wo aus man den Treppenaufgang und den Vorraum des Theaters überblickt, und ich lerne und genieße dabei die Stimmen von zwei jungen Mädchen, Schwestern aus Südtirol, die jetzt in dem Lokal bedienen. Sie tuscheln miteinander hinter den Pflanzen und hinter der Theke, wie wenn sie in der Kirche wären, sie heißen Amina und Federica und sind hübsch, sie kämen gern mit ins Bett, glaube ich, auch beide zusammen, wenn es mir gelänge, die Sache irgendwie als ländlichen Schwank darzustellen, wie ein Schäferspiel. So stelle ich mir das gerne vor, aber ich habe keine Lust, es zu tun, bis jetzt.
Für diese Art von Dingen gehe ich weiterhin zu Madame Ludovica, und dort warte ich auf Zobeida. Fast ha-

be ich Fieber, wenn ich sehr auf sie warte. Man hat mir gesagt, sie käme im Oktober. Mir scheint, sie wird viel bei mir entscheiden, diese Königin … Wenn sie nicht in irgendeiner Weise Königinnen sind, dann sind die Frauen nichts. Und sie ist eine Königin. Auch nur einen Kuß von ihr zu bekommen, aber einen richtigen Frauenkuß, das würde mich, so fühle ich, aus dem Limbus hinausführen, dem wir Jungs mit unseren Dingen angehören, trotz unserer Gedanken. Aber ich möchte sie mit mir nehmen. Ich werde vom Vormund verlangen, daß er mich als jungen Mann behandelt; ich bin immerhin neunzehn mittlerweile. Und Du wirst platzen vor Wut und Neid. Du wirst schon sehen, ich werde sie mir nehmen, ganz für mich allein, ohne Dir die Zeit zu lassen, hinzulaufen und sie auch nur einmal zu besitzen …«

»Lieber Mainardi! Du sagst, Du willst nicht, daß ich Dir von Zobeida erzähle? Das ist komisch! Fürchtest Du vielleicht, Dein Vater könnte diese Briefe lesen? Oder macht es Dich tatsächlich wütend und neidisch, daß es da die Möglichkeit einer Zobeida für mich gibt? In diesem Fall, weißt Du, was Du da bist? Ein schrecklicher Egoist bist Du! Du hast Giovanna, mit all dem, was Giovanna für Dich bedeutet, und willst auch noch Zobeida. Oder meinst Du vielleicht, Du teilst die Wasser und hältst es für selbstverständlich, daß Du auch eine Zobeida brauchst? Aber wenn ich Du wäre, würde ich die Wasser nicht teilen. Ich würde an Giovanna denken, wie ich jetzt an Zobeida denke, und würde mir von ihr erwarten, was ich mir von Zobeida erwarte. Ärgere Dich nicht. Du glaubst vielleicht, sie, die Frauen, meine ich, fühlten sich beleidigt, wenn man so etwas von ihnen erwartet. Aber ich habe in einem Buch gelesen, daß das nicht stimmt. Sie erwarten sich gar nichts Besseres; und wenn sie sich verschließen, wenn sie nie von sich aus anfangen, dann weil sie sich im Grunde einen blutigen Kampf wünschen. Es gibt da für jede Frau einen Blutfleck am Anfang der Liebe, denk daran, aber das, was wirklich zählt, ist immer jenseits dieses Fleckens. Und so kannst du etwas Gutes auch in einer finden, die auf den Strich geht … Ich sage Dir das, weil ich es weiß. Vor fünf Jahren habe ich gesehen, wie ein Mädchen, die von einem Fuhrknecht vergewaltigt worden war, am Tag nach der Vergewaltigung Haus und Familie verlassen hat, um auf die Suche nach ihrem Fuhrknecht zu gehen, mit dem sie nie zuvor ein Wort gewechselt hatte, den sie nicht einmal gegrüßt hatte. Ich kannte diesen Fuhrknecht; das war ein unmöglicher Typ, dürr, die Mütze bis über die Ohren heruntergezogen. Und dieses Mädchen kannte ich auch, das war in einem unserer Vororte, schon fast auf dem Land. Ich war damals im Internat, und im Sommer fuhren wir ins Sommerquartier, unser Gittertor lag gegenüber dem Haus des Mädchens. Sie, ihre Schwester und ihre Mutter waren Wäscherinnen, und sie wuschen für das Internat. Ihre Schwester war bucklig, sie aber war braun und sympathisch, und ich schlüpfte in den Freistunden durchs Tor und ging hinüber in ihr Haus und setzte mich dort hin. Als wir von der Vergewaltigung erfuhren, schliefen wir Jungs die ganze Nacht nicht, wir hatten den Wagen des Mannes eine Stunde lang in der Dämmerung vor dem Haus stehen sehen, während die Mutter und die Bucklige unterwegs waren, um die Wäsche auszutragen. Ich dachte an das Mädchen wie an eine Ermordete. Ich dachte, ich bin solidarisch mit ihr, wenn ich den Mann verabscheue. Dagegen hörten wir sie am nächsten Tag von ihm reden wie jede Frau von ihrem Mann redet. Ich glaube, den Mädchen könnte gar nichts Besseres passieren als so was, auch unseren Stadtfräuleins nicht, nur daß die nicht so einfach wären, glaube ich, sondern auf Heimlichtuerei bestehen würden, auf das Verstohlene ... Komme ich Dir vielleicht zu abgeklärt vor? Aber meine Abgeklärtheit hat mir noch nichts Wirkliches eingebracht ...

Deshalb erhoffe ich mir so viel von Zobeida. Man könnte es für absurd halten, sich von einer Seite etwas zu erhoffen, die der, wo üblicherweise die wahren Dinge gedeihen, diametral entgegengesetzt ist. Und doch ist es ganz und gar nicht absurd. Von einer x-beliebigen würde ich mir nichts erhoffen ... Bei ihr ist es die königliche Schönheit ... Noch jeder Mann muß vor ihr verstummt sein. Und dabei hängt alles davon ab, daß es einem gelingt zu sprechen. Und sie zum Sprechen zu bringen. Ich will das erreichen. Ich glaube, von einer wie ihr kann man viel bekommen, wenn es einem nur gelingt, die Sache auf die Ebene der Worte zu bringen. Mehr als von einem unschuldigen Mädchen. Ein Mann ist ein Gott, wenn es ihm gelingt, die Liebe einer gefallenen Frau zu erringen. Und ihre Schönheit hat mich mit dem Wunsch erfüllt, ein Gott zu sein. Sie ist eine Königin ... sie ist eine Königin. Ich werde nicht müde, es zu wiederholen. Ah, mein Lieber, sie ist eine Königin, und ich werde der König sein, der ihr ihre stumme Macht einer Königin nimmt, der sie zum Sprechen bringt. Du wirst meinen, ich habe Dir absichtlich wieder von ihr geschrieben, aber nach Deinem Verbot war es mir unmöglich zu schweigen. Und nachdem ich mir den ganzen Tag lang vorstelle, wie ich plötzlich erfahre, daß sie wieder da ist, daß sie erfährt, durch die Frauen von Madame Ludovica von meinem Interesse erfährt, wie ich erfahre, daß sie unterwegs ist zu mir ... Wirklich, da habe ich das Gefühl, *ihre Hand müßte sich mit einemmal auf meine Schulter legen! ...*«

»Lieber Mainardi. Ist es möglich? Das ist außerordentlich, daß Du dasselbe empfunden hast ... Bist Du wirklich sicher, daß es nicht nach meinem Brief war? Auf jeden Fall kam es bei Dir von diesem Spiel ... Und dann, in Dir ist die Angst, sagst Du, wie eben in dem Spiel, daß es nicht wirklich die Hand der *Liebsten* ist. Während ich die absolute Gewißheit habe, daß es ihre Hand sein wird, die mich berührt. Es ist das Warten auf sie, das sich ins Warten auf ihre Hand verwandelt hat. Wenn ich es recht bedenke, ist es in meinem Fall nur ein Bild ... Es könnte ihre Stimme sein, statt ihrer Hand. In Deinem Fall dagegen ist es ein regelrechter Seelenzustand; denn Dich bedrückt ein Gefühl des Unbekannten. Du weißt nicht, was Du willst, Du verfluchter Kerl! Aber ich schwöre Dir, daß ich Dich lehren werde, zu wissen, was Du willst, wenn Du erst wieder hier bist. Es ist der 10. August heute, der 10. August, und es fehlt wenig mehr als ein Monat, anderthalb Monate bis zu Deiner Rückkehr. Weißt Du, daß ich sie herbeisehne, Deine Rückkehr? Auch weil ich natürlich weiß, daß nach Deiner Rückkehr sie kommen muß. Aber ich habe Verlangen nach Deiner körperlichen Anwesenheit in diesem Zimmer, nach Deiner Gesellschaft, nach Deiner moralischen Unterstützung bei der Eroberung Zobeidas. Ich habe das Gefühl, ich habe Dich noch nie so gerngehabt wie jetzt

… Und ich werde Dich lehren zu wissen, was Du willst, ich werde Dir helfen, Dein Herz zu ergründen, ich werde Dir auch materiell helfen, wenn Du es brauchst, auch Wache würde ich stehen an der Tür, hinter der Du bist mit Deiner Liebsten … Das Wichtigste ist, daß Du herausfindest, was Du willst. Das ist für jeden Mann das Wichtigste. Sonst ist man wie Pelagrua. A propos, weißt Du, daß er wieder aufgetaucht ist? Ich habe ihn getroffen, wo er am wenigsten hinpaßt, im Parteibüro nämlich. Genau vor drei Tagen, am Abend. Und seither fragt er jeden Augenblick nach mir, er braucht Gesellschaft, er findet niemand von seiner Wintertruppe, er ist verzweifelt, er leidet unter der Hitze wie eine Robbe, und er schleppt mich in die Badeanstalt, zum Abendkonzert, ins Varieté, er verfolgt mich mit Vertraulichkeiten über seinen Tripper, er hält mir Vorträge, die sich ausnehmen wie Lektionen in Sexualvergnügen … Er ist ein Vieh, und von der widerwärtigen Art obendrein, aber es gelingt einem einfach nicht, ihn ganz abschütteln zu wollen, so verschreckt, wie er jetzt wirkt.«

»Lieber Mainardi. Du sagst, ich soll von ihr erzählen. Von wem? Immer noch von Zobeida? Oder von Deiner *demoiselle élue*? Ich sehe sie in der Badeanstalt, wo ich jetzt mit Pelagrua hingehe. Und ich muß gestehen, daß sie wirklich sehr, sehr sympathisch ist. Sie wirkt auf mich allerdings zu erwachsen, wenn ich mir Dich neben ihr vorstelle. Im Badeanzug jedenfalls. Sie ist ganz Frau, mit nur einer einzigen, winzigen Stelle, an der sie Mädchen ist, zwischen der Nase und den Augen, vielleicht durch die Art, wie sie schaut. Auch Zobeida erinnere ich mich, hat eine Stelle im Gesicht, an de sie Mädchen ist ... Aber von einem echten Mädchen, von der Neugierde, von dem Herausfordernden und der Lust am Intrigieren und Konspirieren eines jungen Mädchens hat sie rein gar nichts. Dürfte es auch nie gehabt haben. Und diese mädchenhafte Stelle, die sie hat, ist nicht der Rest von etwas, was da mal war, nein, das ist ein Zug, der ihr ihr Leben lang bleiben wird. Ich verstehe, warum sie Dich angezogen hat ... All die Dinge, die man in Eurem Fall tut, die Blicke, das Warten am Fenster und dergleichen, das muß einem wunderbar ernsthaft vorkommen mit ihr ... Ah, ich verstehe! In ein bloßes Vorübergehen muß sie eine Entschiedenheit legen, wie bei der äußersten Hingabe. Sie ist eine Frau, die dir schon beim ersten Wort des Einverständnisses das Gefühl gibt, ganz dir zu gehören, das sehe ich. Wie jedem Außenstehenden, so vermittelt sie mir, allen das Gefühl, sie gehörte einem anderen ... Und was für ein Abgrund muß sich da in ihrem Leben, in ihrer Familie aufgetan haben! Ich glaube nicht, daß es so leicht sein wird für Dich, sie zu erlegen. Ich kannte sie nicht, als ich Dir in diesem Sinn schrieb ... Mir scheint, das war dumm. Und Du, wer weiß, wie Du von oben herab an mich gedacht hast! Und kein Wort, Du Aas! Tust so, als hättest Du nichts gehört! Es ist immer etwas Mißtrauisches an Dir, ein schiefer Blick, wie bei Pferden ... Sogar dann, wenn Du Dich in anderer Hinsicht ganz anvertraust ... Aber Vorsicht, ich bleibe bei meiner Meinung. Ich urteile nicht, ich ziehe vor. Mehr denn je ziehe ich Zobeida vor. Mehr denn je, sage ich. Ein so wenig, so überhaupt nicht mädchenhaftes Mädchen ruft Abneigung in mir hervor. Kurz, ein Mädchen, an dem, entschuldige den Ausdruck, an dem so wenig zu vergewaltigen ist ... Man würde sich nicht mal als Mann fühlen, wenn man sie hat. Das würde die Sache zu normal machen, zu sicher, und gleichzeitig abhängig von einem Haufen äußerer Umstände. Während das Schöne bei den Frauen doch ist, daß sie dir richtig verloren vorkommen und sich ernsthaft an dich klammern, danach. Glaube ich. Und sie würde dir das Gefühl geben, daß es ihr völlig gleichgültig ist, ob du sie verläßt.

Wie eine Zobeida ungefähr, aber mit dem Unterschied, daß sich eine Zobeida, wenn es dir gelingt, sie zum Sprechen zu bringen, in eine jungfräuliche Gottheit verwandelt unter deinen Händen, glaube ich. Und dir das Gefühl gibt, ein Schöpfergott zu sein. Das ist es, was ich will. Ich glaube, es ist gut für einen Mann, daß er an einem bestimmten Punkt seines Lebens ein Schöpfergott sein will. Und daß ihm das gelingt. Damit man sich achten kann, später, wenn das Leben grau wird. Hast Du keine Angst davor, wenn das Leben grau wird? Du dürftest nicht die geringste Angst davor haben, wenn Du Giovanna wirklich gern hast. Mit ihr würde das Leben auf der Stelle ruhig und grau. Und da hätte es weder Kampf noch Sieg gegeben, um daraus die Achtung vor sich selbst zu schöpfen.

Oh, entschuldige, ich habe wohl den Faden verloren! Zu viel auf einmal. Ich möchte nicht, daß Du meinst, ich verachte sie. Es hat mich nur gewundert zu sehen, wie sie ist, das ist alles. Während sie wie ein ganz normales Mädchen wirkte, wenn man ihr auf der Straße begegnete. Ich bitte Dich, glaub nicht, daß ich sie verachte.«

»Lieber Mainardi. Hast Du meinen letzten Brief noch nicht bekommen? Sollte Dein Vater ihn beschlag-

134

nahmt haben? Ich weiß nicht, was ich von Deinem Schweigen halten soll, nachdem wir uns einen ganzen Monat lang regelmäßig geschrieben haben. Melde Dich umgehend, sobald Du diesen hier erhältst. Ich kann nicht anders, als Dir alle vier, fünf Tage zu schreiben. Damit bin ich einen halben Tag lang beschäftigt, auf eine so sinnvolle Weise für mich, daß ich es am liebsten tagtäglich tun würde. Aber natürlich könnte ich Dir nicht schreiben, wenn da nicht Deine Antworten wären. Ich würde es schließlich als umsonst empfinden, also genau das Gegenteil von dem, was es gegenwärtig für mich ist. Ebensogut könnte ich ein Tagebuch führen, und Du weißt, daß ich nicht fürs Tagebuch geschaffen bin, ebensowenig wie für andere einsame Unternehmungen. Hier hat man uns getrennt, mich und den Fabrikanten antiker Städte. Man hat uns in zwei Zimmerchen getan, eins nach Norden, das andere nach Süden innerhalb der Rosmundinischen Hallen. Denn die übliche Truppe von Tänzerinnen ist angekommen, und die großen Zimmer mußten ihnen überlassen werden. Den größten Teil des Tages verbringe ich nun in meinem Zimmerchen wie in einer Schiffskajüte und betrachte den Himmel, wie er in dem Spiegel gegenüber vom Fenster vorbeizieht. Morgens werde ich durch ein Geräusch von nackten Füßen auf der Treppe nebenan geweckt. Man hat einen so leichten Schlaf am Morgen. Nur selten treffe ich eine von ihnen im Flur oder auf der Treppe. Und wenn sie morgens so ihre Tanzproben machen, ist das fast rührend. Unbekannt wie sie sind, denkt man nicht an sie. Und Ungeduld kommt auf, daß man noch keine Frau liebt ... Und das Warten auf Zobeida wird auch nach außen hin das, was es im Grunde ist, die Erwartung einer Huri. Mein Alter, wie schön das Leben doch ist, auch wenn man nicht wirklich lebt!

Weißt Du, ich gehe weiterhin mit Pelagrua baden, aber nicht mehr mit dem Dampfer, wir gehen an den Strand beim Stadtwall, und dann schwimmen wir zur richtigen Badeanstalt unter dem rosa Berg hinüber. Das sind ungefähr siebenhundert Meter, und wir kommen immer völlig erschöpft dort an, aber wir kommen an. Dann fahren wir triefnaß auf dem Dampfer zurück, und auf halber Strecke springen wir wieder ins Wasser und schwimmen zurück zu den Umkleidekabinen und unseren Kleidern beim Stadtwall. Viele andere Jungs machen es auch so, natürlich um bei den Mädchen Eindruck zu schinden. Und sie unterhalten sich mit den Mädchen. Ich nicht, ich lasse mir von einem Bekannten eine Zigarette geben und rauche sie im Liegen auf der Mole. Gestern war ich verzweifelt, ich fand niemand, den ich hätte bitten können, und da besaß ich die Unverfrorenheit, Deine Giovanna zu belästigen. Sie hat gelächelt und ist mir ein Päckchen kaufen gegangen. Sie raucht nicht, sagt sie. Wir haben nicht weiter miteinander geredet. Sie ist sofort wieder gegangen, und ich fühle mich leicht geknickt. Heute bin ich nicht runter gegangen. Ich möchte nicht mehr hingehen. Sie hatte etwas Verächtliches in ihrem Lächeln, und ich fürchte, ich könnte anfangen, sie zu verabscheuen. Denn sie ist ein Typ von Frau, den ich verabscheuen könnte. Mißfällt Dir das? Fast kommt es mir absurd vor, daß sie der Gegenstand Deiner einsamen, melancholischen Träumereien ist. Fast kommt es mir vor, Du denkst schon gar nicht mehr an sie. Sag mir, ob ich völlig falsch liege, sobald Du mir schreibst. Du hattest gesagt, ich sollte Dir von ihr erzählen, ich habe Dir von ihr erzählt, Du aber schweigst. Möchtest Du jetzt vielleicht lieber, daß ich nicht mehr von ihr erzähle? Jedenfalls, hier meine Hand, lieber Alessio Mainardi, ich verabschiede mich von Dir, bevor man das Licht anknipsen muß. In der Küche habe ich im Vorbeigehen eine Wassermelone gesehen, dick wie ein Bauch, smaragdgrün liegt sie in dem frischen Brunnenwasser im Eimer, und jetzt hole ich mir mein Taschenmesser unter der Matratze hervor und schleiche auf Zehenspitzen hinunter, wie Sindbad der Seefahrer, um mir die Hälfte davon abzuschneiden ...«

»Lieber Mainardi. Nur Mut, der Sommer ist bald vorbei. Es ist der 27. August, und die große Hitze dieser Tage ist nichts als der Höhepunkt der Qual. Fünf, sechs Attacken noch, und es regnet, Du wirst sehen. Sonst würde man verrückt, glaube ich.

Es ist gleich Abend; die Bullaugen meiner Kabine stehen beide offen, die Tür auch, und trotzdem muß ich Dir an die Marmorfassung des Spiegels gelehnt im Stehen schreiben, denn im Sitzen würde ich festkleben. Und ich habe nichts am Leib. Auf dem Balkon nebenan ist die Signora Rosmunda, die sich fächelt, ich höre, wie sie ihrem Papagei, dem *Quinioquinio*, ihr Leid klagt, mehr denn je fühlt sie sich als arme Verlassene. Die ganze Stadt fächelt sich, die halbe Welt ißt Eis, die andere Hälfte schläft auf den Wassermelonen ausgestreckt. Und am Strand herrscht großes Getümmel.

Auch von hier aus kann man gegen Mittag das Stück Meer unter Deinem rosa Berg sehen, voller Köpfe, wie eine Unmenge von angeschwemmten Fischleichen. Aber fantastisch ist es abends, wenn man mit der

Fähre vom Stadtwall nach Santa Lucia fährt. Kaum kommt man aus dem Kanal heraus, die ganze Strecke am Borgo Calafati entlang, mit diesen Holzhäusern, Du weißt schon, da sind Schwärme von weißen Gespenstern, die baden. Das sind Frauen aus dem Volk mit Kindern und Wassermelonen, und sie planschen. Im Wasser hockend brüllen sie jedem Boot hinterher, das vorbeikommt: »Halt Abstand, du Rindvieh.« Aber der Matrose läßt sich das auch zweimal sagen und kurvt zwischen den Rücken in Hemden herum, Schweinereien vor sich hinmurmelnd. Und löst schallendes Gelächter aus. Sie sind bis Mitternacht dort, sagt uns der Matrose. Und dann verschlingen sie am Ufer Wassermelonen. Findest Du das nicht fantastisch? Das ganze verborgene Leben des Volkes, das da plötzlich in einer Falte der Stadt zum Vorschein kommt. Denk doch nur, wie sie sich den Hof machen, im Volk. Mit Püffen und Zwicken. Und doch so leidenschaftlich!

Danke für Deinen Brief, aber siehst Du, wohin Du mich bringst damit? Deins ist kein Brief, das ist eine Seite Prosadichtung über das Landleben, und so habe auch ich mich, aus einem Sinn für Gleichgewicht, daran gemacht, über den hiesigen Sommer zu dichten. Seltsam Dein Schweigen über alles, was uns als Freunde betrifft! Schon seit zwei Briefen antwortest Du mir sozusagen nicht ...«

»Lieber Mainardi. Ja, ich habe Giovanna wiedergesehen. Gestern bin ich zum letzten Mal nach der alten Art zum Baden gegangen. Zum letzten Mal, sage ich, denn heute regnet es. Auch vor ein paar Tagen hat es schon ein bißchen geregnet und gedonnert, aber heute ist es scheinbar ernsthafter. Ich habe sie im Wasser wiedergesehen und bin ihr einen Moment lang nachgeschwommen. Sie war in Samaragdgrün ... Ich habe sie gefragt, ob ich ihr im Namen eines Freundes ein Kompliment machen dürfte.

Ich würde es vorziehen, daß er selbst kommt und es mir sagt, hat sie mir geantwortet. Glücklich darüber, mir das Maul gestopft zu haben, schien sie, Herrgott nochmal! Und weggeschwommen ist sie, um am Strand wieder aufzutauchen. Oh, habe ich dem Himmel gedankt für den Stand der Gnade, in dem ich mich befinde, in Erwartung meiner Huri! Ich finde sie entschieden unangenehm, diese Giovanna. Und ich fürchte, ich würde nicht gerne zu Dir kommen, wenn ich sie auch dort treffen müßte. Sie ist von einer geistigen Grobheit, nicht in den Umgangsformen, wohlgemerkt, die einen in Rage bringt ... Trampel ...

A propos, weißt Du, daß *Frosch* vorgestern aus dem Grab seiner Rippenfell- und Lungenentzündung wiederauferstanden ist? Aus dem Anlaß haben seine Eltern ihn neu eingekleidet, und zwar echt neu im englischen Kolonialstil, das heißt in Khaki. Die Idee muß ihm gekommen sein, als er im Bett lag. Oder vielleicht hat er vor, in die Tropen zu reisen und ein Held zu werden, um Dir dann Deine Schöne mit Hilfe von Löwenfellen abspenstig zu machen. – Wen ziehen Sie vor, Signorina Giovanna, mich oder ihn? – Und legt ihr ein Löwenfell zu Füßen. – Ich frage Sie ein zweites Mal, Signorina Giovanna, ziehen Sie mich vor oder ihn? ... Und ein zweites Löwenfell. – Zum dritten Mal, Signorina Giovanna, ich oder er? – Und ein drittes Löwenfell, und noch eins und noch eins bis ultimo ... Der Junge hat Mumm, mach Dir da nichts vor.«

»Lieber Mainardi. Ich verstehe Deinen Wutausbruch nicht und ich behalte mir vor, Dich dafür büßen zu lassen, besser gesagt, Dich zu zwingen, alles zurückzunehmen. Physische Repressalien sind angesagt, das meine ich ernst. – Ich weise Dich darauf hin, daß mit Datum 29. September, mit anderen Worten in zwanzig Tagen, für Dich die Prüfungen beginnen, wenn Du noch Lust darauf hast. Ich habe Deinen Antrag eingereicht und die Gebühren für Dich bezahlt; ich füge die Quittung bei.

Hier ist seit gestern stürmisches Wetter, die Luft ist ständig violett. Versteht sich, es ist Dein rosa Berg, der den Sturm anzieht, er steckt voller Gold von den Arabern, lauter Piaster und Zechinen, nach dem was man sich erzählt, deshalb zieht er die Blitze an. Addio, ich bin schlapp. Ich bin seit vielen Tagen schlapp. Und ich habe bemerkt, daß *Frosch* mich beschattet. Verstehst Du das?«

Danach war Herbst im Land der Brennöfen.

Es kam das »Pack« zur Baumwollernte, Zigeunergesichter waren es, finstere Männer mit Ohrringen, olivbraune Frauen, und sie schlugen ihr Lager unter den Eukalyptusbäumen auf, wo sie am Abend ein Feuer aus Wermutzweigen anzündeten. Gebückt gingen sie herum mit einem Korb umgehängt und pflückten fächerförmig über die Ebene verteilt. Sie riefen sich ab und zu, wie Wachen. Und Menta fuhr mit dem Wagen die Wege ab, mit dem Ausdruck der Sklavenhalterin, die sie beaufsichtigt – eine sanfte Sklavenhalterin allerdings. Dann kam Regen, und es roch nach Wurzeln. Die ganze letzte Woche regnete es, ich begann, meine Koffer zu packen, ich war mir meines Sieges gewiß und schickte einen Expreßbrief an die Signora Rosmunda, sie solle mir den üblichen Platz wieder reservieren. Ich schrieb an Tarquinio und kündigte ihm meine Ankunft für den nächsten Tag um fünf Uhr nachmittags an; es würde mich freuen, schrieb ich ihm, wenn er mich am Bahnhof abholen käme. Und am nächsten Morgen, ein paar Stunden vor der Abreise von zu Hause, kam Post für mich, ein Brief von *Frosch*.

»Mainardi. Ich habe Deinen Sieg auf dem *Matto Grosso* nicht vergessen, und das verpflichtet mich, Dir in allem, was Signorina Giovanna angeht, zu dienen. Das ist gerecht. Wenn ich gewonnen hätte, dann hättest Du mir die rote Nelke gegeben, *nicht wahr?*
Ich setze Dich also in Kenntnis, daß Dein Freund Tarquinio Giovanna nachstellt, ja, genauer gesagt, ich bin in der Lage, Dir zu berichten, daß die beiden sich gestern abend unter der Haustür einen Kuß gegeben haben. Ich erwarte diesbezüglich die Anweisungen, die mir zu geben Du für richtig hältst. Cosimo Gulizia.«

Also reiste ich mit dem Gedanken, daß ich ihn noch einmal verprügeln würde. Ein schöner Jago war mir das, dieser verdammte *Frosch*!

IX

Am Bahnhof war aber niemand, und *Frosch* konnte auch recht haben.

»Wer weiß, vielleicht hat er ja meinen Expreßbrief nicht bekommen«, dachte ich, und während der Droschkenfahrt an den Parkanlagen entlang war ich erfüllt von dem menschenfreundlichen Verlangen, beliebt zu sein und Freunde zu haben.

In der Pension herrschte Schreien und Gelächter, Getöse vom Fangenspielen auf den Fluren.

Die Signora Rosmunda kam mir mit großen Willkommensbezeugungen zwei Stufen über die Schwelle entgegen. »Lieber Junge, lieber Junge«, sie versuchte, mir einen meiner Koffer abzunehmen, schaffte es aber nicht, und außer Atem klatschte sie unverzüglich in die Hände, um den Dragoner herbeizurufen.

»Es ist alles voll, wissen Sie, alles voll«, rief sie, zufrieden wie ein kleines Mädchen.

Es war gestopft voll mit externen Schülern, die zu den Prüfungen gekommen waren, zusätzliche Betten waren aufgeschlagen worden, sogar im Flur standen welche, und auch auf den Tischen und am Boden im ehemaligen ›Feld‹ lagen Matratzen.

»Sehen Sie, Mainardi«, sagte die Signora Rosmunda zu mir, »im Augenblick ist alles durcheinander, aber es macht Spaß, sie sind so fröhlich, diese Jungs, nicht? Ich darf bekanntmachen: Signor Perez, Signor Valente, die Herren Baiardo, Cosentino, Mattioli, Trovato, und dieser junge Mann hier ist aus Tripolis, Achmed Cogia, ihr seid alle Zimmergenossen, ist das nicht fantastisch?«

»Fantastisch, fantastisch«, echoten mit schlauer Miene diese meine sieben neuen Kameraden.

Der aus Tripolis, keineswegs »der Mohr, der von Afrika übers Meer gekommen«, wie ich mir gewünscht hätte, saß auf Tarquinios Bett, mit einem Fez aus Astrachanpelz auf dem Kopf, und lachte.

»Wir sind alle Türken, mein Lieber«, kam einer mit nervösen Backenknochen zu mir her, und es schien, als verzehrte er sich danach, die Welt zwischen seinen Zähnen zu zermalmen, »findest du das etwa nicht fantastisch? Bei uns hast du es zu tun mit ...«

Ich war verärgert.

»Pah«, sagte ich da, »Türken oder nicht, ich habe jetzt keine Lust, euch die Taufe zu erteilen.«

»Der?« rief der Tripolitaner und umklammerte seine Knie vor lauter Lachen.

»Gleich werf ich ihm den Fez aus dem Fenster«, dachte ich, aber im Grunde war er mir sympathisch, und ich richtete einen langen, herausfordernden Blick auf die anderen.

»Was meinst du, Perez«, murmelte einer mit kräftigen, behaarten Beinen zu dem Größten und sicherlich Stärksten der ganzen Truppe, »sollen wir ihn foltern?« Und der so angeredete Perez: »Warte, laß mich nur machen.«

So kam er zu mir her, und er hatte blaue Augen und zwirbelte sich mit einem Finger eine Locke an der Stirn.

»Freunde, nicht wahr?« sagte er, während er meine Hand ergriff und zerquetschte.

»Oh, immer langsam!« sagte ich, und in einem Anfall von Wut versetzt ich ihm einen Kinnhaken. Da war die Schlägerei fertig. Sie warfen mich zu Boden, und während ich mich zur Wehr setzte, hörte ich den Tripolitaner brüllen: »Kastrieren wir ihn, kastrieren wir ihn!«

Unterdessen stieß die Signora Rosmunda spitze Schreie aus, als würde sie gleich in Ohnmacht fallen, der Dragoner kam herbeigelaufen, um uns mit dem Besen auseinanderzutreiben, und andere Jungs aus den benachbarten Zimmern liefen herbei. Dann sah ich Perez am Waschbecken stehen und sich mit dem Taschentuch das linke Auge kühlen; ich sah sein enttäuschtes Gesicht im Spiegel; während der mit den behaarten Beinen zu einem Bett hinüberhumpelte, sicher, weil er einen Tritt abbekommen hatte, und sich setzte.

Ich war am Boden liegen geblieben und sah zu.

»Schämt euch! Ihr solltet euch schämen!« sagte die Signora Rosmunda und konnte sich gar nicht beruhigen.

Und ich dachte sofort an Tarquinio.

»Ist er fort?« fragte ich die Signora Rosmunda und deutete auf sein Bett, wo noch immer der Junge aus Tripolis saß und lachte.

Die Signora schüttelte in ihrer ergebenen Weise den Kopf, als wollte sie gleich in Tränen ausbrechen.

»Oh, es ist eine Woche her, daß er fortgegangen ist«, sagte sie, »ich hab ihm noch zugeredet, gehen Sie nicht, Signorino Tarquinio, ich habe ihn liebgehabt wie einen Sohn, an nichts habe ich es ihm fehlen lassen, in all diesen Jahren. Und nachdem er weg war, sind diese Teufel hier gekommen, wer hätte das ahnen können ...«

Ich fragte, wo er jetzt wohnte, und sie erwiderte, er sei in einem Hotel, im *Corona di Ferro*.

»Und meinen Expreßbrief, haben Sie ihm den geschickt?« fragte ich zögernd.

»Ach ja, richtig«, sagte sie, »Ihr Expreßbrief ... Er ist gerade heute morgen erst gekommen. Ich habe ihn noch hier, wollen Sie ihn?«

Ich sprang auf vor Erleichterung. Tarquinio war fort, aber nicht, weswegen ich befürchtete. Ich war sicher, daß *Frosch* gelogen hatte.

Und eine Stunde später traf ich meinen Freund auf der Schwelle des *Corona di Ferro*, während er gerade im Begriff war auszugehen und einen Moment innehielt, um sich die Leute zu betrachten; wie um noch einmal Luft zu holen, bevor er sich ins Getümmel stürzte.

Ich glaube, er sah, daß ich auf ihn zukam.

Sein kurzsichtiger Blick war auf etwas hinter mir gerichtet, dann ruhte er plötzlich auf mir, lächelnd und irgendwie gekünstelt, ohne Erstaunen. Und lachend schüttelten wir uns die Hände. Früher pflegten wir uns zu umarmen. Diesmal nicht, aber es war, als fühlten wir uns zu erwachsen dafür.

»Du Schuft, du hättest mir auch Bescheid geben können!« sagte er.

Und ich: »Ich hatte dir doch Bescheid gegeben, dorthin, wo ich wußte, daß du bist. Was ist dir denn da für eine Idee gekommen, aus der Pension auszuziehen?«

Und er: »Pah! Ich bin doch kein Junge mehr, um in einer Schülerpension zu wohnen. Du weißt, daß ich neunzehn bin? Früher oder später hätte ich da ohnehin was ändern müssen.«

Aber ich fühlte, daß er mich nicht überzeugte und daß ich traurig war. Zu Signora Rosmunda hatte ich ihn gebracht, und sein Auszug jetzt, das war, als wäre etwas zwischen uns zu Ende.

»Tut dir das leid?« fragte er besorgt.

Und fügte hinzu: »Ich finde, das zählt nicht, um Freunde zu bleiben, in unserem Alter ...«

»Hm«, sagte ich, »du kannst recht haben ... Aber es war schön, zusammen zu sein.«

Und nach einer Pause: »Wir hatten die ›Höhle‹ ... Und jetzt ist es auch mit dem ›Feld‹ vorbei.«

Und er abrupt: »Nun ja, die Jahre vergehen.«

Dann hakte er sich bei mir unter.

»Willst du nicht sehen, wie ich wohne?« sagte er. »Weißt du, ich habe jetzt mehr Geld, und da hat mich die Lust auf Veränderung gepackt. Hierher kann ich auch eine Frau mitbringen, wenn ich will ...«

Aber das Hotel war eins von den schäbigsten.

Von der Straße aus ging es zwischen hellblauen Wänden sofort eine steile, schmale Stiege hinauf. Dann ging man durch ganz enge Flure wie im Kloster, an deren Ende irgendwo ein Kanarienvogel zwitscherte. Wir traten in das Zimmer, während auf der Straße mit einem Schlag die Lichter angingen.

Die Tür stieß gegen das Bett, das aus Eisen war. In einer Ecke sah ich ein dreibeiniges Gestell mit dem Weiß der Waschschüssel und einen Spiegel, einen Tisch mit Wachstuch darauf, und ich bemerkte, daß kein Schrank da war.

»Vom Balkon aus ist es schön«, sagte mein Freund.

Von dort aus sah man auf die Straße zwischen zwei Meerarmen, voller Leute vom Fischmarkt. Man hörte die Rufe der Verkäufer, die gekochten Tintenfisch anboten. Und an der Straßenecke zur Piazza delle Palme hin brannte in einem schwarzen Öfchen ein winterliches Koksfeuer.

»Was ist dieses Feuer?«, sagte ich. »Schon Maroni? ...« Tarquinio schnupperte in der Luft nach dem Geruch.

»Sicher«, sagte er. »Sie stehen schon wieder an den üblichen Stellen. Kaum sind sie mit den Wassermelonen fertig, fangen sie mit den Maroni an ... Aber du, spürst du nicht, wie sehr es schon Winter ist?«

Ich spürte es nicht, und gern wäre ich ein Eis essen gegangen, dennoch, dieser Geruch von Kastanien in der Glut – und es war nur ein Hauch – trug den Sommer weit fort und die ganze Schule vom Jahr zuvor.

»Also gefällt es dir, wie ich mich eingerichtet habe?« sagte Tarquinio.

Es gefiel mir ganz und gar nicht, es erschien mir eine schmerzvolle Veränderung auch für ihn, irgendwie gewaltsam, doch ich antwortete, daß es »auf dem Balkon schön« sei.

»Aber sag mal«, fuhr ich fort. »Ist es möglich, daß du einfach so weggegangen bist, ohne jeden Grund?« Ich zögerte bei jedem einzelnen Wort.

»Dieses Zimmer hier ist deprimierend«, sagte ich. »Brauchst du das Alleinsein?«

»Brauchen!« sagte er, aber leise. »Es geht nicht ums Brauchen. Es geht darum, mit dem Erwachsenenleben anzufangen. Und wenn man nicht allein ist, fängt man nicht damit an ...«

Mir scheint, du fängst als armer Teufel damit an«, sage ich, sofort selbst bestürzt über das, was ich da sagte. In der Tat verfinsterte sich Tarquinios Gesicht. Wir gingen hinaus, und bis zu der Ecke, wo die Maroni verkauft wurden, sagten wir nichts.

»Kaufen wir welche?« sagte er und kramte in seinen Taschen.

Dann gingen wir, die Taschen warm und prallvoll mit den knusprigen Dingern, einer beim anderen eingehakt weiter.

»Im Ernst«, sagte Tarquinio. »Glaubst du, ich werde ein armer Teufel sein im Leben? Siehst du, in wenig mehr als einem Monat werde ich aus der Schule entlassen, und ich habe nicht die Absicht, mit der Universität weiterzumachen. Ich will sofort anfangen. Auch mit dem Geldverdienen, wenn möglich. Eine Werkstatt, hatten wir gesagt; aber wie könnte ich Arbeiter sein? Ich weiß nicht, ich sehe mich da nicht. Arbeiter, das ist wie Schüler oder Soldat, es steckt voller Jungenhaftigkeit. An den Meister in einer Werkstatt hatten wir gedacht, nicht wahr?«

»Ja ...«, sagte ich. »Aber in der ›Höhle‹ war das nicht so.«

»Aber in der ›Höhle‹, das war doch ein Spiel«, sagte Tarquinio. »Ist dir das noch nicht klargeworden? Mir schon. Verstehst du, man kann mit sechzehn die ›Höhle‹ gehabt haben und im Leben Bankbuchhalter werden, wenn nicht wirklich etwas in dir dich daran hindert. Und ich bin Sklave, Sklave, Sklave von etwas, was mich hindert ... Und dabei möchte ich so gern wirklich frei sein, von mir aus auch, um Buchhalter zu werden, warum denn nicht? Du wirst schon sehen, sobald du dich auch erwachsen fühlst, und es ist nicht gesagt, daß das mit achtzehn auf dich zukommt, du könntest bis dreißig ein Junge bleiben, ja vielleicht noch länger. Aber du wirst sehen, an einem bestimmten Punkt merkt man, wie schön es wäre, sage zu können: das und das mache ich. Es gibt keine Le

bensform, die einem nicht schön vorkommt, und man möchte unbedingt schon mitten drin sein, selbst wenn es ein Buchhalterleben ist. Weißt du, wenn man erst mal so weit ist, macht das keinen Unterschied mehr, es gibt keine Spießer; man ist erwachsen und basta ...«
Ich war erstaunt.
»Du redest wie einer, der heiraten will«, sagte ich. Das war, nachdem er ein Weilchen geschwiegen hatte.
»Kann sein«, sagte Tarquinio, »aber das bedeutet nicht, daß ich heiraten will. Das heißt, doch, ich würde schon gern. Aber etwas wird mich immer daran hindern, wie es mich daran hindern wird, in das Leben eines Buchhalters zu schlüpfen, das habe ich ja schon gesagt. Auf jeden Fall kann ich kein Junge mehr sein, das ist das Entscheidende, und auch wenn ich nicht arbeite, wenn ich in einem Hotel leben muß mit dem Geld, das ich von meinem Vormund bekomme, dann aber doch ganz als Erwachsener. Verstehst du, was ich meine?«
Ich nickte: »Ich verstehe, ich verstehe ...«
Aber Tarquinio ließ mir keine Zeit zum Weiterreden, es war klar, daß er mein Verständnis nicht brauchte. Nur dieser mein Satz vom »armen Teufel« hatte ihm Eindruck gemacht, und er zündete sich eine Zigarette an, um darauf zurückzukommen.
»Du findest, ich fange als armer Teufel an?« sagte er. »Weil ich im *Corona di Ferro* wohne? Aber hör mal. Vom Vormund kriege ich jetzt achthundert Lire im Monat. Wenn du es bedenkst, manch einer muß mit achthundert Lire ein Leben bestreiten. Er hat Frau und Kinder, er hat ein eigenes Eßzimmer, wo niemand ißt außer ihm. Würdest du so jemand einen armen Teufel nennen, der dieses besagte Eßzimmer hat auf der

großen weiten Welt, für immer sein? Stell ihn dir vor, wie er beim Milchkaffee am Tisch sitzt …«

»Oh Gott, was für ein Schwachsinn!« rief ich aus.

Trotzdem rief mir das, was er das Leben eines Mannes nannte, meine Kindheit in den Sinn. Ein Mann sitzt an einem Tisch beim Milchkaffee … Ich sah mich selbst wieder, als Kind. Und einen Moment lang hoffte ich, es könnte wieder wundervoll sein, an einem Tisch zu sitzen und auf den Milchkaffee zu warten. Aber das war nur ein Moment, dann kam mir das sofort wieder unmöglich vor, und ich rief, das sei Schwachsinn.

Tarquinio sah mich fragend an.

»Schwachsinn?« sagte er.

Und ich sah, daß er mich mißverstand.

»Oh, ich sage ja nicht, daß es albern ist«, beeilte ich mich richtigzustellen. »Ich sage bloß, daß ich nicht daran glaube.«

»Du glaubst nicht daran?« sagte Tarquinio. »Genau das heißt, ein Junge zu sein. Erinnerst du dich noch, wie ich selbst war? An was ich glaubte, im Leben eines Mannes? Das kam mir alles verächtlich vor, mit wenigen Ausnahmen. Diese Ausnahmen aber, das sind im erwachsenen Leben die, die Jungs geblieben sind. Nimm Liebknecht zum Beispiel. In seinem Innersten ist Liebknecht nie wirklich ein Mann gewesen. Das vermute ich wenigstens, nach dem großen Spiel zu urteilen, das er brauchte.«

Ich platzte heraus: »Verdammt, hast du dich verändert!« sagte ich.

Ein Lächeln geheimen Triumphs huschte über das Gesicht meines Freundes.

»Nicht verändert«, sagte er. »Ich habe dich abgehängt, das ist es …«

150

Unterdessen schälte er sich seine Maroni in der Tasche und kaute.

»Deiner Ansicht nach«, sagte ich, »wären die Revolutionen und Kriege also nichts weiter als ein Spiel ...«

»Sicher: für den, der sie macht«, sagte Tarquinio. »Und all die sogenannten großen Männer sind nichts weiter als Jungs. Hast du die *Aufzeichnungen aus St. Helena* gelesen? Da siehst du, daß Napoleon genauso denkt, wie wir zur Zeit der Streiks. Nie ist da in seinen Worten etwas, weshalb wir ihn uns vorstellen könnten, gerne und für sich allein, abgeschlossen in seinem Zimmer. Der Unselige, er trauerte seinen Schlachtfeldern nach, und dabei war er in einer Lage, in der ein echter Mann, einer, der die Intimität kennengelernt hat, dem Moment des Milchkaffees nachgetrauert hätte. Da sind Welten dazwischen, mein Lieber ...«

Wir waren vor dem Kino Ideal angelangt, demselben, wo im Juni *Guanto di Cavallo* gelaufen war, und wir blieben stehen, gebannt vom Geräusch der Vorführmaschine, um dem Pferdegetrappel in der Steppe zu lauschen, wie es früher hieß.

»Da drin ist es voller Männer«, dachte ich, »sicher sind das Männer, und doch reißen sie sich darum, sich als Jungs zu fühlen.«

Es lief *Uno Yankee alla Corte di Re Artu*, und auf einem Szenenfoto hielt Tom Mix das Mädchen in einem Kuß unter sich fest.

»Da«, rief ich heftig, »da siehst du, wie jungenhaft die Welt ist?«

Aber sogleich mußte ich ein ernstes Gesicht machen; Froschs Brief war mir eingefallen, und zwar auf eine Art und Weise, die ihn mir zum ersten Mal lebendig und glaubwürdig machte. Das wars: Tarquinio war *kein Junge mehr* und Giovanna, resolut und verschlossen wie ich sie kannte, war *nie Mädchen gewesen.*

Wir sprachen über die Schule, bogen auf den Domplatz ein, den ehemaligen *Ponto Eusino*, wir gingen in einen Tabakladen, um Zigaretten zu kaufen, schließlich wollten wir uns verabschieden, er hielt mir schon die Hand hin, als ich ihn unvermittelt fragte:

»Und von Giovanna weißt du nichts?«

Tarquinio zögerte.

»Warum? Liegt dir noch immer was an ihr?«

Ich wurde rot, aber wir standen fast im Finstern, mitten zwischen einer Laterne und der nächsten auf dem von Blättern dunklen Platz.

»Hm!« sagte ich. »Na gut ... Jungs sollten nie zu lange an etwas hängen.«

Wir waren zusammen wieder weitergegangen, aber auf Distanz, die Hände in den Hosentaschen, wie zwei, die sich streiten wollen, und als ich mit dem Fuß an eine Streichholzschachtel stieß, schubste ich sie mit kleinen Stößen vor mir her.

Dann ein Ausbruch.

»Hör mal!« stieß ich hervor, und kickte die Schachtel weit weg, so daß ich sie verlor. »Ich glaube es ist besser, wir reden mal Klartext miteinander. Ich weiß, daß du sie geküßt hast.«

Und Tarquinio: »Wen?«

Er sagte es mit gedämpfter Stimme, als antwortete er mir aus dem Inneren eines Zimmers heraus. Trotzdem beharrte ich.

»Muß ich es erst noch wiederholen? Giovanna ...«, sagte ich.

Aber sogleich fühlte ich mich verloren, dazu bestimmt, eine Art *Frosch* zu werden: der Widerwärtigste unter den Beleidigten.

»Ach so, ja?« sagte Tarquinio, und es schien, als spräche er in Gedanken. Und indem er sich mir zuwandte, wurde er nach und nach ironisch.

»Und du, was glaubst du denn, was ein Kuß ist?« meinte er. »Die Posaune des Jüngsten Gerichts? Ich könnte sie auch geküßt haben, sogar noch bevor es dir in den Sinn kam, ihr den Hof zu machen, warum denn nicht?« In diesem Augenblick erhellte ihm die Zigarette, an der er einen langen Zug tat, das Gesicht, und ich sah, daß er lächelte. Und danach konnte ich ihn mir nicht mehr ohne dieses Lächeln vorstellen, dieses zersetzende Lächeln, die ganze Zeit über, die er redete und die wir noch beieinander waren.

»Aber mit dir ist nicht zu spaßen«, sagte er. »Ich will dich nicht heulend ins Bett schicken.«

Und er drückte meinen Arm.

»Komm, Junge, ich weiß doch, daß du so ein Junge bist. Willst du mir glauben? Ich habe sie nicht geküßt. Ich sage dir noch mehr. Ich pfeif auf sie, sie ist mir unsympathisch, ich verabscheue sie. Weißt du das nicht schon seit einer Weile?«

»Ja, ich glaube dir«, sagte ich, und ich war sicher, daß er mich nicht belog.

Trotzdem empfand ich keine Erleichterung. Ich fühlte nur, daß es peinlich gewesen war, schrecklich peinlich, und daß es jetzt nicht mehr möglich war, nicht einmal mehr ganz leise, uns eine Wahrheit zu sagen, vielleicht weil er aus der Pension ausgezogen war.

»Ich spendier dir einen Kaffee. Willst du?« sagte da Tarquinio.

Das waren unverhoffte Worte voll einer alten Freundschaft, und ich hatte sie nicht erwartet. Sie standen für all die Male meiner Rückkehr vom Land, für all das, was einmal unsere Stadt gewesen war: Seit einer Stunde wieder da zu sein, aus dem Zug gestiegen zu sein und Tarquinio am Bahnhof getroffen zu haben, und an Giovannas Straße zu denken.

Wir gingen ins *Pascoli & Giglio*, dann wollte Tarquinio mich bis an die Haustür begleiten; er war fröhlich, pfiff vor sich hin. Aber als wir auf die *Parasanghea* einbogen, sah ich in der Menge den Fez des Tripolitaners. Vor jedem Schaufenster stehen bleibend und sich unter großem Gelächter anrempelnd, kamen sie näher, meine neuen Zimmergenossen, alle sieben.

»Oh, da ist ja Bernardi!« schrie der mit den behaarten Beinen.

Und sie lächelten mir zu wie alte Freunde. Nur der Tripolitaner tat es mit unverhohlener Ironie.

»Wer ist das?« fragte Tarquinio.

»Das sind die Türken …«, sagte ich. »Ich habe sie in der Pension angetroffen, sie haben das ›Feld‹ besetzt, und der mit dem Fez ist an deiner Stelle.«

Unterdessen waren sie vorbeigegangen; und ich berichtete kurz von dem Auftritt bei meiner Ankunft in der Pension.

»Was für Typen, nicht wahr?« sagte ich zum Schluß. »Findest du sie nicht ziemlich komisch?«

»Ich finde sie sympathisch«, sagte Tarquinio mit einer Ruhe, daß man ihn hätte ohrfeigen mögen.

Weiter oben stieß die Bande, die kehrtgemacht hatte, wieder zu uns, man sah, daß sie neugierig auf uns waren, und Perez fragte mich, ohne jedoch stehenzubleiben, ob ich nicht vielleicht essen ginge. So hörte ich noch einmal, daß sie mich Bernardi nannten.

»Nicht Bernardi«, sagte ich. »Mainardi!«

»Ah, Mainardi!« sagten sie alle fast wie im Chor.

So gingen wir ein Stück gemeinsam weiter, und ich stellte meinen Freund vor.

»Sehr erfreut! Sehr erfreut!« überstürzten sie sich. Es war, als hätte ich ihnen ein Eis ausgegeben. Sie rollten mit den Augen, die vor Genugtuung glänzten, als wäre ihnen ein großer Coup geglückt, und sie drückten Tarquinio aufs wärmste die Hand. Er aber wollte bald gehen.

»Ich wohne weit weg. Wir sehen uns«, sagte er trokken.

Und zu mir: »Komm mich besuchen, sobald du kannst. Gegen elf Uhr morgens, ich bin immer zu Hause.«

Ich hätte ihn beschwören mögen, daß wir uns noch am selben Abend wiedersähen. Ich fühlte, daß ich ihm böse sein würde, wenn wir so auseinandergingen. Aber mein Groll hielt mich zurück.

Und mit den Türken gab es sofort eine Art Kreuzverhör.

»Woher kennst du ihn?« sagte Perez. »Das ist doch einer von der Universität, nicht?«

Man sah, daß sie ihn als Erwachsenen bewunderten.

»Der muß aber stark sein«, sagte der Tripolitaner. »Ich wette, er kann reiten ...«

Da packte mich ein merkwürdiges Verlangen, meinen alten Freund irgendwie zum Teufel zu jagen.

»Der und reiten?« sagte ich.

Und ich schaute in die Runde: »Armer Tarquinio, schön wär's! Aber der muß sich sogar vor den Frauen in acht nehmen. Er hat so schwache Nieren ...«

Trotzdem war es zuviel für mich, sie lachen zu hören. Und während wir in loser Reihe die Treppen hinaufstiegen, die ich so oft hinuntergelaufen war, glücklich, meinen Freund aus dem Haus gelockt zu haben, war mir, als hätte ich eine Wahl getroffen.

Die Prüfungen begannen.

Am ersten Tag war Italienisch dran, und um halb zwölf gab ich meinen Aufsatz ab, überzeugt, den schönsten Aufsatz geschrieben zu haben, der je von einem Gymnasiasten geschrieben wurde. Es waren Tage verbissener Anspannung. Die Nachmittage schloß ich mich in einem Zimmerchen ein, das die Signora Rosmunda mir zur Verfügung gestellt hatte, und las meine Schulbücher noch mal von vorn bis hinten durch, in der Angst, ich könnte nicht gut genug vorbereitet sein. Ab und zu sagte ich mir: »Bestimmt kommt er mich besuchen.«

Aber Tarquinio hatte auch Prüfungen, und da die Prüfungskommission für das Abitur in der Universität untergebracht war, hatte ich nicht einmal Gelegenheit, ihn vor der Schule zu treffen. Ich vermutete, daß er genauso verbissen bei der Sache war wie ich, und meine Verbissenheit steigerte sich noch; so als ob nur einer von uns beiden versetzt werden könnte. Und versetzt werden mußte ich, er dagegen mußte durchfallen, denn er sollte Schüler bleiben und wieder ein Junge werden, und ich in Giovannas Klasse kommen; so war das.

Die Tage mit den schriftlichen Prüfungen gingen vorbei.

Mit seiner wehleidigen Stimme hatte Pater Caffaro, der für Griechisch und Latein, mir gesagt, ich leistete wahre Wunder. Auch die *Dauersechs* hatte mich angehalten und gefragt, bei wem ich gelernt hätte: es war unglaublich, wie ich soviel hatte lernen können, wenn da nicht was faul war dran … Und die liebe, liebe *Bermuda*, eines Tages in den Anlagen hatte sie mir versprochen, sie würde dafür sorgen, daß man es mir nicht zu schwer machte bei der Chemieprüfung, vor der ich mich fürchtete.

So daß ich frohlockte und gar nicht mehr wollte, daß Tarquinio mich besuchen kam.

Und *Frosch* hatte ich getroffen.

»Weißt du«, beeilte ich mich, ihn anzubrüllen, und lief weiter, »die Geschichte mit dem Kuß, die wirst du mir noch büßen, bei Schulanfang …«

Aber ich hatte gar keine Lust, sie ihn büßen zu lassen – was lag mir schon daran, daß er gelogen hatte? – alles veränderte sich, alles war in die Ferne gerückt, und ich schwang mich auf in diese ›Ferne‹, wurde selbst fern dadurch.

Und ich wunderte mich nicht, daß ich Giovanna nie sah. Es war gut so. Sie wartete auf mich in ihrer Bank, in die sie mit ihrem Messerchen Diana eingeritzt hatte.

Dann war der 10. Oktober, und es regnete.

Es hatte am Abend zuvor angefangen und sah so aus, als würde es in der Nacht vorübersein, doch da begann es erst so richtig in Strömen zu gießen. An diesem Tag sollten in der Schule die Ergebnisse der schriftlichen Prüfungen ausgehängt werden, mit den Zulassungsnoten für die mündlichen, und die Schüler drängten sich lärmend in den Hauseingängen gegenüber dem Lyzeum und warteten auf die Glocke des Jüngsten Gerichts, wie sie sagten. Das *Pascoli & Giglio* war brechend voll und hell erleuchtet hinter seinen großen Scheiben, obwohl es Nachmittag war, so daß es wirkte wie ein Altar.

Ohne Schirm hatte ich mich an den Hausmauern entlanggedrückt, und ein plötzlicher Blitz, heftiger als die anderen, hatte mir keine Zeit gelassen, bis ins Café hinüberzukommen. Ich hatte mich in einem Hauseingang untergestellt, in der Absicht, die Straße zu überqueren, sobald auch der Donner verhallt wäre.

»Oh Gott«, hatte ich ausgerufen, und drinnen war ich auf die Türkenbande gestoßen.

»Hast du auch Angst?« fragte mich die Stimme des Kleinen mit dem Katzenkiefer.

»Ich nicht«, sagte ich laut; unterdessen fuhr erneut ein Blitz über den Himmel, und in einer Ecke zuckte jemand ängstlich zusammen.

»Aber sicher, komisch ist es schon mit all diesem Regen …«, setzte ich hinzu.

»Oh, das sind jetzt genau neunzehn Stunden«, sagte Perez, »seit gestern abend um zehn, immer gleich heftig. In den Tropen regnet es so …«

Und Trovato, das war der mit den behaarten Beinen: »Ist doch schön, nicht? Und dieser Blödmann da hat Angst, wer hätte das gedacht?«

Sie lachten.

»Wer hat Angst?« fragte ich.

»Der Janitschare, stell dir vor. Siehst du ihn, er hat sich da auf das Dings von der Treppe gesetzt, um Holz zu berühren. Er hat Angst vorm Donner.«

Und einer ging zu ihm hin, aber nicht ironisch, er wirkte eher liebevoll.

»He, Achmed, es donnert doch gar nicht, hörst du nicht, daß es nur Blitze sind? Bloß ein bißchen elektrischer Orgasmus, das ist alles …«

Da brach der Donner los, und keiner hatte Zeit zum Lachen; er war zu heftig.

»Gütiger Gott!« dachte ich. »Hier geraten wir noch in einen Orkan.«

Und ich spürte, wie ich nervös wurde.

Ich hätte zum Café hinüberlaufen oder mich neben den Jungen aus Tripolis setzen wollen. Komisch, daß er Angst vorm Donner hatte, dachte ich, darin war er wie Tarquinio, und ich wagte nicht, mir einzugestehen, daß er darin auch war wie ich selbst. Da konnte es ein Einverständnis geben zwischen uns, einen Donnerpakt ...

»Pah, das heißt bloß, daß er intelligent ist ...«, sagte ich.

»Was?« fragten sie.

»Ja, wenn er Angst vor dem Donner hat, bedeutet das, daß er ein empfindlicher Mensch ist.«

Sie hielten es für einen Witz.

»Ach so?« schrie Perez erregt. »Dann nur zu, Achmed, das tut dir gut ...«

Und der Junge aus Tripolis fing an, gegen mich zu wettern.

»Schickt ihn raus, diesen Trottel«, brüllte er, »schickt ihn raus ...«

Aber das Prasseln des Regens, der plötzlich heftiger wurde, übertönte seine Stimme, und wieder blitzte es. Die Donner rollten dumpf, wie durch Nebel.

»Komisch, nicht?« sagte der Kleine. »Das Getöse des Wassers verschluckt alles. Noch nie hab ich es so regnen hören, noch nie.«

Man hätte meinen können, ein großer Fluß mit Hochwasser umgäbe uns unsichtbar von allen Seiten. Wir standen auf der Schwelle; wir konnten sehen, wer ge-

genüber im Café saß, und das Verlangen, hinüberzu-
laufen, wuchs. Aber es schien, als würde uns das Wasser fortspülen, wenn wir einen Fuß auf die Straße setzten. Draußen im Freien war nichts zu sehen als eine
Droschke, sie stand fast genau vor dem Lyzeum,
verlassen, und das Pferd wieherte und trat ab und zu
einen Schritt zurück: ein weißes Pferd. Weiter hinten
stand der Asphalt des Domplatzes gänzlich unter Wasser, war tief schwarz.

»Da, jetzt ist der Strom ausgefallen!« stellte Perez fest.
Ein Geschrei hatte sich erhoben in dem Café ohne
Licht.

»Na, das kann ja ein schöner Abend werden«, dachte ich.
Und ich hatte Sehnsucht nach geschlossenen Räumen,
nach Wärme, danach, in einem Haus zu sein, das erfüllt war von der Stimme von jemand, der gesagt hatte: »Heute abend spielen wir Tombola.«

Jemand! Giovanna? Aber auch Tarquinio war jemand.
Und sobald im Café die Lichter wieder angingen, sah
ich, daß er dort drüben saß, mit dem Rücken zu Straße,
unter vielen, die lebhaft gestikulierten, Manuele, Pelagrua, die übliche Clique eben.

Ich erkannte ihn an dem grauen Anzug, den er immer
trug. Er rauchte. Und seine Zigarette bildete einen
kleinen Glutpunkt auf der anderen Seite der Straße
und der regenüberströmten Scheiben, wieder derselbe
lebendige Glutpunkt voller Vorahnungen wie in der
Nacht in der Schule. »Das ist es«, begriff ich, »diese
Glut ist jemand.« Aber wann war er gekommen? Vorher hatte ich ihn nicht gesehen, ebensowenig hatte ich
ihn kommen sehen. Und sicher war er gekommen, um
zu erfahren, ›wie ich zu den mündlichen Prüfungen zugelassen wurde.

»Gut«, dachte ich. »Du wirst schon sehen, was für ein Triumph ...«

Und voll boshafter Freude fühlte ich, daß ihm das nicht gefallen würde.

Dennoch war ich ungeduldig, zu ihm hinüberzukommen. Da, da saß er mit den Jungs, er war so interessant, eben Tarquinio, mein großer Freund, von wegen! Aber die Donner jagten einander, und die »Glocke des jüngsten Gerichts« schrillte.

Da schien es, als sei alles bloß ein Spiel gewesen, sich zu verstecken und sich vor dem strömenden Regen und den Blitzen in Sicherheit zu bringen. Alles stürzte auf die Straße, auch ich lief hinaus, und vom Regen gepeitscht wußte ich nicht, ob in Richtung Schule oder zu Tarquinio.

Stattdessen stieß ich fast mit einer Frau zusammen, die aus einer Parfümerie heraustrat und gerade ihren Regenschirm aufspannte. Es war eine Dame mit Wolfspelz um den Nacken, größer als ich.

»Oh Gott«, dachte ich. Ich glaubte, noch nie eine erwachsene Frau gesehen zu haben, die kein Mädchen von der Schule war und so schön.

Sie war in Begleitung einer anderen, beide verbargen ihr Gesicht hinter den Schirmen, mit einer etwas zweideutigen Geste der Scham, wie Orientalinnen, fand ich.

»Aber die Droschke, wo ist die Droschke?« sagten sie. Dann machte die andere, eine Alte, die nur die Begleiterin zu sein schien, ein Zeichen.

»Da ist sie«, sagte sie.

Und sie liefen fort, aber während sie in die Droschke einstiegen, bemerkte ich etwas, was mich zusammenfahren ließ. Ich erkannte, daß die andere Madame Ludovica war.

Und ängstlich sah ich mich um, in dem seltsamen Wunsch, daß keiner etwas gesehen hätte. Aber ringsum waren alle mit dem Regen beschäftigt. Ich allein wußte.

Ich beschleunigte meinen Schritt, lief an den Hauswänden entlang.

»Wohin gehst du?« riefen meine Schulkameraden mir nach.

Aber ich war taub. Da war etwas Intensives, etwas anderes als das, was man gewöhnlich von einer Frau bekommen konnte. Das allein beschäftigte mich. Und plötzlich hielt ich es für unerläßlich, es zu bekommen, wie eine Erlösung. Diese Frau konnte es geben. Die Berührung mit ihr hatte den Gedanken an das Intensive in mir wieder wachgerufen und zugleich die Gewißheit in mir entfacht, daß sie es geben konnte. Und da ich nun wußte, daß man sie haben konnte, sie, die es geben konnte, empfand ich es als unerläßlich wie eine Erlösung, hinzugehen und es zu bekommen. Mit einem Mal fühlte ich – vom Grund meiner Liebe für Giovanna, vom Grund der Monate auf dem Land und vom Grund meiner Freundschaft mit Tarquinio und meiner Jugend, von allem –, daß ich einer Erlösung bedurfte. Und doch hielt ich, als ich hinter dem Priesterseminar eingebogen war und den Domplatz erreicht hatte, einen Momentlang im Regen inne. »Was kann ich für sie sein?« dachte ich, und dieser Gedanke war noch nie in mir aufgetaucht, wenn ich mich dorthin begab. Undeutlich empfand ich, daß es mir gelingen mußte, jemand, etwas für sie zu sein, wenn ich das Intensive bekommen wollte. Auch viele Worte aus Tarquinios

Briefen fielen mir wieder ein. Und ich schrak zusammen. Mit einemmal schien mir, daß sie nichts für mich Unerwartetes war. Nicht einmal fremd empfand ich sie, wenn ich wieder an sie dachte, wie ich sie gesehen hatte. Sie hatte mich berührt, mit einem Teil ihrer selbst. Und ich dachte, es könnte die andere Hand sein, diejenige, der ich im Spiel nicht hätte folgen wollen. Aber in meinem Tun, das mich an der Trambahnhaltestelle festhielt, im Lauf über den kleinen Platz, in dem Stoß, den ich dem Gartentor versetzte, zögerte ich nicht, zögerte ich nicht mehr.

Durch den Garten strömte ein Geruch von offenem Feld.

Die Pförtnerin, die mir den Regenmantel abnahm, sprach im Flüsterton.

Im Vorraum waren aufgespannte Regenschirme zum Abtropfen auf dem Boden abgestellt. Und fast war mir, als wäre meine Sehnsucht von vorhin gestillt, die nach einem geschlossenen Raum, erfüllt von »jemandes« Stimme. Nicht alle Lampen waren an, und man hörte kein Reden. Fast hätte man gesagt, es säße jemand beim Lernen, oben. Und schüchtern stieg ich hinauf.

»Oh, der kleine Mainardi!« sagte Madame Ludovica mit ihrer fetten Stimme, die auch die der Signora Rosmunda hätte sein können.

Auf diesen dick mit Teppichen ausgelegten Stufen klang das Geräusch des Regens wirklicher; er schlug gegen etwas, was in der Tiefe blieb. Und es war warm und rot dort drinnen.

»Wieder zurück, hm?« sagte Madame Ludovica. »Alle wohlauf zu Hause? Was für ein Wetter, was für ein Vetter! ... Seit Mittag hat sich kein Mensch mehr blicken lassen ...«

Ein Mädchen war an der Tür eines Salons erschienen, mit der Zigarette im Mund.

»Na klar, ist ja auch ein Hundewetter«, sagte sie.

Madame lachte.

»Immer unverschämt, diese jungen Dinger!«

Und ich sah sie, am oberen Ende der Treppe zum Stockwerk darüber, sie kam herunter.

Sie bewegte sich auf eine Art und Weise, die mir bekannt war. »Schläfrig, versunken«, dachte ich. Sie war mir nicht neu. Aber ich war ganz beschäftigt mit der Vorstellung von der Möglichkeit sie zu besitzen; noch aus Hoffnung gemacht. Es war eine zu verbotene Art der Schönheit um sie, die Schönheit der Frau eines anderen. Und sie kam ganz herunter, ohne sich um uns zu kümmern, während Madame sie wohlgefällig ansah, ein breites Lächeln über das ganze Gesicht.

Sie ging zu einer Tür und hatte Strickzeug in der Hand.

»Nun?« sagte Madame Ludovica.

Und klatschte in die Hände: »Meine Damen!«

Von oben kamen die anderen heruntergeflattert.

Sie aber hatte sich umgewandt. So lud ich sie ein, wie wenn man es wagt, eine Unbekannte zum Tanz aufzufordern.

Madame rief: »Oh, nein ...«

»Lassen Sie nur«, sagte sie.

Ich verstand nicht. Ich sah, wie Madame erregt den Mund aufriß, ein bißchen wie ein Fisch, der den Kopf aus dem Wasser streckt. Und ich sah sie lächeln, dann vor mir die Treppe hinaufgehen, in einer Bewegung, die ich schon ganz mir gehörig empfand.

164

Kaum traten wir in ihr Zimmer, blitzte es draußen. Man hörte es regnen wie auf einer riesigen Blechplatte; und sie ging und zog die Fensterläden zu. Dann blieb sie vor dem Spiegel stehen und betrachtete sich. Sie hatte noch ihr Strickzeug in der Hand, und ich nahm es ihr ab. Und ich fragte sie, ob sie erlaubte, daß ich sie auszog, aber ich zitterte.

Sie sagte sehr, sehr ernst: »Ist es das erste Mal?«

Errötend antwortete ich, daß nein, aber es gelang mir nicht, ihr das Kleid auszuziehen, ich hatte ihr nur den Pullover abnehmen können und hielt ihn im Arm, ohne ihn abzulegen. Sie seufzte; und schien müde und als dächte sie an etwas.

»Nun gut«, sagte sie. »Du bist ein seltsamer Junge.« Und ihre Stimme war härter. »Zieh dich aus, ich mach das selbst.«

Sie kam ins Bett, in einem Hemd, das noch ein Kleid schien, mit einem kleinen Blumenmuster und an den Achseln wie von Gummibändern gehalten. Ich wollte mir ihr sprechen, um anzufangen, sie zu duzen. Hingegen geschah es, daß ich sie sofort nahm, kaum daß sie sich ausgestreckt hatte, mit ihrem Busen, der sich gehoben hatte, und fast wußte ich nicht, wie schön sie war; ich fühlte nichts als ihren Rücken die ganze Zeit über meine Arme gleiten.

So war es bald vorbei, ohne daß es anders gewesen wäre als sonst.

Als es vorbei war, zog sie sich zurück, schon hatten ihre Beine mich losgelassen, und da war nichts weiter zu haben, aber unter dem Regen wurde die Welt noch immer von Donnern erschüttert, und plötzlich wurde das Licht rot und ging aus.

Sie stieß einen Laut der Verwunderung aus.

Im Dunklen sah ich sie nicht, aber ich spürte, daß sie sich aufgesetzt hatte, ich blieb still liegen, hielt den Atem an und lauschte ihr.

Ich fürchtete, sie könnte hinuntergehen und eine Kerze holen wollen.

»Hast du Streichhölzer?« fragte sie auch tatsächlich.

Ich antwortete, daß nein, mit der ganzen Wucht meines Wunsches, still liegen zu bleiben neben ihr, die dunkel und nackt war, und zu warten. Denn vielleicht würde das Licht nicht wiederkommen, und wir mußten die Nacht so verbringen.

Leise bat ich sie: »Warten wir!«

»Aber sicher warten wir«, sagte sie, »es bleibt uns gar nichts anderes übrig.«

Aber es war klar, daß sie für sich sein wollte.

Trotzdem suchte ich sie, und da war eine süße Wärme, die meine Finger, sobald ich sie wieder ertastete, zu ihren Achselhöhlen entführte. Und zum ersten Mal drang ich mit dem Mund zwischen ihre Lippen, dann glitt ich hinunter, um sie unter den Knien zu umarmen. Ich spürte, daß sie jetzt nicht unwillig war, daß sie lange warten würde und gerne, und daß sie sich vielleicht über meine Begeisterung amüsierte; als ich wieder hochkam, um sie auf den Mund zu küssen, spürte ich ihr Lächeln über mein Gesicht gleiten. Aber sie hielt den Mund geschlossen. Dann packte sie mich mit einer Hand bei den Haaren.

»Was für einen guten Duft du verbreitest hier«, sagte sie, und sie sprach an meinem Hals. »Nach Junge.«

So küßte sie mich lachend. Und flüsterte: »Willst du, sollen wir nochmal?«

Sie war wie ein Mädchen, indem sie das sagte, und auch wie sie sich mit dem Kopf wieder ins Kissen fallen ließ. Und ich empfand sie nicht erwachsener als mich. Sie war lebhaft jetzt, sie drückte mein Gesicht in ihre Arme, und sie zu besitzen war glauben. Es waren Partikel von Glauben, die näherkamen, sich verdichteten, wie etwas, was im Entstehen begriffen ist. Ich dachte: Ist das das Intensive? Und würde es noch weiter anwachsen? Würde es noch mehr sein? Würde es das Intensive *ganz* sein? Ich wollte, daß es das *Ganze* wäre … Und unterdessen wurde ich ein anderes Wesen, und mir schien, ich spürte, wie auch sie ein anderes Wesen wurde. Lag es in *ihrem* Werden, das Intensive? Ich hörte auf zu denken, ich glaubte, daß es das Intensive war, und eine große Freude erfaßte mich, und in der Maßlosigkeit der Freude klammerte ich mich an ihre Haare, ich rieß sie hart daran gegen das Kissen.

»Oh«, sagte ich, »habe ich dir weh getan?« Aber ich berührte ihre Augen, und ich fand sie ruhig, geschlossen.

Dann war das Licht wieder gekommen; aber nur ganz ferne nahm ich das kleine Trüppchen von Dingen wahr auf ihrem Frisiertisch, wo dieser Orient von Lampe angegangen war.

»Lieber«, sagte sie.

Aber mit plötzlicher Entschlossenheit richtete sie sich auf, das Hemd war ihr ganz bis zu den Knien hinuntergerutscht, sie bückte sich und zog es hoch.

»Da hast du mich ja schön rangekriegt«, sagte sie. »Stell dir vor, es waren Jahre …«

»Was waren Jahre?« sagte ich.

»Jahre, daß ich nicht wollte, wie soll ich sagen? … Aber du weißt nicht, was ich mit dir war.«

Flüsternd war sie noch immer das Mädchen, das gesagt hatte »Willst du, sollen wir noch mal?« sie war erwachsen und Frau und doch Mädchen, mit einem gerührten und genauen Blick.

Sie begann sich anzuziehen, sie war wieder im Hemd und bewegte sich durch das Zimmer, schläfrig und ernst.

Als das Kleiderrascheln vorbei war, hörte ich, daß sie ein Singen im geschlossenen Mund trug, wie ein Summen, und sie mußte es schon eine Weile dort haben. So bewegte sie sich und sang still in sich hinein, wie unfähig zu glauben, daß man sich mehr bewegen und singen könnte.

Aber immer wieder hielt sie verärgert inne. »Ich begreife das nicht.« Und mit Nachdruck machte sie sich daran, etwas zu verneinen.

Dann ging sie ans Fenster und drückte die Läden etwas auf, so daß das Geräusch des Regens zusammen mit einem Gefühl von Frische Teil des Zimmers wurde. Unterdessen zog ich mich an, verwirrt, und als ich mich hinunterbeugte, um mir die Schuhe zuzubinden, fühlte ich noch einmal ihre Hände um mich.

»Klar gefällst du mir«, hörte ich sie mit voller Stimme an meinem Hals sagen. »Das ist so. Du hast mir gefallen. Du verbreitest so einen Jungenduft, daß du mir gefällst ...«

Und sie lachte.

»Dir ist das alles ganz egal, nicht wahr?« sagte sie. »Aber merk dir das: Es gibt Männer, die wären stolz, wenn sie auch nur die Hälfte von dem bekommen würden, was ich dir gegeben habe, nur die Hälfte ...«

Und sie fand Geschmack an der Rolle der Großen, die den Kleinen Angst einjagt. »Männer, die dir das Herz aus dem Leib reißen würden, wenn sie das wüßten ...«

Und doch schien sie aufrichtig: wirklich voller Groll

168

auf mich, weil ich ihr gefallen hatte und sie zu etwas hingerissen hatte, was ihr weh tun würde; vor allem erschrocken über dieses etwas, wie über eine Schamlosigkeit. Und verzückt dachte ich, daß ich vielleicht wirklich das Unbekannte und Intensive gehabt hatte. Die Frauen wollten es nicht geben, sie hatten irgendwelche geheimnisvollen Gründe dafür, es nicht zu geben, und sie kämpften mit den Männern, um es nicht geben zu müssen – ich aber, ich hatte es besessen.

»Aber jetzt gehen wir«, sagte sie. »Jetzt muß ich allein sein; wenigstens heute abend, heute nacht … Und du, tu mir einen Gefallen, jetzt wo du gehst. Versuch der Chefin zu sagen, daß ich mich ins Bett gelegt habe und daß ich auch nicht abendessen will, und daß sie mich in Ruhe lassen sollen …«

Sie machte das Fenster weit auf, das auf eine Art schräges Dach hinausging, weiter hinten war Laub, und dort drinnen bewegte sich der unsichtbare Regen wie sich ringelnde Schlangen. Aber es mußte nicht mehr so stark regnen, von weitem hörte man Geschrei von Kindern, die wohl über einen Platz liefen.

»Wie alt bist du?« fragte sie.

Und ich sagte ihr mein Alter, ich sagte ihr auch, wie ich hieß, und ich erzählte ihr viel von mir, als sie mich unterbrach und mir ein böses Gesicht zuwandte.

»Glaubst du, das interessiert mich?« sagte sie.

Von unten hörte man Männerlachen.

»Das kann ich dir wirklich nicht verzeihen«, sagte sie, und ihre Augen leuchteten. »Aber die Dumme war ich.«

Und wieder war sie zärtlich.

»Du bist nichts weiter als ein Kind. Achtzehn, hast du gesagt, bist du? Ach was, sechzehn wirst du sein …«

Wie eine Bitte, nicht böse zu werden, bot ich ihr zu rauchen an.

»Du Aas!« rief sie. »Du hattest ja Streichhölzer.«

Aber sie lachte und nahm an, und wir stellten uns nebeneinander, die Ellbogen auf dem Fensterbrett, und stießen den Rauch fast gleichzeitig hinaus.

Und sie setzte hinzu, daß es ihr letztlich nichts ausmachte, wenn ich nur nicht wieder zu ihr käme, über diesen Punkt begann sie mir Versprechen abzuverlangen, und da ich stumm blieb, drohte sie, sprach wieder über ihre Männer, die mir das Herz aus dem Leib reißen würden, aber diesmal in einem Ton, wie um mich vor etwas zu warnen, was tatsächlich sein konnte, etwas Verhängnisvolles.

Aber in diesem Moment konnte ich ihr nicht glauben, ich lächelte, und alles kam mir maßlos übertrieben vor. Trotzdem wollte ich nicht, daß ich gehen müßte. Und als ich sie so im Fenster stehen sah, kamen mir Tarquinios Worte in den Sinn: »Sie ist großartig, sie ist großartig.« Nur hatte ich keine Zeit, das weiter auszuspinnen. Sie hatte mich gefragt, ob ich arm sei.

»Da«, dachte ich voller Enttäuschung, »das ist alles bloß eine Geschichte, um mir dann Geld abzuknöpfen, wenn sie mich für reich hält.«

Und wütend brüstete ich mich, ja, ich sei reich, nur ginge es darum, daß ich immer wieder meinen Vater um Geld bitten müßte.

»Und ich dachte, du wärst arm!« entgegnete sie.

»Warum?« sagte ich.

»Oh, nur so«, sagte sie. »Die Sympathischeren sind eher arm.«

Und in Gedanken versunken begann sie, mir die Krawatte zurechtzurücken.

»Du mußt dir eine andere kaufen«, sagte sie. »Die hier ist häßlich, ein Putzlappen … Bist du vielleicht geizig? Wenn du nicht arm bist, dann kannst du auch mehr ausgeben für eine Krawatte. Du könntest hübsch sein, wenn du verstehen würdest dich anzuziehen … Auch das Hemd, siehst du … Wie kannst du nur diese scheußliche Popeline am Leib vertragen? Und weißt du, was ich gedacht habe, als ich dich sah? Daß du eben aus einem Dritte-Klasse-Abteil ausgestiegen bist, mit einem Pappkoffer. Jetzt machst du mich wütend, wo ich weiß, daß du reich bist.«

Ich war erschrocken und konnte meine Verwirrung nicht verbergen, vor allem, weil ich nicht ganz ehrlich gewesen war, und mit einem tiefen Zug aus der Zigarette wartete ich, bis ich wieder gelassener wurde.

Sie rief: »Oh, ich würde mir wünschen, daß alles herrlich wäre! Sie sind so voller Schmerz, die häßlichen Dinge…«. Und sie sah sich um, wie in dem Wissen, daß in ihrem Zimmer jedes Ding schrecklich sei. »Sie machen einem eine solche Lust, loszulaufen und zu morden«, sagte sie. »Denn irgendwer muß da sein, der sie absichtlich so macht, für die armen Leute!«

Ich war erstaunt, ich erinnerte mich, selbst auch häufig solche Anwandlungen gehabt zu haben, trotzdem, ich weiß auch nicht, wie ich darauf kam, fragte ich sie, warum sie dann diese schändlichen roten Schuhe trüge.

Sie wurde bleich.

»Ah«, sagte sie, »du begreifst also, daß sie schändlich sind?«

Und in ihrer warmen, rauhen Stimme lag mehr Müdigkeit als Ironie.

Dann wurde sie lustig und kramte in meinen Taschen. Sie wollte sehen, wie meine Verlobte aussah, sagte sie, und auf der Suche nach einem Foto fand sie die Nelke, die wie der Leichnam eines Tierchens wirkte in ihren lebhaften Händen.

»Die ist bestimmt schon ein Jahr alt«, sagte sie. »Und hast du sie noch immer lieb?«

Ich konnte ihr nicht antworten, denn in diesem Augenblick wußte ich vielleicht nichts von Giovanna. Sie hingegen schon, sie schien über sie Bescheid zu wissen, und dauernd wollte sie wetten, daß sie Ärger in der Familie hatte, wegen ihres Vaters, der sie nicht im Schülertheater mitspielen lassen wollte. Ich aber erinnerte mich nicht, wie Giovanna war, ich erinnerte mich einzig daran, daß sie ein herrliches graues Licht in den Augen hatte. Und ich glaubte zu begreifen, daß ich keine Frau lieben konnte, die nicht diese Augen hatte. So ließ ich mich überreden zu gehen.

»Es hat zum Abendessen geläutet«, sagte sie. »Ich bitte dich, sag der Chefin, was ich dir erklärt habe. Und geh, und komm nie wieder.«

Aber sie wollte die Nelke behalten, und nicht einmal auf dem Weg nach Hause, im Regen, in dem mir nun schon fast die Augen zufielen, bereute ich es, sie ihr gelassen zu haben.

Als ich die Treppe zur Pension hinaufstieg, traf ich auf die Türkenbande, die herunterkam.

Sie waren alle zu den mündlichen Prüfungen zugelassen, erzählten sie mir, nicht wie ich, der ich mit Neunern überhäuft worden war, Streber der ich war, aber immerhin in Ehren, und jetzt gingen sie zu ihrem Vergnügen eine Diwanrunde machen ... Da sie sahen, daß ich nicht wußte, was eine Diwanrunde war, lachten sie, und der Tripolitaner mit der Stimme eines langen Lulatsch erklärte, daß ihm an einer dieser Hohen Pforten die Ankunft der Sultanin aller Sultaninnen angezeigt worden war.

»So?« sagte ich, und viele Worte Tarquinios kamen mir in den Sinn.

Und der Tripolitaner sagte: »Ja. Frau des Kalifen sogar. Und ihr Name ist Zobeida.«

X

Allein wartete ich in dem großen Raum mit den ausgemalten Oberlichtern, und diese sieben alle miteinander waren für mich eine Art gefährlicherer und irri-
tierender Tarquinio, den ich aber doch erwartete.

Alles, was wir in jenen Tagen über diese Frau gesprochen hatten, kam wieder hoch.

Tarquinio, der beim Aufwachen erzählte, im Traum sei
es ihm erschienen, als hätte er sich verliebt. Dann
sprach er diesen Namen aus, zum ersten Mal unter
dem Balkon mit dem Papagei. Dann der Morgen voller
Blondhaar, und er, der sie noch immer pries – »schläfrig, versunken«. Wie er sich in seinen Wunsch verbiß,
auf sie zu warten!

In der Erinnerung sah ich ihn vor mir: Er war ein Ha-
se. Er glich wirklich einem Hasen, mit seinem kleinen,
hellwachen Gesicht.

Er war kurzsichtig, und er kniff die Augen zusammen,
wenn er in die Ferne schauen wollte, aber an jenem Morgen im Hauseingang hatte er sich in seinem Blick wie
zweigeteilt, jedes seiner Augen hatte in mißtrauischer
Wachsamkeit gezuckt; genau wie bei einem Hasen!

Seit damals sah ich Giovanna nicht mehr.

Es war, als wären Jahre vergangen, wenn ich es genau
bedachte.

Es hatte geregnet und geregnet, und so viel Liebes war verflossen. Seither mußte alle Liebe verschwunden sein aus der Welt. Denn jetzt konnte man sich verletzen, man hatte angefangen, sich zu bekämpfen, und keiner wußte, wer gegen wen.

Im Schlaf aber hörte ich dann die Türken, die das Zimmer mit ihrem Krawall erfüllten. Und es war nicht mehr Nacht, sondern schon Morgen, und unter Flüchen bewarfen sie sich von Bett und zu Bett mit ihren Schuhen.

»Abù Hassàn, Abù Hassàn«, schrien sie, sobald sie mich unter der Decke hervorkommen sahen.

Und ich bemerkte, daß viele ihrer Schuhe nach mir geworfen worden waren.

»Was ist los?« sagte ich, verwundert vor allem darüber, daß ich geschlafen hatte, und zu sehen, daß es Tag war.

Auf einem Bett, das auf der anderen Seite von der Balkontür parallel zu meinem stand, lag zart und schweigsam, mit etwas Goldenem im Blick, derjenige unter den sieben, der sich Valente nannte. Weiter drüben, auf einer über Stühle gelegten Matratze, war Bairdo mit den langen Koteletten, die an ihm fast wie ein Bart wirkten; mal sagten sie von ihm, er sähe aus wie Trotzki, dann wieder wie Kemal Pascha, ein anderes Mal wie König Aman Ullah, aber es war bekannt, daß er aus Caropepe stammte, wo Nachttöpfe hergestellt werden. Dann folgten auf ihren rauchfarbenen, eisernen Bettgestellen Perez, der Große der Kompanie, mit den blauen Augen, und Trovato mit den behaarten Beinen. Dann, in beherrschender Stellung auf seinem Tisch in der Mitte des Zimmers, Corsentino der Samurai, der, untersetzt und weiß wie er war, wenn er sich

175

auszog, wie aus Speck geschnitten wirkte. Mattioli schließlich, der Kleine mit dem Katzenkiefer, auch ›Schakal‹ genannt, hatte seinen Platz auf einer Matratze am Boden vor dem Bett des Jungen aus Tripolis, der von mir aus gesehen drüben auf der anderen Seite vom Spiegel war.

»Kennst du die Geschichte von Abù Hassàn nicht?« sagte ebender und tauchte dort drüben aus den Kissen auf, wo ich früher Tarquinio hatte auftauchen sehen.

»Na und? Muß man die kennen?« fragte ich, begierig, mehr zu erfragen; aber ich hatte mich noch nicht von meiner Verwunderung erholt.

Und er: »Aber bitte, bitte. Man braucht sie nicht zu kennen, das ist es nicht. Sicher ist jedenfalls, daß Abù Hassàn Kaufmann war, während Harun Al-Raschid Kalif war, der sich jeden Abend zusammen mit seinem Wesir verkleidete und ausging, um zu sehen, was in den Häusern der Leute so Merkwürdiges passierte ...«

Mattioli der Kleine präzisierte: »Er ging durch die Schlüssellöcher gucken.«

Und der Tripolitaner fuhr fort: »Da geschah es, daß Abù Hassàn gern für vierundzwanzig Stunden Kalif gewesen wäre, um so ein paar familiäre Angelegenheiten in Ordnung zu bringen, und Harun, der davon erfuhr, ging zu ihm hin, verkleidet natürlich, er gab ihm was, damit er fest einschlief, und nachts ließ er ihn dann in seinen Palast tragen, so daß Abù eines schönen Morgens als Kalif erwachte ...«

Während er sprach, lachten alle.

»Na und?« fragte ich verlegen. »Was für einen Grund hast du, mir das zu erzählen?«

»Ih, mehr als genug«, rief er und zog sich das Bettlaken bis unter die Augen übers Gesicht, so daß er aus-

176

sah wie eine der Frauen bei ihm zu Hause. Dann nahm er den Fez vom Nachttisch und setzt ihn auf.

Und alle schrien wieder im Chor: »Abù Hassàn ... Abù Hassàn ...«

Da wurde ich finster.

»Oh Jungs«, sagte ich. »Mir scheint, ihr habt was gegen mich.«

»Ja, hast du das noch nicht gemerkt?« sagte der Samurai und fuhr lebhaft mit seinem runden Kopf vom Kissen hoch.

Aber langsam, während die anderen wieder lachten, mischte sich der ein, der nur einen Satz pro Tag sagte, Valente, und er wirkte wie ein Dromedar, das sich aus dem Sand erhebt.

»Fühlst du dich nicht als Kalif heute morgen?« fragte er mich in tiefstem Ernst.

Ich antwortete ihm nie, obwohl sein einziger Satz pro Tag immer an mich gerichtet war, daher fing der Tripolitaner wieder an: »Aber komm, reg dich nicht auf, wir haben beschlossen, daß du heute Abù Hassàn bist ... Machst du nicht mit?«

Und der Kleine sprang auf: »Dies ist der Palast, und du erwachst als Kalif. Ich zum Beispiel bin der Wesir. Der da ...«, und er deutete auf den Samurai, »ist der Obereunuch ...«

»Mäh, mäh«, machte der Obereunuch.

»... Und du, stell dir vor, wirst gleich von der Oberharemsdame Zobeida empfangen.«

Ich begriff; sie hatte sogar von mir erzählt, die ...

Ein Weilchen wurde im Zimmer noch weiter über mich gewitzelt, dann merkten sie sicher, daß ich ihnen keine Aufmerksamkeit schenkte. Aber ich hörte ihnen zu. Es war nur, als wären sie jenseits einer Mauer, außerhalb jeder Möglichkeit für mich, teilzunehmen oder in das Spiel einzusteigen. Der Milchkaffee wurde gebracht; nicht mehr von unserem alten Dragoner, sondern es war ein neues Dienstmädchen, wie ein huschender Schatten, grauhäutig und ständig im Begriff, vor jeder unserer Gesten zusammenzuzucken, auch wenn man ihr nur das Tablett aus der Hand nahm. Ich haßte dieses Dienstmädchen, wenn ich sie ansah, erinnerte sie mich an eine Eidechse, die mir als Kind in den Hemdärmel schlüpfte. Und ich wollte sie nicht sehen, ich wollte nicht einmal wissen, daß ich von ihr bedient worden war, ich steckte den Kopf unters Kissen und wartete jedesmal mit dem Essen, bis sich der Abdruck ihrer Finger auf dem Tablett, das sie auf dem Nachttisch abgestellt hatte, ausreichend »verflüchtigt« hatte.

Nachdem sie gegangen war, sah ich, daß nun mehr Tageslicht im Zimmer war, obwohl Achmed die Lampe am Kopfende seines Bettes noch nicht ausgeknipst hatte.

Alle aßen.

Vom Tisch war die Matratze heruntergenommen worden, und Baiardo, der Samurai und der Kleine hatten sich drum herum gesetzt. Der Rücken des Samurai in Unterhosen glänzte. Die anderen vier aßen im Bett. Und das Gespräch hatte sich weit fortbewegt, so daß jetzt große Worte über Politik und Revolution fielen.

»Ich wäre gerne Kommunist gewesen, wenn ich damals groß gewesen wär ...«, schrie mit seiner schrillsten Stimme Mattioli.

Aber, auch wenn sie sich fast stritten, auf dem Grund ihrer Worte war doch viel Lust zu lachen, und mit einemmal begann der Tripolitaner *Blume von Kastilien* zu pfeifen, was die Nationalhymne dieser unserer Tage war. Die anderen fielen wild pfeifend ein, und Perez stimmte sogar die Worte an, dann, sich plötzlich unterbrechend, bat er mich, ihm die Schuhe zurückzuwerfen, mit denen er nach mir gezielt hatte.

»Also«, sagte ich da, »habt ihr sie nun gesehen, diese Sultanin?«

Es antwortete mir Trovato mit den behaarten Beinen: »Und ob wir sie gesehen haben ... Aber mir gefällt sie nicht.«

Und der Kleine: »Sicher ... sie ist nicht jedermanns Sache. Sie ist nicht schön, wie die da sein müssen.«

Und der Tripolitaner: »Eine Schönheit ist sie ohne Zweifel. Aber ich will die Frauen wie heiße Kastanien. Und so hatte ich sie mir vorgestellt: Man hatte mir gesagt, sie sei Türkin ...«.

Ich fragte: »Und wer ist dann mit ihr gegangen?«

Sie deuteten auf den Samurai, aber der wehrte ab.

»Oh, ich nicht. Ich war bei der aus Bologna.«

Alle sahen sich verdutzt an.

»Wie!« sagte der Junge aus Tripolis. »Dann war also keiner bei ihr?«

Und ganz ohne Ironie schloß er: »Schade! Wir sind nur ihretwegen zum Diwan gegangen ... Jemand mußte in Erfahrung bringen, was für ein Typ sie ist ...«

Der Kleine war ganz bleich geworden.

»Oh«, sagte er mit miauender Stimme, »wenn ihr mir Geld geliehen hättet, ich wäre schon mit ihr gegangen ...«

»Aber da ist ja Mainardi, der weiß es im Namen aller!« sagte Perez.

Er sagte das nur, um mich zu verletzen, das war klar, aber ich blieb ruhig und rauchte, und wenn es mich zuvor maßlos enttäuscht hatte, daß sie nicht auf ihrem Zimmer geblieben war, so schien es mir jetzt doch schon viel, daß sie nicht den Türken gehört hatte.

Auf Schakalspfoten, wie wir von ihm sagten, kam der Kleine heran.

»Also, Gebieter aller Gläubigen, wir flehen dich an, tu uns deine Eindrücke kund ...«

Er lächelte, aber er war noch immer blaß, ja fast grün, auf eine Art und Weise, die mich an *Frosch* erinnerte. Da er mir zu nahe gekommen war, zog ich ein Bein unter der Decke vor und stieß ihn rücklings zu Boden. Alle protestierten.

»Hoppla, Kalif«, schrie mich der Junge aus Tripolis an. »Denk dran, daß du von Geburt Abù Hassàn bist.« So zogen sie noch eine Weile über mich her, dann plauderten sie über ihren Abend.

Ich entnahm ihren Reden, daß sie alles in hellem Aufruhr vorgefunden hatten. Der *Liebling*, der ständige Liebhaber der Chefin, hatte versucht, in das Zimmer eines der Mädchen einzudringen, sie sagten nicht, von wem, und diesmal war er zum Teufel gejagt worden, so schien es. Und Madame hatte ihn überrascht, während er noch an der Tür bat und bettelte. Die Türken waren gekommen, als der Zusammenstoß eben vorbei war. Vor einem unsichtbaren Treppenabsatz aus schimpfte und stöhnte Madame wie eine Bacchantin, die ihre Kinder verspeist hat (so stellte es der Samurai dar), Mädchen liefen die Treppen rauf und runter, die Backen aufgeplustert vor zurückgehaltenem Lachen, und er, der *Liebling*, saß im Pyjama auf der untersten Stufe der Treppe zum zweiten Stockwerk und drohte, sich den Schnurrbart abzurasieren, und die Augenbrauen auch, wenn man ihn nicht wenigstens anhörte.

Da fragte ich, wie sie denn überhaupt wüßten, daß auch ich dort gewesen war, und der Samurai antwortete mir:

»Aber wenn doch alle nur davon redeten, daß sie sich den Jungen Mainardi zwei Stunden auf ihrem Zimmer behalten hat!«

»Ach, da haben sie also über Zobeida hergezogen?« fragte ich.

»Sieht so aus! Aber gestern abend kapierte man einfach gar nichts dort drinnen. Sicher ist, daß diese Zobeida sich nicht und nicht entschloß, herunterzukommen ...«

»Und kam sie dann?«

»Teufel, und ob sie herunterkam! Da waren drei Mordskerle, die sie um jeden Preis sehen wollten. Sie hatten ein Auto dabei, und sie nahmen sie mit zum Tanzen, sagten sie ...«

Da kam mir ein Traum wieder in den Sinn, den ich als Kind oft geträumt hatte, und es war, glaube ich, das erste Mal, daß ich mich wieder daran erinnerte, seitdem ich ihn nicht mehr träumte. Es war im Land der Brennöfen, aber vor einem Haus, das ich nie gesehen habe, mit einer rot gestrichenen Wasserpumpe mitten im Hof. Dieses Haus wurde von einem Mädchen bewohnt, immer eine aus unserer Nachbarschaft, aber nicht immer dieselbe, ich ging hinüber und fragte sie, ob ich ihr Wasser pumpen sollte. Statt Wasser brachte ich ihr dann aber Blumen, trotzdem hatte man das Geräusch der Pumpe gehört, wir standen lange auf der Schwelle beisammen, und ich begriff, daß sie mich heiraten würde. Plötzlich jedoch schickte sie mich weg – sie sprang auf und fing an zu schreien, und ein Mann, »der sich nicht rasiert hatte« und ohne Kragen, ging zu ihr hinein, sie machten die Tür zu, und sie schrie immer lauter. Und sofort glaubte ich meinen Vater zu sehen, der mir zuzwinkerte. »Also ist Mariannas Sohn wieder zur Signorina gegangen?« sagte er zu mir. Und wollte, daß ich ihm antwortete. Und immer wachte ich voller Entsetzen auf.

Die Erinnerung an diesen Traum erfüllte mich mit Grauen davor, daß ich womöglich wieder anfangen könnte, solche Sachen zu träumen. Das heißt ein Grauen davor, wieder Kind zu werden. Und ich verspürte große Ungeduld, ganz erwachsen zu werden, so daß ich erleichtert – und das war wie an eine Art Verheißung – an das dachte, was Tarquinio über das »Mannwerden« gesagt hatte.

»Aber wie spät ist es denn?« fragte ich.

Ein Teil der Bande war ins Bad gegangen, um sich das Gesicht zu waschen, und im Zimmer waren nur noch ich, der Tripolitaner und Valente, alle drei noch im Bett, dazu Mattioli, der bei der Balkontür, mit dem Handtuch um den Nacken über ein Buch gebeugt, Xenophons Griechisch buchstabierte.

Die Lampe am Kopfende vom Bett des Tripolitaners war immer noch an.

»Zwanzig nach neun ist es«, antwortete der kleine Mattioli, wobei er auf sein Handgelenk sah.

Und ich wandte mich an den Jungen aus Tripolis.

»Es wäre an der Zeit, es auszuknipsen, dieses Licht.« Und der Junge aus Tripolis knipste es ohne weiteres aus, aber ich fühlte, wie sich mein Herz zusammenkrampfte. Im Zimmer war es dunkel geworden, als wäre es noch nicht mal fünf.

»Aber mach doch die Fensterläden ein bißchen weiter auf«, schrie ich den Kleinen an.

Und der Kleine machte sie weit auf.

Dadurch wurde es auch nicht viel heller. Und überrascht fiel mir erst in diesem Moment auf, daß draußen noch immer das Rauschen vom Regen war, das ich am Abend zuvor beim Einschlafen vergessen hatte.

»Scheußliches Wetter!« sagte der Junge aus Tripolis. »Aber jetzt, wo es sich eingeregnet hat, besteht keine Gefahr mehr, daß es donnert, nicht wahr? Wie dunkel es ist, verdammt, man könnte meinen, wir gingen irgendwo unter, und die ganze Welt mit.«

XI

Als alle gegangen waren – um nachzusehen, wie sie sagten, ob die mündlichen Prüfungen noch am selben Tag begannen oder erst am nächsten –, sprang ich im Pyjama aus dem Bett. Ich fühlte, daß ich keine Zeit zu verlieren hatte. Es war halb elf. Und ich wollte zu der Frau laufen, der bewußten, mit ihr reden, sie auf jeden Fall sehen, bevor sie mit den anderen zum Frühstück hinunterging.

Ich spürte dieses Verlangen in mir, seitdem sie mich mit ihren Schuhen geweckt hatten, vielleicht hatte ich es die ganz Nacht hindurch im Schlaf gespürt, und ich erinnerte mich nicht, geträumt oder geschlafen zu haben, es kam mir vor, als hätte ich nur nachgedacht und nachgedacht, mehr wie in tiefem Frieden als im Schlaf, einem Frieden, der von ihr kam. Und bei jedem Wort der Türken und bei allem, was ich über sie erfahren hatte, war dieses Verlangen verzweifelt nur noch weiter angewachsen.

Und ich wußte, daß ich mir etwas erhofft hatte, wußte aber nicht, was. Es war, als hätte ich gebeten und gebeten, und als wäre mir ein Versprechen gegeben worden, und da – das wundervolle Versprechen, an das man auch hatte glauben können, war nicht gehalten worden. Und jetzt, da es nicht gehalten worden war, ließ sich auch nicht sagen, was es war. Aber je deutlicher ich über dem Gerede der Türken begriff, daß mir nichts von ihr geblieben war, um so deutlicher spürte ich auch, daß da nichts anderes zu machen war, als sofort zu ihr zu laufen.

Dieses *sofort* war jedoch auch voller Heimlichkeit. Ich hatte warten müssen, bis alle gegangen waren, um aus dem Bett aufstehen zu können, wo ich, so schien mir, etwas zu verbergen hatte, vielleicht die lebendige Erinnerung an ihr Bett, als wäre es erst einen Augenblick her. Und furchtsam, in der Angst, sie könnten womöglich zurückkommen, wusch ich mich und zog mich an. Als ich ins Hemd schlüpfte, dasselbe wie am Abend zuvor, fand ich ihren Duft auf meinem Gesicht wieder, und es roch nicht nach Parfüm, sondern nach Blond und Nacktsein. Auch glaubte ich ihren Blick wieder auf mir zu fühlen, der meine Schläfen fest umschloß. »Lieber Junge«, hatte sie zu mir gesagt. Und ihr Blick war grau gewesen, obwohl ihre Augen schwarz waren: wie ich es von einer Frau wollte. Um so deutlicher erinnerte ich mich, wie schön sie war. Sie war auch so gut gewesen, letztlich ... Sie hatte mir »das Intensive« gegeben. Sie hatte sich hingegeben ... Oder vielleicht nicht? Sicher, wenn ich daran dachte, schien es mir, als wäre es mir endlich gelungen, das zu sagen, was einem nie gelingt zu sagen: das Liebe. Als ob ich sie liebte!

»Sofort gehe ich! Sofort gehe ich!« wiederholte ich mir und sah mich um. Und überlegte, daß ich mir wenigstens eine Krawatte kaufen mußte, wie sie es wollte. Was hatte ich mir je selbst gekauft? Ich hatte immer das angezogen, was mir von den Brennöfen geschickt wurde, und ich sah wirklich lächerlich aus, so aus der

Entfernung nach den Vorstellungen der Mama ausstaffiert. Jetzt würde ich aber nach Hause schreiben, ich wäre kein Junge mehr und wollte mich nach meinem eigenen Geschmack anziehen.

Schließlich ging ich hinaus, und ich hatte das Gefühl, als wäre eine großgewachsene Frau an meiner Seite. Ich ging mein Englisch-Wörterbuch verkaufen, das siebzig Lire kostete, und einmal hatte man mir fünfunddreißig dafür geboten. Und ich kaufte mir die Krawatte, und nach wie vor den Regen im Gesicht, lief ich fort aus den von Schuljungen bevölkerten Straßen.

Im Haus war Lärm von Hausarbeiten, Dienstmädchen, die auskehrten oder Teppiche klopften, und von Wasser in den Leitungen. Auf dem Treppenabsatz lehnten zwei Mädchen müßig am Treppengeländer und sprachen leise miteinander. Eine kannte ich, es war dieselbe Leonia, die im Juni wegen des *Lieblings* Schwierigkeiten gehabt hatte. Sie begrüßte mich, mit einer Anspielung auf »wieviel Zeit« vergangen sei, seit wir uns nicht gesehen hätten, wie um zu verstehen zu geben, daß sie schließlich nicht immer dort gewesen sei; dann stellte sie mir die andere vor, die Fermina hieß; eine Blondine, deren Haar wie ein Nebelgespinst wirkte, die Augen blau wie ein See und pausbäckig.

»Wir wollten ein bißchen Klavier spielen«, sagte Leonia und hob die Arme, um sich die Haare im Nacken zu ordnen – sie war eine Brünette mit stechenden Augen. »Oder willst du gleich aufs Zimmer?«

»Wo ist Zobeida?« sagte ich.

»Ach ja, ihretwegen bist du gekommen?« sagte Leonia. Unterdessen musterte mich die andere, und ich wurde rot. »Sie muß noch im Bad sein«, sagte sie. »Sie bleibt immer eine ganze Weile drin und will niemanden dort haben. Ist ja klar, auch ich will im Bad nicht gestört werden.«

Wir gingen in den Salon, wo das Klavier stand, und die beiden begannen, still und ernst in dem Stapel Noten zu kramen. Vor dem Fenster standen Bäume, und der Regen spritzte von ihrem Laub. Und ganz beiläufig fragte ich, was zum Teufel denn am Abend zuvor passiert sei.

Leonia hob den Kopf und sah mich an.

»Passiert ist«, sagte sie, »daß unser *Liebling* mit Gewalt bei der Signora eindringen wollte.«

»Bei der Signora?« fragte ich.

»Ja, bei Zobeida«, sagte Leonia

Und sie sah mich unverwandt an und lachte.

»Aber was?« sagte sie. »Läßt du dir einen Schnurrbart wachsen?«

»Wirklich? Und dabei noch so *enfant*?« rief die andere aus.

Und beide kamen heran, um mich aus der Nähe zu betrachten.

»*Tu es joli*«, sagte wieder die andere, und ihre halbgeschlossenen Augen bekamen etwas Einladendes.

Ich biß die Zähne zusammen, um nicht wieder rot zu werden. Sie waren fast wie Schulmädchen, und doch machten sie mir eine unbestimmte Lust zu weinen. Ich fühlte, hätte mich eine von ihnen auf ihr Zimmer mitgenommen, ich hätte wahrscheinlich nichts anderes tun können als weinen. Und es schien mir, wäre ich auf der Straße einer meiner alten Schulkameradinnen begegnet und hätte mit ihr reden müssen, auch dann hätte ich weinen müssen.

»Der Schnurrbart steht dir gut«, urteilte Leonia.

Sie war mit einem Bündel Noten in der Hand zu mir herübergekommen, so wandte sie mir jetzt den Rücken zu, um zum Klavier zurückzugehen. Und von dort fragte sie mich, ob ich lieber klassische Sachen oder Schlager hätte.

»Wie ihr wollt«, sagte ich. »Unterdessen könnte man auch rauchen.«

Ich bot Zigaretten an. Aber ich fühlte mich fiebrig.

»Also diesmal«, sagte ich, und fuhr mir mit der Hand über die Stirn, »keine Schleckereien für euren *Liebling* und trotzdem Prügel ...«

»Ganz genau«, sagte Leonia. »Aber glaub bloß nicht, daß die Signora das nicht büßen wird. Vor allem steht es ihr nicht frei, einen Freund zu haben, der *Liebling* würde ihn bei lebendigem Leib auffressen.« Und sie wandte sich an Fermina. »Du weißt nicht, was für ein Kerl der ist? Er hat früher mal japanischen Kampfsport gemacht, auch im Theater. Und dann ist da Madame selbst, die böse sein wird auf sie. Es ist ja richtig, daß sie den *Liebling* ganz für sich will, aber wenn eine es so anstellt wie Zobeida, dann hat sie das Gefühl, daß man ihn schlecht macht, und das gibt Ärger ...«

»Ärger, wie Ärger?« fragte die Pausbäckige.

Da kam von oben ihre Stimme, gefolgt vom Quietschen einer Türklinke.

Ich zögerte nicht; ich ließ die Mädchen, die sich ans Klavier setzten, lief auf Zehenspitzen hinauf und klopfte an der bewußten Tür.

Ich sah sie, sie kam gerade aus dem Bad und kämmte sich. Sie saß an ihrem Frisiertisch, und ihr Haar verbreitete ein Gefühl von Frische und Blond im Raum, es war im Nacken kurz geschnitten. Sie machte mir keine

Vorwürfe, daß ich wiedergekommen war, sie schüttelte nur den Kopf mit ihrem gerührten Lächeln, dann, nachdem sie den Kamm weggelegt hatte, blieb sie still sitzen, die Hände zwischen ihren Sachen auf dem Tisch. Sie hatte lebhafte, kleine Hände ohne Ringe an den Fingern.

Und mir schien, daß ich wer weiß wie glücklich wäre, wenn sie mir gehörte und ich immer in ihrer Nähe leben könnte.

Aber ich fragte: »Stimmt es, daß du Signora bist?«

Sie wurde rot vor Zorn.

»Was gibt dir deiner Meinung nach das Recht, dich in meine Angelegenheiten einzumischen?« schrie sie. Und sie war aufgestanden. »Ich begreife das nicht«, sagte sie, aber weniger schroff, »beim ersten Mal, wenn sie mich sehen, meinen alle, sie müßten mir Fragen stellen ...«

Mir kam der Verdacht, sie könnte sich nicht mehr an den Abend zuvor erinnern. Aber es gelang einem nicht, in ihrer Nähe nicht befangen zu sein. Diese Frau vermittelte mir so sehr das Gefühl, noch ein Junge zu sein, und zwar ein Junge, wie ich es bisher anderen gegenüber nie gewesen war, ohne Wagemut, ohne Kühnheit, ein Junge, ständig im Begriff, rot zu werden. Und ich litt unter meinem Verdacht, unter meiner Schüchternheit, darunter, dort zu sein, erfüllt von dem Wunsch, sie zu bewundern und dem Bedürfnis zu weinen und der Musik, die unten eingesetzt hatte und nun heraufdrang. Vor allem diese Musik, sie war unerträglich, es schien mir sehr lang her, daß auf der Welt keine Musik mehr gemacht worden war, und so erstickte sie mich plötzlich.

Sie aber lächelte wegen meiner Krawatte.

189

»Ach!« sagte sie. Und wieder mit derselben Stimme wie am Abend zuvor sagte sie mir, daß ich ein lieber Junge sei. Sie sagte, ich könnte mir gar nicht vorstellen, wie glücklich es sie machte, daß ich mir sofort eine kaufen gegangen war, sie fand auch, ich hätte gut gewählt, danach machte sie mir aber doch Vorwürfe, daß ich wiedergekommen war.

»Du darfst nicht mehr kommen«, wiederholte sie und schüttelte den Kopf.

Aber sie ging und schloß die Tür ab.

»Kommst du nicht her?« flüsterte sie von der anderen Seite des Bettes.

Ich lief hin. Und ich war erbittert und wütend dabei, wie um meine Schüchternheit abzureagieren.

Danach trat ich ans Fenster und hätte gute Lust gehabt, die Scheiben zu zertrümmern. Ich hatte »das Intensive« nicht gehabt, ich hatte keineswegs den großartigen Eindruck, »eine Liebesgabe« erhalten zu haben wie voriges Mal. Und ich hätte es hinausschreien mögen, daß ich sie nicht liebte. Vor allem aber ihr sagen, daß ich jemand anderen wirklich lieben konnte. Ich öffnete das Fenster, und ein trauriger Geruch nach Blättern drang ins Zimmer. Ich sah den Regen, Bäume, weiter hinten eine rote Mauer und Regenschirme, die jenseits davon vorübergingen; dann war da das Geräusch einer Droschke, und ich selbst fühlte mich wie vom Regen erfaßt, und Tränen traten mir in die Augen. Ja, wirklich Tränen. Warum, warum? fragte ich mich. Es war, als hätte sie mich geschlagen und etwas in mich zurückgescheucht.

Sie war kurz draußen gewesen, jetzt kam sie zurück. Ruhig blieb sie vor dem Spiegel stehen und legte frischen Lippenstift auf. Sie lächelte, ich bemerkte es; und sie war ein Ungeheuer, daß sie über so etwas lächeln konnte. Hatte sie es so gewollt, damit ich nicht wiederkam?

»Adieu also«, sagte ich und ging dicht hinter ihren Schultern vorbei.

»Gibst du mir keinen Kuß?« fragte sie.

Und ihr Blick im Spiegel war leicht ironisch, aber auch zärtlich, sie wußte, was in meiner Seele vorging. Das Luder. Sie machte mir Lust, sie bei den Haaren zu packen.

»Warum hast du nicht gewollt?« sagte ich. »Warum hast du nicht gewollt, wie das letzte Mal?«

»Ich habe nicht gewollt?« sagte sie mit abwesender Stimme. »Was habe ich nicht gewollt? Ich verstehe dich nicht.«

Gleich setzte sie jedoch hinzu, daß es vielleicht nicht nur sie gewesen sei, die nicht gewollt hatte, sie war verärgert, sie war böse und ließ mich in meinem Groll gehen, ohne mich zurückzurufen.

Während ich die Treppen hinunterstieg, dachte ich an Tarquinio.

Er hatte auf sie gewartet; hatte er nicht gesagt, sie sei die schönste Frau der Welt? Und warum kam er nicht und nahm sie sich, jetzt wo sie da war? Dennoch fühlte ich, daß er nicht kommen würde, nicht einmal, wenn ich hinginge und ihm erzählte, daß Zobeida da war. Er war weit über das alles hinaus, es war enorm viel Zeit vergangen, seitdem er auf Zobeida gewartet und von ihr gesagt hatte: »Sie ist großartig, sie ist großartig!«

Aber ich würde nicht wiederkommen, dachte ich noch aus ganzem Herzen, oh, ich hatte Giovanna, und ich würde die Schule gemeinsam haben mit ihr. Von den Türken hatte ich von meinen, wie sie sich ausdrückten, »triumphalen Erfolgen« in den schriftlichen Prüfungen erfahren. Und ich würde die mündlichen ablegen, ich würde versetzt werden. Dann würde die Schule anfangen, mit dem grauen Licht ihrer Augen über den Schulbänken. Auch das würde bedeuten, die Liebe hinauszuschreien; es würde »intensiv« sein. Und ich würde ihr die Hefte wegnehmen, um hineinzuschreiben – Liebste. Ich erinnerte mich, wie mich das Verlangen packte, sie hinauszuschreien, die Liebe, wenn ich sie in ihrer Straße erblickte, sie plötzlich aus ihrem Haus trat: Sie war immer in Blau und Rot gekleidet, und sie war groß, mit ihren Büchern unter dem Arm.

Jetzt war fast Sonnenschein in der Luft. Eine leichte Dunstmasse erhob sich, und es regnete unsichtbar und lautlos, einen raschen, himmelblauen Regen. Weiter hinten war der rosa Berg aufgetaucht. Heute abend würde der Mond am Himmel sein. Und bei den Anlagen angekommen, durchquerte ich sie im Laufen, fühlte mich groß wie die Bäume in meinem Lauf.

Ich sah ihr Haus. Es war noch immer verschlossen wie im Juni – aber es war nur zu wahr, daß ich Giovanna liebte, und ich dachte an sie dort drinnen, wie sie heranwuchs. Wenn ich sie wiedersah, würde sie erwachsen sein wie Zobeida.

Und so kam ich nach Hause, wieder mit dem verbissenen Willen, versetzt zu werden, und zwar schnell, am liebsten noch am selben Tag. Und ich war zufrieden. Ich meinte entdeckt zu haben, daß es nichts bedeutete, die schönste Frau der Welt zu sein. Fast alle Jungs aus der Pension saßen am Tisch, mehr als zwanzig, und sie aßen hastig, jeder für sich, die einen hatten gerade mit der Suppe angefangen, die anderen waren schon beim Obst. Pfeifend trat ich ein, ich nahm Platz und schlug mit der Faust dröhnend mitten auf den Tisch.

»Wißt ihr was, Jungs«, rief ich, »es bedeutet gar nichts, die schönste Frau der Welt zu sein.«

Sie entgegneten mir, daß es im Gegenteil sehr viel bedeutete, und einer sagte, der Trojanische Krieg hätte stattgefunden, weil Helena die schönste Frau der Welt war. »Womit auch wir heute noch die Gelackmeierten sind«, setzte er hinzu, »weil wir jetzt die *Ilias* lernen müssen.« Andere protestierten, nein, das sei alles bloß Schuld von Achilles und seiner Ferse, wenn dieser verfluchte Blinde die *Ilias* geschrieben hätte. »Begreift ihr nicht, daß die *Ilias* ein Totengebet ist?« schrie einer, und spielte auf die Prüfungen an, die er am Nachmittag ablegen mußte. »Ach, es sind Prüfungen am Nachmittag?« sagte ich. Sie antworteten mir, ja, in den literarischen Fächern, aber nur bis F. Und besorgt um ihre Prüfungen, liefen sie rasch auf ihre Zimmer und schlossen sich ein, um noch ein letztes Mal die heikelsten Stellen durchzugehen. Auch der Samurai ging, um sich zu wappnen. Wir blieben zu acht oder neunt am Tisch, da beugte sich der Tripolitaner, der mir gegenüber saß, herüber und flüsterte mir ins Ohr, daß er mir etwas zu sagen hatte.

»Jaaa?« sagte ich lebhaft.

»Nachher, nachher«, sagte Achmed und wich zurück. Aber alle schauten uns schon an, mit Gesichtern, die keine Geheimnisse duldeten, und der Tripolitaner fühlte sich verpflichtet, eine Erklärung zu geben.

»Nun«, sagte er immer noch leise, »da war dieser Freund von dir, der Lockige, er wollte dich besuchen.«

»Richtig, richtig ...« sagte der kleine Mattioli.

»Ach«, rief ich strahlend, »aber wo ist er? Hierher ist er gekommen?«

»Aber hast du verstanden, um wen es geht?« sagte der Tripolitaner.

Verdammt, und ob ich verstanden hatte! Das war fabelhaft. Eher war er es, der nicht verstehen konnte.

In der Tat setzte er hinzu: »Ich sehe, daß dich das überrascht ...«

»Aber natürlich, das muß mich überraschen«, sagte ich mit Nachdruck. »Denn siehst du, Tarquinio, der gehörte mal hierher, er schlief dort, wo du jetzt schläfst ...«

»Na und?« sagte der Tripolitaner.

Ich wurde verlegen. Wie konnte ich ihm begreiflich machen, was das bedeutete? Und ich zählte eine Reihe nichtiger Gründe auf.

»Das kommt nicht vor«, sagte ich unter anderem, »wenn einer die Pension und die Freunde gewechselt hat, daß er dann Lust hat zurückzukehren, zurückzukehren und sie zu besuchen ...«

Aber ich sagte es mit Bitterkeit, als ob es die Wahrheit wäre.

»Warum? Seid ihr keine Freunde mehr?« sagte dieser verflixte Tripolitaner.

»Oh doch, wir sind Freunde!« sagte ich. »Die Sache ist eher die, daß er sich plötzlich mit der Signora Rosmunda überworfen hat. Und ... hat er etwas für mich hinterlassen?«

Der Tripolitaner hob die Schultern.

»Eigentlich hat er ja nicht mit mir gesprochen. Er hat mich nicht mal wiedererkannt. Aber da er sich an das

Küchenmädchen gewandt hatte und die nie was kapiert, habe ich mich eingemischt.«

Während er das sagte, hatte er einen Apfel aus der Obstschale in die Hand genommen.

»Schau mal, wie wunderbar!« rief er aus. »Oh, daß keiner das früher bemerkt hat? Seltsam. Man würde sagen, er ist für dich bestimmt, und es ist der schönste Apfel, den ich je gesehen habe.«

Alle waren fertig und standen Stühle rückend auf, nur er zögerte noch.

»Gib her«, sagte ich und streckte die Hand aus.

Da zischelte er mir zu, daß er noch über etwas anderes mit mir zu reden hatte, unter vier Augen. Und er schaute sich um, um sich zu vergewissern, daß seine Geste nicht bemerkt worden war.

Ich war verwirrt. »Aber Signora Rosmunda hat nie solche Äpfel gekauft …«, murmelte ich.

Und es war wirklich ein herrlicher roter Apfel, jedenfalls begann ich ihn zu schälen, und da die Sache mit Tarquinio, der mich besuchen gekommen war, mich nicht weniger interessierte als dieses »andere«, wovon der Junge aus Tripolis getuschelt hatte, fragte ich noch einmal nach, was mein Freund für mich hinterlassen hatte.

»Nichts hat er hinterlassen«, antwortete mir der Tripolitaner. »Mir scheint, er ist gekommen, einfach um ein paar Stunden mit dir zu verbringen …«

»Hat er das nicht gesagt?«

»Nein, jedenfalls erinnere ich mich nicht. Er hat allerdings gesagt, er wüßte nicht mal, ob du tot oder am Leben wärst, daß er dich sehen möchte, daß er sich über deine Prüfungen freut, daß er auch versetzt würde und bald nichts mehr mit der Schule zu schaffen hätte und

daß du, wenn du Lust hast, im *Corona di Ferro* vorbeikommen und ihn dort morgen früh zwischen zehn und
elf besuchen kannst.«

»Heute nicht?« sagte ich.

Wir waren allein geblieben.

Aus dem Zimmer kamen Schreie des Samurai, der lernen und seine Ruhe haben wollte. Ganz langsam und
auf Zehenspitzen schlich der Tripolitaner auf den Balkon hinaus und machte mir Zeichen, ihm zu folgen.

Ich folgte ihm und schloß die Glastür hinter mir.

Völlig zerzaust vom Wind, krächzte uns der Papagei
vom Balkon nebenan was vor.

»Kalt ist es!« sagte ebenfalls zerzaust der Tripolitaner.
»Nach dem Unwetter kommt bei euch gleich der
Wind!«

XII

Was der Tripolitaner mir erzählte, führte mich wieder auf den Weg vom Morgen und vom Abend zuvor, hin auf diesen Brennpunkt Frau, der mich unfähig machte, allein zu bleiben, seitdem er konkrete Gestalt für mich angenommen hatte. Was der Tripolitaner mir gesagt hatte, gab mir nun auch einen Grund, der mir triftig genug erschien, wieder hin zu gehen. Vor allem aber hatte mich wieder ein Bedürfnis gepackt, dort zu sein, bei ihr, und das war, als wäre ich nicht nur ich selber, nicht mehr nur der altvertraute Junge, der Giovanna liebte und Tarquinios Freund gewesen war und Prüfungen abzulegen hatte.

Wir hatten lange auf dem Balkon miteinander geredet, ich und der Tripolitaner, dann war ich allein geblieben, war hinausgegangen und hatte wieder Regentropfen ins Gesicht bekommen.

Es waren haarfeine Wolkenstreifen, die der Wind von wer weiß wo heranführte, eher vom Ende der Straße als vom Himmel. Die letzte weiße Feder dort oben schwebte immer höher hinauf im grenzenlosen Äther des Himmels. Und die Sonne rauschte in den nassen Bäumen, sie war lebendig, von den Fensterscheiben sprang sie mir ins Gesicht, der Wind fuhr durch die Luft, trug die

Nässe vom Asphalt wie einen aufgelesenen Schatten mit sich fort.

Nun hatte ich gedacht, daß ich an diesem Nachmittag in die Schule gehen würde, um mir die mündlichen Prüfungen von denen »bis F« anzuhören, daß ich Schüler sein würde und froh, den anderen zuzusehen, wie sie sich mit dem Lehrertribunal herumschlugen, und daß sie, die schönste Frau der Welt, wirklich ohne Bedeutung wäre für mich. Aber da: nach allem, was der Tripolitaner mir gesagt hatte, war ich wieder allein, und die Sonne und der Wind gehörten zu der blonden Frau, wie am Tag zuvor der Donner und der strömende Regen zu ihr gehört hatten.

Früher gehörten Donner und strömender Regen zur Madonna auf dem Pferd, in dem Dorf mit dem Fluß voller Geröll.

Das Fest fand im Oktober statt, und die ganze Zeit über, die es dauerte, waren Tage um Tage voller Donner. Die Madonna war ebenfalls blond, mit der Krone einer Kriegerin auf dem Kopf, und unter den Hufen ihres Pferds zermalmte sie die Sarazenen, und ich bat sie, mich eine Frau wie sie heiraten zu lassen, wenn ich groß war. Allerdings hatte sie graue Augen wie Giovanna, und Zobeida hatte schwarze, aber Zobeida hatte das Gesicht dazu, eine Krone zu tragen und auf einem Pferd zu reiten.

Jetzt wollte ich jedenfalls meine rote Nelke zurück.

Wenn ich sie nicht zurückbekam, würde ich womöglich nie mehr wissen, wen ich nun wirklich liebte. Es lag ein Zauber in meiner roten Nelke. Und es gab einen Geheimbund von Jungs, die sie mir rauben wollten; das war es, was ich von dem Tripolitaner erfahren hatte.

Der Tripolitaner gehörte diesem Geheimbund seit drei Tagen an, er war begeistert davon und suchte neue Anhänger zu gewinnen.

»Verstehst du«, hatte er zu mir gesagt, »ich habe es nicht einmal Perez gesagt, denn man braucht einigen Mumm dazu und vor allem Ernsthaftigkeit. Und Jungs wie Perez nehmen alles auf die leichte Schulter ...« In seinen Augen allerdings blitzte Ironie. »Wir wollen Indien befreien und die Jungfrauen beschützen ...«

»Die Jungfrauen?« hatte ich ausgerufen.

»Ja, die Jungfrauen«, hatte der Tripolitaner erwidert, »die Mädchen von der Schule, die von einigen Typen belästigt werden, als ob sie Huren wären. Im Augenblick ist da eine, die in großer Gefahr schwebt, ein Fräulein aus der Dritten Lyzeum, Giovanna ...«

Scheinbar wußte er nichts von meiner Geschichte mit Giovanna, dennoch glomm in seinen Augen ein seltsames Feuer, als hätte er Spaß an der eigenen Unverschämtheit. Und ich hatte gedacht: »Der hier weiß alles und spielt den Unschuldigen, um mich in irgendeine Falle zu locken ...«

Und tatsächlich wollte er, daß ich dem Geheimbund beitrete.

»Er heißt ›Rote Nelke‹ – ein hübscher Name, nicht? – und besteht nur aus Jungs, die auf Draht sind. Alle Jungs auf Draht hier bei uns gehören dazu, wir sind rund dreißig, genauer gesagt, neunundzwanzig, aber wir suchen den dreißigsten – wir haben auch Geld und Waffen. Du könntest der dreißigste sein, meinst du nicht?«, und er klopfte mir freundschaftlich auf die Schulter. »Jeder muß für sich dann wieder eine eigene Bande bilden, ebenfalls aus dreißig Jungs, die ein bißchen weniger auf Draht sein können, weil sie schon auf einer untergeordneten Ebene sind. Und dann muß jeder von diesen dreißig aus den dreißig Banden sich wiederum eine Leibwache von dreißig zusammenstellen und so weiter … Ist das nicht fabelhaft? Denn überleg mal, wenn ich, der ich dem Geheimbund angehöre, alles über die Organisation weiß, dann wissen die Jungs aus meiner persönlichen Bande nicht mehr, als daß sie unter meinem Kommando stehen … Auf diese Weise kann man die ganze Welt der Jungs miteinander verbinden, meinst du nicht? Nimm dreißig mal dreißig, und du siehst, daß die Organisation auf der zweiten Ebene schon neunhundert Jungs umfaßt. Und neunhundert multipliziert mit dreißig, da hat man auf der dritten Ebene schon ganze siebenundzwanzigtausend Jungs, die ihrerseits mal dreißig genommen im vierten Grad achthundertzehntausend ergeben. Im fünften Grad ginge es dann schon um siebenundzwanzig Millionen und dreihunderttausend …«

Hier hatte ich ihn gefragt, wer der Erfinder dieses ganzen Stammbaums wäre, aber der Tripolitaner hatte mir nicht antworten können. Aber ich wußte genau, daß es sich um *Frosch* handelte, und ich hätte gewollt, daß der Tripolitaner mir wenigstens sagte, daß es sich um einen Stotterer handelte: einfach, um an seine Aufrichtigkeit glauben zu können. Er dagegen war rot geworden, was seltsam wirkte bei ihm, und hatte mir nur weiter zugeredet, ich sollte einer von ihnen werden.

»Du brauchst auch gar nicht deine Identität preiszugeben«, hatte er gesagt. »Du kommst maskiert zur Versammlung und gibst irgendeinen Namen an, der dir paßt, wie bei der französischen Fremdenlegion.«

Und er hatte mir erklärt, daß jeder eine rote Nelke tragen und sie dann am Tag der Vereidigung dem Führer übergeben mußte, zum Zeichen des Gehorsams; aber die Nelke aller Nelken, das Wahrzeichen des Geheimbunds, befand sich in Händen eines Feindes, dem man sie entreißen mußte.

»Bin ich vielleicht dieser Feind?« hatte ich ihn gefragt und wollte dem Tripolitaner zu verstehen geben, daß er keinen leichten Stand hatte.

Und der Tripolitaner: »Wer weiß!« hatte er geantwortet. »Jeder von uns könnte es sein. Ich selbst oder sogar der Führer, warum nicht? Aber das ist es nicht, was zählt. Das Wichtige ist, daß wir die Nelke bekommen.«

Auf einer der Bänke am Stadtwall auf dem Weg zu Zobeida blieb ich ein Weilchen sitzen und dachte über all diese Dinge nach. Ich hatte beschlossen, mir meine Nelke zurückzuholen und sie selbst zu verteidigen, wie um mein Leben als Junge zu verteidigen, der Giovanna liebhatte und Tarquinios Freund gewesen war. Aber die Nelke zurückzubekommen, das hieß, zu der blonden Frau zu gehen, und das, das war mehr als eine Verteidigung meines alten Jungenlebens, das entsprach mit einemmal einem brennenden Verlangen und löschte alles andere aus.

Ich fragte mich, ob der Tripolitaner, statt mich in eine Falle zu locken, mich nicht vielmehr hatte warnen wollen. Im Grunde empfand ich Sympathie für ihn. Einen Augenblick lang stellte ich ihn mir als Freund vor, der mir aus seinen wunderbar dunklen, fast mädchenhaften Türkenaugen zulächelte, und da begriff ich, daß ich mit angehaltenem Atem lebte, einsam wie ich war.

Ich betrachtete die Bäume am Stadtwall, Oleander, von denen die untergehende Sonne sich Blatt für Blatt zurückzog, und da fühlte ich, daß mir die Möglichkeit fehlte, mich bei jemand auszuschütten. Freundschaft war dies: sich bei jemand ausschütten zu können. Früher hatte ich mich bei Tarquinio ausgeschüttet, und er sich bei mir. Jetzt war Tarquinio nicht da, und ich fühlte mich voll, randvoll wie ein überlaufender See, der keinen Abfluß findet. Voll, in meiner blauen Erfülltheit von Giovanna, die ich nicht gelebt hatte, und das Herz quoll mir über von der blonden Frau ...

Und während die letzten Vögel in der Sonne sich unsichtbar von den letzten Oleanderblättern aus in die Höhe schwangen, dachte ich, daß ich Tarquinio, wenn er wiederkäme, nichts von der blonden Frau würde erzählen können, daß ich mich nicht bei ihm würde ausschütten können. Mit Entsetzen dachte ich da, daß ich nie wieder einen Freund haben und mich in alle Ewigkeit würde zurückhalten müssen, alles zurückbehalten in meinem übervollen Herzen, das uferlos anschwoll. Ich betrachtete den Asphalt, wie er zwischen den Bäumen in die Ferne lief.

»Wie schön das war!« rief ich, matt vor Sehnsucht.

Und ich dachte an unsere Spaziergänge, meine und Tarquinios, die manchmal kein Ende mehr nahmen, wenn wir gegen Abend schon eine Weile geredet hatten und unser Reden altvertraut in uns geworden war, als redeten wie seit den Tagen unserer Kindheit miteinander.

In diesem Moment erwachte die Erinnerung an Zobeida in mir, mit dem Gefühl von einem immensen Strand, auf den ich mich werfen konnte. Oh, wie ich mich wieder und wieder auf diesen Strand hätte werfen wollen! Aber auch sie zog sich zurück und verweigerte sich mir und ließ mich die Liebe nicht sagen, die ich am Abend zuvor hätte hinausschreien mögen.

»Ich liebe sie! Ich liebe sie!« sagte ich bei mir; und
ich wußte nicht, für wen ich das sagte; und ich stand
auf, erschöpft vor Einsamkeit, und ging dorthin, wo der
Asphalt hinging, zuerst hinauf, dann hinunter, wo er
zwischen den Häusern verschwand.
Die Sonne hatte alle Spuren des Unwetters getilgt und
den Himmel nun klar und blau in der Dämmerung
zurückgelassen. Eine Fledermaus segelte tief, mit dem
schlafwandlerischen Flug eines verletzten Tiers.
Oben, wo es noch licht und hell war, kreisten fröhliche
Vögelschwärme. Und die Lichtkugeln auf der Allee
gingen an, aber sie blieben trocken in der klaren Luft,
als fänden sie keinen Weg, ihren Atem zu verströmen.

Im Haus der Diwane war Licht in ihrem Fenster, das
weit offen stand über dem Garten.
Im Garten war es dunkel.
Und anstatt die Tür aufzustoßen und hinaufzugehen,
begann ich auf dem Kies hinter den Akazien auf und
ab zu gehen.
Man hörte das Schlagen einer Autotür, und ein Fluß
von Licht entsprang und lief fort im dichten Gebüsch.
Jemand war an das erleuchtete Fenster getreten. Sie
mußte es sein. Da war nichts als ein schwarzer Umriß
vor dem Licht im Rücken, aber man sah die Haare um
den Nacken; wie Flügel zu beiden Seiten des Kopfes.
Sie war gekommen, um denen nachzuschauen, die im
Wagen davonfuhren, der Wagen war weggefahren,
doch sie war stehen geblieben und hatte sich mit den
Armen auf die Fensterbank gestützt.
Da zündete ich mir eine Zigarette an. Ich dachte mir,
sie würde das Feuerpünktchen sehen, und da war ich
mit meinen Lippen; so würde sie ganz nah auf meine

Lippen schauen. Ich fühlte sie dort oben, als wäre sie Giovanna, aber mehr als Giovanna, das heißt Giovanna als Frau, die ich schon besessen hatte. Und ich fühlte auch sie, aber mehr als sie, als hätte sie anderen gehört und gehörte jetzt mir, auch Gefangene der anderen, aber doch meine, wie ein wortloses Versprechen, auf das ich seit dem Besuch am Morgen gehofft hatte.

»Du«, rief ich sie an.

»Wer ist da?« ließ sie fallen, fern und hart.

Ich glitt näher heran, trat aus dem Gebüsch heraus, mitten auf den Kiesplatz, der vor diesem Flügel des Hauses lag.

»Nun?« sagte sie.

Und ich stumm.

»He?« rief sie noch einmal und beugte sich aus dem Fenster.

»Soll ich kommen?« flüsterte ich.

Ich hatte das Gefühl, als müßte ich sie fragen, ob ich durfte, ob sie allein war, ob da keiner war, der sie hinderte.

»Ach, bist du es, Junge?« sagte sie. Und lachte.

Es war im zweiten Stock, aber an der Wand lag eine Sprossenleiter. Ich hob sie auf, lehnte sie an den Balkon, und war, während sie lachte, mit einem Satz oben. Dann zog ich die Leiter auf den Balkon herauf und lehnte sie an ihr Fenster.

»Aber was machst du? Was machst du da?« schalt sie mich mit leiser Stimme.

Sie lachte aber immer noch; nicht laut.

»Was für ein Junge!« rief sie und half mir hineinzuspringen.

Und setzte hinzu: »Du machst aus mir auch noch so eine Art Rotznase! Mit diesen Spielchen!«

Ich fand keine Worte. Wieder war sie die schönste Frau der Welt, und wieder war das voller Bedeutung für mich. Einen Augenblick lang atmete ich ganz dicht an ihrem Gesicht. Ich lächelte sie an vor Glück, und sie lächelte, da sie mich glücklich sah. Ihr Gesicht wurde kleiner im Lächeln, und es war geflügelt von Haaren, die Augen wirkten ein wenig verschreckt, als hätte sie Lust zu weinen. Aber sie neigte ihren kleinen Kopf auf dem Hals, als trüge sie eine Krone.

So war sie, eine Königin, dachte ich, und da faßte ich sie an den Armen und ließ mich vor ihr auf die Knie fallen, das Gesicht in ihrem Schoß.

»Du bist die Madonna auf dem Pferd«, flüsterte ich. »Ich liebe dich. Du bist die Madonna auf dem Pferd!«

Sie ließ mich reden und ließ meine Arme an sich hinabgleiten, die ich jetzt um ihre Taille geschlungen hatte. Aber sie sagte nichts und bewegte sich nicht, nur mit ihren Fingern wühlte sie wie mit feinen Krallen in meinem Haar.

Und als ich mit dem Gesicht am Boden lag, meine Arme um ihre Beine geschlungen, wunderte ich mich, wie sie noch immer so frei dastehen konnte, während ich mich ganz an sie gedrängt hatte. Ich hob die Augen, um sie anzusehen, erstaunt über ihre Unerschütterlichkeit einer Göttin. Aber ich begriff, daß sie geweint hatte.

Gerührt klammerte ich mich wieder an ihre Hüfte, rieb mich wie ein Kätzchen an ihrem Schoß.

»Liebste!« dachte ich, und ich fragte mich, was dieses Weinen bedeuten mochte.

Da faßte sie meine Hände und löste meine Arme von ihrem Körper, zwang meine Augen in einen merkwürdig scharfen Blick.

»Warte«, sagte sie, »ich schaff die Leiter vom Balkon weg.«

Ich fühlte mich verloren, wenn ich auch nur einen Augenblick ohne sie bleiben mußte.

»Nein, geh nicht weg«, bat ich.

Ich hatte sie wieder umschlungen und versuchte, sie zu mir herabzuziehen, auf die Knie.

»Ich muß die Leiter wegschaffen«, sagte sie, sich auf der Schwelle noch einmal umwendend, mit einer Kopfbewegung, die mädchenhafter war denn je.

Aber sie war erwachsen und eine Frau.

Ich trat ans Fenster. Nicht an das jedoch, durch das ich hereingekommen war. An das andere, wo ich am Abend zuvor mit ihr gestanden war.

Es war dunkel im Laub jetzt. Ich erkannte hohe Häuser mit Licht in sämtlichen Fenstern und dunkle Schlote auf allen Seiten. Da war eine Gruppe von fünfen, wie Minarette, an einer tiefgelegenen Stelle aus Dachziegeln und Glasdächern. Ich sah das zum ersten Mal, ich hatte nie auch nur daran gedacht, daß es in unserer Stadt Schlote geben könnte. Und es erschien mir wunderbar, daß es so viele waren, und alle dort in der Umgebung.

»Das ist schöner als in der ›Höhle‹«, dachte ich.

Ich erinnerte mich an die Schmiede meiner frühesten Freundschaft mit Tarquinio, wo die Pferde stampften, dann an das geheimnisvolle Sägewerk, das hinten im Hof von Giovanna surrte, dann an die Brennöfen …

Das war also wirklich mein Leben, und es machte nichts, daß Tarquinio nicht mehr da war? War es nicht für Tarquinio? Lag es nicht im Zusammensein mit Tarquinio?

206

Aber sie kam zurück, und sofort glaubte ich zu begreifen, daß es die ›Höhle‹ mit ihr nicht geben konnte. Deshalb fand sie mich anders, erfüllt von einem Ernst, der ihr fremd war. Sie war neben mich getreten, hielt sich aber etwas abseits, die Arme auf die Fensterbank gestützt, nachdenklich und befangen wie eine Mutter zu mir, ihrem Kind.

Was konnte es gemeinsam mit ihr geben? dachte ich. Nur ihr zu Füßen zu sinken? Nur sie verehren, sie verehren und wissen, daß sie eine Göttin war? War sie nur die schönste Frau der Welt? Und doch hatte sie geweint. Aber worüber hatte sie geweint?

Ich spürte, daß sie schüchtern war, und legte meinen Arm um ihre Taille.

»Was denkst du?« fragte sie mich, von dieser Berührung sogleich zum Reden angespornt.

Ich zeigte ihr die Schlote, finster wie schwarz gestrichen in der unruhigen, von merkwürdigen Lichtschauern durchzuckten Atmosphäre der wolkenlosen Nacht, in der bald der Mond aufgehen würde.

»Siehst du?« sagte ich. »Ist das nicht schön?«

»Ich weiß nicht«, sagte sie.

Und sie seufzte und setzte hinzu: »Sicher, es kann schön sein …«

»Weißt du!« sagte ich. »Als ich Kind war, ging ich immer in eine Schmiede, wo auch Pferde beschlagen wurden … Das gefiel mir ungemein, mit den sausenden Hämmern und den Funken und alles schwarz. Ich ging mit einem Freund hin, und wir redeten dort.«

Ich zögerte, erforschte ihr Gesicht. Ich fürchtete, sie könnte mich für romantisch halten.

»Die Sache ist die«, fuhr ich fort, »daß ich meine, das Leben so zu verstehen; in der Nähe von surrenden Maschinen, wo alles schwarz ist, ganz schwarz von Rauch, und wo man leise sprechen muß ... Da verstehe ich dann wirklich, was für eine schöne Sache das Leben ist ...«

»Warum?« fragte sie.

Darüber schwiegen wir lange; sie lehnte immer noch am Fensterbrett, die Nase leicht vorgestreckt, wie um etwas zu erspüren in der Zeit, nach der Seite ihrer Kindheit hin. Aber sie würde mir nie etwas über sich sagen, das wußte ich; zumindest nichts Wahres. Zwischen ihren Brauen lag schon wieder dieses unendlich ironische Lächeln bereit, das ich an jenem Morgen kennengelernt hatte, wegen all dem, woran sie aufgehört hatte zu glauben, und in ihren Mundwinkeln lauerte die Wut, die ich am Abend zuvor kennengelernt hatte, wegen all dem, an was sie nicht glauben wollte. Ich meinte, eine wilde Schamhaftigkeit in ihr zu erahnen, allem gegenüber, was für sie noch Wahrheit des Lebens sein mochte. So war es. In wilder Scham wich sie bei der kleinsten Berührung mit den wahren Dingen zurück. Wollte sie sich ganz heraushalten, aus der Wahrheit, weil sie sich schon außerhalb fühlte?

Und doch hatte sie geweint. Wenn das wahr war für sie, dann wich sie mir jetzt nicht genug aus. So hatte ich ihr einen Moment lang wehtun können; sie hatte geweint.

»Sag mal«, sagte sie plötzlich mit rauher und leiser Stimme, etwas singend. »Was bedeutet das, die Madonna auf dem Pferd?«

»Die Madonna auf dem Pferd?«

Alle, auch meine Schwester und Tarquinio waren diesbezüglich immer ungläubig gewesen; womöglich dachten sie, das sei nur eine Spinnerei von mir, nicht eine glasklare Erinnerung. Und jetzt war mir, als wäre ich Sieger über die Ungläubigkeit der ganzen Welt.

»Das war in einem Dorf«, sagte ich, »in einem Dorf, durch das ein Fluß voller Geröll floß, und dort wurde Jahrmarkt gehalten. Ich habe den Namen vergessen … Und ich habe es gesucht, aber niemand weiß, wo es ist. Und die Madonna auf dem Pferd gab es nur dort. Ich war ein Kind, nicht? Und ich sah sie auf dem federgeschmückten Pferd, wie sie die Sarazenen niedertrat, eine Madonna, so anders als alle anderen. Man sagt mir, es gibt keine Madonnen auf dem Pferd … Aber ich erinnere mich, daß es auf diesem Jahrmarkt ganze Stände voll von kleinen Madonnen auf dem Pferd gab …«

Ich hielt inne, aber sie drängte.

»Wie?« sagte sie.

»Weißt du, diese Tonpfeifen, wie sie auf Jahrmärkten verkauft werden? Da sind kleine, bunte Figuren drauf, nicht wahr? Und mit einer Trillerpfeife drin … Gut, und in diesem Dorf waren das alles Madonnen auf dem Pferd. Und der Onkel, der mich mitgenommen hatte auf diesen Jahrmarkt, hat mir eine gekauft. Eine kleine Madonna auf dem Pferd, nur eine halbe Handspanne hoch, aber ganz genau wie die große, mit braunen Haaren und der Krone auf dem Kopf. Ich erinnere mich, daß ich sie noch hatte, als ich ins Gymnasium kam. Dann, in den ersten Ferien, war sie nicht mehr da. Aber siehst du … Ich dachte, eine solche Frau will ich heiraten …«

Ich hätte nicht mehr aufhören mögen, von meiner Kindheit zu erzählen. Das Gymnasium, der Onkel, der Geröllfluß, das waren keine Worte, das waren lebendige Fixpunkte einer Welt, die, so schien mir, die Augen aller vor Freude zum Leuchten bringen mußte.

Mit Tarquinio hörte ich nie auf, und auch Tarquinio lief neben mir her und erzählte mir seine Sachen, und beiden leuchteten die Augen. Sicher, jedem von uns leuchteten die Augen über die eigenen Dinge. Aber so begegneten wir uns, und ich hatte so sehr gehofft, einer Frau in derselben Weise zu begegnen.

Sie hingegen unterbrach mich mit wütender Ironie.

»Also«, sagte sie, »erinnere ich dich an dein Trillerpfeifchen?«

Ich wurde feuerrot, und sie lachte.

Aber sofort änderte sich ihr Ausdruck, während ich spürte, wie ich kohlrabenschwarz wurde unter dem Feuer. Sie berührte meine Hand.

»Entschuldige«, sagte sie. »Es ist nicht wahr, daß ich dich nicht verstanden habe.«

Aber da hörte man es dreimal hupen, und sie machte mir Zeichen, vom Fenster zurückzutreten.

Ich gehorchte ihr, nicht ohne zuvor das Licht eines Autos bemerkt zu haben, das hinter der Gartenmauer hielt. Zobeida schloß die Fensterläden, dann machte sie sie wieder auf, dann schloß sie sie wieder und machte sie wieder auf. Ein Zeichen, dachte ich. Wofür? Und ich erinnerte mich, daß einer der Türken mir am Morgen erzählt hatte, daß da »drei Mordskerle mit einem großen Wagen waren, die sie zum Tanzen mitnahmen, so sagten sie ...«.

Vom Fenster, wo sie endgültig den Laden geschlossen hatte, ging sie zum Frisiertisch. Sie wirkte nervös. Sie setzte sich und ließ die Arme auf der Tischfläche liegen.

»Weißt du«, sagte sie. »Du darfst nicht wiederkommen, wirklich nicht. Begreifst du denn nicht, daß ich so etwas nicht ertragen kann?«

Sie stand auf und begann, im Zimmer auf und ab zu gehen. Und ich fürchtete, sie würde mich auf der Stelle wegschicken.

»Ich kann nicht, ich kann nicht ...«, wiederholte sie.

Da murmelte ich in einer plumpen Hoffnung, die mich schwerfällig machte: »Alle haben einen Freund, wenn sie wollen.«

Und ich meinte: »Alle Frauen wie du.«

Sie brach nicht in Gelächter aus, obwohl ich das erwartete; sie sah mich an und sagte: »Aber da sind Männer, die würden dich umbringen! ... Im Ernst, ich sage es dir. Und dann, in zehn Tagen muß ich fort ...«

»Oh! Bis dann ...«, sagte ich. Zehn Tage mit ihr schienen mir eine Ewigkeit.

»Und du würdest jeden Tag hierher kommen wollen?« schrie sie. »Kommen und mir sagen, daß ich die Madonna auf dem Pferd bin und mich zu Tode verletzen und mir jeden Tag aufs neue alles unmöglich machen?«

Sie kam zu mir her und nahm mein Gesicht zwischen ihre Hände.

»Aber du weißt doch, was ich bin?« schrie sie noch immer.

»Ich weiß es«, sagte ich ruhig, aber das Gesicht erneut in Flammen.

»Daß ich eine ... Daß ich eine Hure bin? Weißt du das wirklich?«

»Ja ... Aber du gehörst mir.«

Sie lachte, und ihre Augen leuchteten.

»Aber ich bin noch Schlimmeres, als du glaubst«, sagte sie dann. »Ich bin noch schlimmer ... Denk dir, ich bin eine Diebin, eine Mörderin und noch schlimmer. Denk dir ...«

Hier verfinsterte sich ihr Gesicht vor Feindseligkeit, und sie ging zum Bett hinüber.

»Komm jetzt«, sagte sie. »Und daß ich dich dann nie wieder seh.«

Ich ging nicht zu ihr, ich blieb, wo ich mich hingesetzt hatte, die Knie umschlungen, und es verging einige Zeit, ohne daß vom Bett her irgendwelche Worte kamen, um mich hinüberzulocken. Dann hörte ich, wie sie sich bewegte, und ich sah den Stoff ihres Kleides von ihrem Arm zu Boden gleiten. Aber ich wollte nicht zu ihr gehen, ich wollte das nicht, ich wollte nicht so etwas wie an diesem Morgen.

Draußen schrillte eine Glocke.

Und sie sagte: »Hörst du, daß ich gehen muß? Glaubst du vielleicht, ich bin hier bei mir zu Hause? Also mach schnell.«

»Geh nur!« sagte ich, ohne mich vom Fleck zu rühren. Von jenseits der Tür rief man nach ihr, das Essen sei fertig.

»Geh«, sagte ich. »Ich komm später runter und schleiche mich raus.«

»Dann also adieu«, sagte sie. Sie küßte mich flüchtig. »Du wirst doch brav sein, nicht wahr?« Sie meinte: »Du wirst doch nicht wiederkommen, nicht wahr?«

Und sollte es nun aus sein?

Ich sah mich um, allein. Ohne sie war ihr Zimmer häßlich. Nichts auf der Welt gehörte weniger zu ihr als dieses Zimmer. Das Unwetter hatte zu ihr gehört, die Sonne gehörte zu ihr, ihr gehörte der Stadtwall mit den Oleanderbäumen, und der Garten und das Fenster, die Schlote, aber das Zimmer gehörte ihr in gar nichts. Und doch schlief sie hier. Und dieser Frisiertisch war bevölkert von ihren Sachen. Und drüben war das Bad, wo sie sich wusch.

»Ich muß gehen«, wiederholte ich mir. »Ich muß gehen und darf nie wiederkommen.«

Einen Moment lang war mir das richtig erschienen, während sie mich darum bat beim Abschied. Aber jetzt fand ich es sogar dumm. Nicht wiederkommen, warum? Und nur fortzugehen, nur dieses eine Mal, schien mir unfaßlich. Ich fühlte, daß es, sobald ich draußen war, sein würde, als hätte ich sie nie gesehen, und daß ich wieder verrückt würde vor Einsamkeit.

Ich dachte an die Anlagen und an Giovannas Straße. Sie erschienen mir nichtig, leer. Leer war die Welt außerhalb ihres Schoßes.

»Und die Nelke?« dachte ich.

Von zuhause war ich doch aufgebrochen mit dem festen Vorsatz, mir die Nelke zurückgeben zu lassen. Aber wenn ich *nicht wiederkommen sollte*, lag mir nichts mehr daran. Es lag mir nichts daran, sie zu verteidigen, es lag mir nichts daran, mein Jungenleben zu verteidigen, in dem ich Giovanna geliebt hatte und in dem ich Tarquinios Freund gewesen war. Ich würde sie ihr lassen. Oder vielmehr, nein; ich würde sie *Frosch* schicken für seinen Geheimbund ... So würde alles zum Teufel gehen, wenigstens das.

Ich erinnerte mich, gesehen zu haben, daß sie sie in eine Schublade links an ihrem Tisch gelegt hatte. Und ich ging und zog die Schublade auf. Sie war voller Fotografien, Männer, die sich was darauf einbildeten, daß sie sich mit ihr abgaben. Auch Briefe waren da, ich las einen davon, der so anfing: »*Ich habe versucht, Euch aus der Gosse zu holen, ich habe Euch meinen Namen angeboten ...*« Nur die Nelke war nicht da.

Ich versuchte, eine andere Schublade zu öffnen, aber sie war abgeschlossen. Ganz hinten in einer anderen entdeckte ich eines dieser Täschchen aus Silberstrick, wie sie nach dem Krieg gebräuchlich waren. Es war prall gefüllt mit etwas, ich tastete den Inhalt ab und fühlte, daß es ein Revolver war. Darüber mußte ich lächeln, ich dachte an meinen Revolver, den ich unter dem Feigenbaum vergraben hatte, an *Frosch*, der in seinem Blut hingestreckt auf dem *Matto Grosso* am Boden lag, an das Gewehr, das in dem alten Haus von Onkel Costantino über dem Sofa hing, aber ohne Erregung. Ich war nur neugierig zu sehen, welche Marke es war.

Von unten drangen indessen die Stimmen der Mädchen bei Tisch, und wirklicher noch als der Klang der Stimmen das Klappern von Besteck. Man hörte den *Liebling* lachen. Und Madame gesetzt sprechen, im Tonfall einer Pensionatsvorsteherin.

»Fermina!« sagte ihre Stimme.

»*Qu'est-ce qu'il y a, Madame?*«

Gelächter lief reihum, dann Lärm eines zurückgestoßenen Stuhls und hitzigeres Sprechen von Madame.

»… Also, was hast du da gemacht …«

»Ich?« sagte die Stimme des *Lieblings* »Oh! … Aber warum denkst du immer gleich …«

»Hier, mein Freund, genau an diesem Punkt wollte ich dich haben … Was sollte ich denn denken?«

»Oh! … Warum mußt du mich immer in Verlegenheit bringen? … Aber wenn ich doch lebe wie eine Perlenschnur um deinen Hals!«

»Wie eine Perlenschnur! So eine Frechheit!«

»Aber hübsch gesagt ist es doch«, meinte eine andere Stimme.

Und Madame: »Hübsch! Mich an die Perlen zu erinnern … Mich, die ich mir das letzte Hemd ausgezogen habe für ihn.«

So ging es hin und her, sie sprachen auch über Kleopatra, die Perlen im Wein aufgelöst hatte, und auch *ihre* Stimme ertönte, unfaßlich für mich zwischen den anderen. Aber indem ich sie hörte, *ihre Stimme*, wurde mir klar, daß ich auf sie wartete.

»Ich werde mich verstecken«, dachte ich, »und wenn der Abend vorbei ist, dann bleibe ich die ganze Nacht bei ihr.«

Und noch tiefer auf meinem Grund dachte ich: »Ich bleibe für immer bei ihr.«

Es schlug neun von einer Uhr zwischen den Schloten, als ich sie heraufkommen hörte. Ich schlüpfte ins Bad, ließ das Licht im Zimmer brennen, ich hörte sie eintreten, stumm und auf Zehenspitzen herumgehen.

Die Badezimmertür war aus Glas, und mit einemmal erlosch das Licht dahinter.

»Da, jetzt ist sie wieder gegangen«, dachte ich, da auch Schritte die Treppe hinunterliefen.

Das Bad war klein, weiß in allem, und ganz erfüllt von einem seltsamen weißen Beben des Mondlichts.

Offenbar lag noch Elektrizität in der Luft. Andauernd zuckte der immense helle Himmel über dem Laub des Gartens in einem helleren Leuchten auf. Mir war es, als blitzte der Mond.

Dann kamen von unten Musik und Tanzgeräusche.

Ich trat ans Fenster und sah alles offenstehen, Licht und Lärm drangen aus den Fenstern im Erdgeschoß ins Freie. Im Garten standen drei Wagen. Eine Frau überquerte den Kies, lachend zwischen drei Männern, und ein Wagen fuhr an.

Dann gingen noch einmal eine Frau und drei Männer über den mondbeschienenen Kies: Sie im Abendkleid mit nackten Schultern, die Männer im Smoking mit weißer Hemdbrust; und ein zweiter Wagen suchte mit dem Licht seiner Scheinwerfer das Gebüsch ab, war fort. So fühlte ich zweimal, sie ist fort. Dennoch war sie kaum einen Moment hier oben gewesen und konnte gar nicht die Zeit gehabt haben, sich anzuziehen, wie diese beiden angezogen waren.

Die Musik spielte weiter, der Tanz ging weiter, und Frauen und Männer traten unten auf den Balkon heraus.

Da, da war sie, jetzt ja. Zwei Männer, einer mit großem, rasiertem Schädel, der andere mit lockigem Haar, drängten sie in eine Ecke des Balkons.

»Gehen wir?« fragte der mit dem rasierten Schädel. Alles weitere war ein Tuscheln, aber ich begriff, daß die beiden verärgert waren. Dann jedoch entschloß sie sich auf einmal anders, und alle drei gingen hinein, sie den Kopf lachend in den Nacken geworfen. Da sah ich, daß auch diese nicht sie war.

Im selben Augenblick fühlte ich, wie es mir den Atem verschlug. Da stand jemand am Fenster neben mir, an dem Fenster in ihrem Zimmer, durch das ich zuvor mit der Leiter hineingeklettert war. Und sah hinauf zum Mond.

Beide Dinge, die sich so ansahen, bemerkte ich gleichzeitig.

Und das ferne, leuchtende Ding, das Tage um Tage hinter Gewitterwolken angewachsen war, ungesehen, zuckte plötzlich auf in seinem vollen Rund; und das andere weiche Ding am Fenster hob die Hände, um sich zu berühren. Es war ganz Hände und Haar, und beinah raschelte es in der Berührung, wie eine Pflanze.

216

War sie die ganze Zeit dort gewesen? Hatte sie mich gesehen?

Behutsam versuchte ich mich vom Fensterbrett zu lösen. Auf Zehenspitzen würde ich hinübergehen und mich neben sie stellen. Aber ich konnte keinen Finger rühren, als wäre ich zu schwarzem Stein geworden. Und ich versuchte sie zu rufen, und auch das gelang nicht. Ich war schwarzer Stein, schwarzer Stein auch die Lippen, mit der Zärtlichkeit des schwarzen Steins, die in mir aufstieg.

»Liebste«, stellte ich mir vor, würde ich ihr sagen, »ich habe kein anderes Gut auf der Welt als dich, und du kannst mich nicht fortschicken. Ich glaubte, Freunde zu haben, ich glaubte, da wäre Giovanna, doch nichts davon war wahr. Nicht einmal das Land der Brennöfen war wahr. Wahr sind diese Blätter und dieser Mond, und du an deinem Fenster. Sicher, allein das ist die Wahrheit, dieses Fenster und deins. Und wenn du mich für ein Kind hältst, das man zu seinen Eltern und Geschwistern zurückschickt, dann beleidigst du mich, denn ich kann mein Brot nicht in den gemeinsamen Teller auf dem Tisch meiner Familie tunken. Nach Hause gehe ich nie wieder. Und wohin willst du, daß ich gehe? Ich kenne deinen Schoß und sonst nichts, und selbst wenn wir so blieben, ohne uns, du von deinem und ich von meinem Fenster wegzurühren, wäre ich doch wie in deinem Schoß. Vielleicht bin ich auch gar kein Junge, und du bist auch keine Frau. Wieso sonst kann ich mich nicht rühren? Und warum rührst du dich nicht? Vielleicht sind wir zwei Pflanzen an diesen zwei benachbarten Fenstern; wirklich, warum nicht? Du: ich weiß nicht was; und ich: rote Nelke, und ich habe dich mit meinem Atem bis zu den Wur-

217

zeln erkannt, auch wenn ich den Namen von dem, was du im Innersten deines Blattwerks bist, nicht erfahren habe ...«

»Aber das ist grauenhaft, das ist grauenhaft«, würde sie in ihrem Rascheln murmeln. »Was kommt dir in den Sinn, eine Pflanze werden zu wollen? Du weißt nicht, wie grauenhaft das ist! Lauf weg, du mußt ein Junge bleiben. Lauf weg, solange es noch Zeit ist.«

Dann bemerkte ich plötzlich, daß sie nicht mehr da war, am Fenster, und ich hörte im Dunkeln Schritte durchs Zimmer gehen. Trotzdem konnte ich mich nicht aus meinem Bann lösen, und eine endlose Zeit lang, die zwischen dem Dunkel dort drüben und dem Mondschein hier verrann, dachte ich wieder und wieder über die Dinge nach, die ich ihr sagen könnte.

Und ich stellte sie mir vor, wie sie mir in ihrer üblichen Art antwortete, daß ich sie zu Tode verletzte und dergleichen mehr. Mir kam auch in den Sinn, daß sie mir gesagt hatte: »Aber ich bin schlimmer, als du glaubst«, und darüber mußte ich lächeln in dem Wissen, daß ich ihr antworten konnte: »Aber auch ich bin eine Art Dieb ... Dieser Revolver, den ich vergraben habe, war nicht meiner. Und auch ich bin eine Art Mörder. Ich malte mir einen Mord aus, als ich ein kleiner Junge war, und einmal habe ich *Frosch* fast umgebracht.«

Es war wie die Dauer eines ganzen Abends, die Zeit, die so verging, und danach begann ein neuer Abend, mit blendendem Licht, das plötzlich hinter den Scheiben der Tür anging und mit einer Männerstimme, die eintrat und die ihre übertönte.

Da zuckte ich zusammen, und jedes Wort, das ich ihr gesagt hatte, wich in weite Ferne zurück. Sie war eine

Fremde geworden, eine Sache mit einem Mann auf der anderen Seite der Tür, anders, als ich sie kannte, und die auch lachte, unter der fettleibigen Stimme des Mannes. Ein Mann konnte wollen, daß sie lachte, und sie konnte sein, wie ein Mann sie wollte?

»So«, dachte ich, »jetzt werde ich es ja hören …«

Aber sie sprachen weiter, die Stimmen weit voneinander entfernt. Und in meinem Inneren flehte ich, sie sollten schnell machen und gehen, Dunkel sollte herabkommen über die Welt, damit ich fliehen konnte.

Ich stellte mir den Mann mit Dreitagebart und ohne Kragen vor, wie den aus meinem Kindertraum. Aber sie redeten immer noch, und sie war herrisch, wenn auch mit leiser Stimme.

Auf einmal war es still.

»Da«, dachte ich.

Ich wartete. Aber es kam nichts, nicht einmal atmen.

»Was tun sie?« dachte ich und sah mich ringsherum im Mondlicht um.

Meine Augen blieben an einer Art schwarzem Finger hängen, der mich von der Glaskonsole vor dem Spiegel her anstarrte.

Ich zuckte zusammen, aber ich berührte ihn und sah, daß es eine halbgerauchte Zigarre war. Jemand hatte sie auf der Konsole abgelegt, um sich die Hände zu waschen, und es mußte einer mit rotem Nacken gewesen sein, mit aufgeknöpfter Jacke und leicht in den Nakken geschobenem Hut, wie ein Polizist. Ein Chef, in ihrem Bad!

So stellte ich mir die schrecklichen Männer vor, von denen sie mir erzählt hatte, alle Herren über ihr Leben, mit Hut auf dem Kopf und Zigarre im Mund, und vielleicht nahmen sie sie nicht einmal, aber sie hielten sie an etwas Schreckliches gefesselt, an ihre schreckliche Gegenwart, und ab und zu kamen sie, um in ihrem Zimmer und in ihrem Bad zu rauchen, die Daumen in den Ärmelausschnitt der Weste gesteckt, Chefs rings um sie herum. Jetzt würde da drüben noch eine Zigarre sein, auf der Kommode abgelegt und vergessen. »Warum bringst du sie nicht alle um?« schrie es in mir.

Aus ihrer Stimme ging nur ein Name hervor, Patricola, schien mir.

Und die Zigarrenstimme fuhr in derselben Lautstärke fort: »Immer bist du müde, Signora, wenn ich dran bin.«

Von ihr dang wieder ein träges Gemurmel herüber, dann rief der andere aus: »Oh nein, meine Liebe! Ein Mann allein an diesem Ort um ein Uhr nachts? Mit dir würde ich wenigstens aussehen wie einer von den vielen, die ihre Schickse dahin mitnehmen.«

Dann kam wieder ein Bruchstück ihrer Stimme, und der Mann sagte: »Dafür bist du schließlich da!«

Und mehrmals kehrte ihre Stimme wieder in unverständlichen Wortfetzen, als spräche sie aus einer anderen Dimension der Welt.

»Das nächste Mal!« sagte der Mann. »Ich könnte auch zwanzig Jahre in den Königlichen Salinen verbringen, vor dem nächsten Mal!« Und an einem bestimmten Punkt wurde er ungehalten: »Es wird damit enden, daß ich dem Gatto Bericht erstatte«, sagte er.

Dann seufzte er: »Ach ja! Hat er dir wieder einen Antrag gemacht?«

Dann war da ein leiser Wortwechsel, es fiel »Tunis«, es fiel »auf den Leim gegangen« und »das Auto der Heiligen Drei Könige« und »der Großhändler in Alabaster«, aber kein Wort erfuhr ich von ihr. Zum Schluß hatte der Mann sich getröstet, und ich hörte das Öffnen und Schließen einer Schranktür und Klirren von Gläsern.

»Was, Sherry?« rief der Mann mit rauchiger Stimme, sicherlich indem er die Zigarre aus dem Mund nahm, und er war fröhlich, scherzte.

»Hier, ich leiste dir Gesellschaft, Patricola ...« sagte schließlich sie.

»Auf dein Wohl, Signora«, sagte der Mann.

Er lachte, der Mann, und erzählte etwas zu Ende.

»... wie Pasquale Curiazo, als sie ihm die Welt hinter Gittern zeigten. Weißt du, was dieser Teufelskerl gesagt hat? Er sagte: ›Da sieh einer an! Sie haben die Welt ins Gefängnis gesteckt!‹«

Er lachte, ging.

Breit glitt sein Schatten über das Mattglas der Tür, mit zwei spitzen Punkten vom Hut wie der Schatten eines Hasen. Und ich nahm die Zigarre von der Konsole und schleuderte sie aus dem Fenster.

Von unten kam Motorengeräusch, ein Krächzen beim Einlegen des Gangs. Es kam das Knirschen von Kies unter den Reifen. Dann ertönte die Hupe aus der Ferne, schon in der eisigen Luft des Hafens. Es war kalt. Der Mond war ganz hoch am Himmel emporgestiegen. Und die große, bebende Helligkeit hatte sich aus der einen Hälfte des Bades zurückgezogen.

XIII

Als sie eintrat, hätte ich gewollt, daß sie mich nicht sähe.

Ohne Zögern trat sie ein, ließ die Tür weit offenstehen und begann sich zu waschen, im Schein des Mondes und des Lichtes aus dem Zimmer. Sie trug einen Pyjama mit kurzem Jäckchen. Zuerst wusch sie sich die Hände, dann zog sie das Jäckchen aus und war nackt von der Gürtellinie aufwärts, den vollen Busen zwischen den Armen, nach vorne gebeugt wusch sie sich Nacken und Schultern.

Sie duftete nach Garten unter dem Wasser, mit dem sie sich wusch.

Sie trocknete sich ab und war dabei hinauszugehen, schüttelte mit der Hand ihr Haar, und ich wollte nicht, daß sie mich sah, und doch rief ich sie vom Mond aus an.

»Warte.«

Sie schrie nicht auf. Wie benommen blieb sie stehen, die Arme noch in der Bewegung des Haareschüttelns erhoben.

»Habe ich dich erschreckt?«

Ich ging ihr entgegen, mit den Händen, die ihre Brust berühren wollten.

»Ich bitte dich …«, sagte ich.

Ein Weilchen verharrten wir so, dann zog sie sich das Jäckchen über und schaltete das Licht an.

Sie hatte sich nicht fertig abgetrocknet. An der Stirn waren ihre Haare feucht, und Wassertropfen standen ihr in dem kleinen Gesicht, das ganz in den Blick zusammengezogen war.

»Warst du die ganze Zeit hier?« sagte sie hart.

Ich antwortete ihr nicht, lächelte aber, da ich mich, trotz ihres wütenden Blicks, tief in ihr schon als »lieber Junge« fühlte.

»Bist du nicht essen gegangen?« sagte sie.

Auch diesmal antwortete ich ihr nicht, und sie streichelte mir mit einer Hand über die Wange.

»Warum bist du geblieben?« sagte sie schließlich.

Unaussprechliche Tränen traten mir in die Augen. Und stumm, ohne eine Bewegung, weinte ich an ihrem Gesicht, ruhig in meinem Weinen wie ein Kind, das aus einem Alptraum erwacht.

Ich glaube, sie sagte dann zu mir: »Paß auf, jetzt mußt du tüchtig sein!«

Sie war lebendig in meinen Händen, und ich ein neugieriges Kind, glücklich, sie lebendig in meinen Händen zu spüren. Ich lachte vor Neugier, ohne daß irgendetwas mich erschöpfen konnte. Und ich lachte vor Glück, mich heil und ganz zu fühlen, jedesmal, wenn sie sich zurückzog.

»Es war deswegen, es war deswegen ...«, sagte sie.

Zum Schluß sagte sie, sie sei »eine Hure« geworden, damit ich ihr begegnen konnte.

»Ich verstand nicht warum ...«, sagte sie. »Ich fragte mich immer, warum nur führe ich dieses Leben? Und jetzt verstehe ich es und bin zufrieden.«

Sie fragte mich: »Und du, bist du zufrieden?«
Ich wußte nicht, wie ich ihr antworten sollte, ich war glücklich, und sie wollte meinen Atem spüren, sie sagte: »Wie gut er ist! Der Atem eines Jungen.«
Dann merkte ich, daß sie eingeschlafen war, und ich stand auf, um sie schlafen zu lassen.

Ich hatte großen Hunger.
Leise zog ich mir Hose und Jacke über den nackten Leib und schlich barfuß aus dem Zimmer. Ich sagte mir: »Ich habe Hunger«, und mir schien, ich war glücklich vor Hunger; und ich hatte so großen Hunger, weil ich glücklich war. Ich ging durch das fremde, stille Haus, voller Freude über meinen Hunger, darüber, barfuß zu gehen und zu suchen, ich stieg bis ins Erdgeschoß hinunter, bis in die Eingangshalle, die noch voller Mondlicht war, bis zu einem Hahnenschrei. Das Mondlicht kam aus einem anderen Raum, ich folgte ihm und stand im Offenen, in der Küche, die im rückwärtigen Teil des Hauses lag, nach Westen. Es war wie im Freien und kühl, zwei Türen standen weit offen vor ihrem Gitter im Mondlicht, und ich ging durch das Mondlicht wie durch stilles Wasser und nahm Brot und Äpfel. Ich fand nur Äpfel, und ich nahm drei, aber dann dachte ich, daß auch sie hungrig war und vielleicht essen wollte, daher steckte ich noch zwei in die Tasche. Ich beherrschte mich, nicht zu pfeifen. Auch Zuckerwürfel nahm ich, trank vom Wasserhahn, und schon kauend ging ich meinen Weg zurück im Dunkeln, diesmal schnell, drei Stufen auf einmal nehmend. Sie schlief zusammengerollt.
»Oh«, rief ich sie an, beugte mich über sie und küßte sie aufs Haar, den Mund voller Apfel.

Aber es war zu leise, und ich zögerte, es noch einmal zu versuchen. Der Gedanke, sie noch schlafen zu lassen, erfüllte mich mit Zärtlichkeit. Ich deckte sie zu, damit ihr nicht kalt wurde, und trat kauend ans Fenster, wo mich ein weiterer Hahnenschrei erreichte.

Ich sah hinaus. »Wird es Tag?« sagte ich mir.

Über dem ganzen Garten lag Dunkel, der Mondschein hatte sich weiter zurückgezogen, lag jetzt auf den Fassaden der Häuser gegenüber. Man sah kein einziges brennendes Licht auf den Straßen, nur der Mond erhellte die Welt an diesem späten Mondmittag und war so strahlend, daß die Mispeln und Feigenbäume, die hinter den Mauern einiger Villen hervorschauten, grün waren wie im Morgengrauen. »Wie seltsam! Wo sind wir?« rief ich. Ich fühlte mich wie eben geboren und als wüßte ich noch nicht mehr vom Leben als Zobeida und dieses Stück Welt im Mondlicht. Später würde ich Freundschaft mit Tarquinio schließen, würde Kameraden haben, Sonne, Kindheit. Ich fühlte mich leicht. Und eine Brise strich herein, die mich wirklich pfeifen ließ.

»Wo bist du?« rief sie da.

Beim Klang ihrer Stimme lief ich sofort hinüber und glitt, wieder nackt, an ihrer Seite unter die Decke, mit Brot und Äpfeln in der Mitte zwischen uns.

Sie zuckte zusammen bei der Berührung mit den kühlen, runden Dingen an ihrer Brust.

»Was ist das?« fragte sie, fast wie erschrocken.

Und ich lachte und fragte sie: »Hast du keinen Hunger?«

Sie war weiß, und ihre Helligkeit verbreitete sich im Zimmer. Ein dritter Hahn krähte, und diesmal kam Antwort aus der Ferne.

»Sie krähen vom Stadtwall her«, sagte sie. Und damit sie nicht sagte, daß es Tag wurde, erzählte ich ihr von Hähnen, die auch abends krähen, wenn man Kind ist, zur Warnung, daß ein Erdbeben heranzieht.

Mit gekreuzten Beinen saß sie an die Rückwand des Bettes gelehnt und hielt meinen Kopf in ihrem Schoß, und ich ruhte in ihr, sprechend und essend. Und wenn ein Gedanke an die Zigarre im Bad oder an den Mann Patricola in mir aufstieg, verscheuchte ich ihn sofort, nicht aus Angst, etwas zu erfahren, sondern aus einem merkwürdigen Glücksgefühl, nicht mehr wissen zu wollen. Nur ab und zu hatte ich das Bedürfnis, sie zu fragen »Liebst du mich?« Aber zuletzt antwortete sie mir nicht und beugte sich nur zärtlich mit dem Busen über mein Gesicht.

Da packte mich die Angst, sie könnte wieder fern und abwesend werden, wieder eine Königin, die mich nicht wollte, wie in dem Moment, als ich ihr zu Füßen gesunken war. Und ich hob die Arme, um sie zu halten, innerlich flehend, immer so bleiben zu dürfen, mit meinem Gesicht unter ihrem Busen, denn so waren ihre Göttlichkeit und ihr Leben und all ihre Jahre über die Liebe geneigt, die ich für sie hegte – und gehörten mir, auch wenn sie nicht mit mir sprach.

Ich bat sie: »Sprich mit mir!«

»Was soll ich dir sagen?« entgegnete sie.

So kam es, daß ich sie bat, mir ihre Geschichte zu erzählen, so wie ein Kind bitten kann, daß man ihm ein Märchen erzählt. Und sie mußte verstanden haben, daß ich keine Erklärungen über ihr Leben verlangte, sondern ein Märchen mit ihr als Prinzessin oder Sklavin darin.

In der Tat lächelte sie und rief: »Ach, du magst also Geschichten?«

Dann, nachdem sie einen Moment aufgehört hatte, mich zu streicheln, um sich die Kissen im Rücken zurechtzurücken, legte sie meinen Kopf höher und begann zu erzählen.

»Ich wurde geboren«, erzählte sie mir, »in einem Garten an einem Fluß, der auf seine Mündung zueilte. Jenseits des Flusses lag eine Stadt mit Palmen zwischen den Häusern, und um den Garten erhob sich eine Mauer. Meine Eltern waren keine Türken, aber es war in der Türkei, und den ganzen Tag lang hörte man die Stimme von einem, der Datteln und Tamarinden verkaufte. Meine Mutter kannte ich nicht, ich sah meinen Vater, der eine Art christlicher Prinz war, der dorthin gekommen war, weil er gerne Sklaven hielt. In der Tat bestand sein ganzes Vergnügen darin, auf die Sklavenmärkte zu gehen, die in den großen Städten jenseits der Wüste abgehalten wurden. Mich hatte er unendlich lieb, ich war seine einzige Tochter, und wenn ich etwas zerbrach oder verdarb, machte er mir nie einen Vorwurf.

Bis ich sieben Jahre alt war, wuchs ich auf den Terrassen auf, von denen aus man das Meer sah. Auf den Terrassen war auch Garten, aber unten waren riesige Bäume mit glänzenden Blättern, und ich fragte meine Amme, was für Bäume das wären.

»Sykomoren«, sagte die Amme.»Und ich bekam Lust, von den Terrassen hinunterzusteigen und unter den Sykomoren zu spielen und zu laufen. So daß ich zu meinem Vater sagte: »Ich will zu den Sykomoren gehen.«

»Gut«, sagte mein Vater. »Wie alt bist du jetzt?«

Es war Nachmittag, und mein Vater hielt seine Siesta in seinem Zimmer auf der obersten Terrasse mit braunen Vorhängen an den Fenstern, durch die die Sonne wie Feuer hereinfiel.

»Sieben Jahre«, sagte ich. »Und mein Vater kraulte sich den Bart, der weiß zu werden begann, und sagte: »Dann ist es Zeit, daß du zu den Sykomoren gehst.«

Er verbot mir allerdings eine Sache, und das war, mich einem Pavillon mit grünen Fensterläden zu nähern, der am Ende des Waldes lag. »Du darfst nie über die Reihe der Tamarinden hinausgehen«, befahl er mir.

Und ich fragte meine Amme: »Was passiert, wenn ich über die Reihe der Tamarinden hinausgehe?«

»Dann passiert«, sagte die Amme, »daß dein Vater dich als seine Tochter verstößt und dich in den Pavillon einsperrt, zusammen mit den anderen, die dort sind.«

»Und welche anderen sind dort?« sagte ich.

»Ach, frag mich das nicht«, sagte die Amme. »Frag mich das nicht, wenn du mich nicht schwarze Tränen weinen sehen willst.«

Draußen, in der einsamen Frühe, riefen sich zwei Hähne seit mindestens einer Viertelstunde schon pausenlos ihr Kikeriki zu. Der Mond wurde immer heller über den ganzen Himmel, als hätte sich etwas Lichtes und Frisches am Himmel ausgebreitet. Schon erschien eine Hausecke, die die ganze zweite Hälfte der Nacht über im Schatten gelegen war, weiß im Fenster. Und schon drang ein eisiger Hauch von Himmelblau ins Zimmer und ließ uns nach und nach unter die Decken schlüpfen.

Auf dem Gehsteig jenseits des Gartens hallte der eilige Schritt des Mannes von fünf Uhr früh.

Von der nächsten Parallelstraße in der Stadt kam das Rumpeln einer Kutsche. Unterwegs zum Bahnhof?

Dann fingen die Hähne wieder an ...

Und da hatte ich Lust, von mir zu erzählen, und ich begann zu erzählen, und in einer Art, die ein bißchen so sein sollte wie ihre, sprach ich von den Brennöfen, von meinem Vater, von meiner Mutter, von meinen Brüdern und meiner Schwester, vom Haus meines Großvaters, vom Haus meines Onkels Costantino mit dem Gewehr über dem Sofa; ich erzählte, daß jemand mir prophezeit hatte, im Alter von fünf Jahren würde ich einen weißbärtigen Mann töten, und ich erzählte von meinem Wunsch mit fünf Jahren, einen Mord zu begehen.

Hier unterbrach sie mich auf einmal.

»Gott, wie müde du bist!«

Und ich war wirklich müde, ich redete mit geschlossenen Augen.

Schon fühlte ich mich für Momente in einen Traum versinken, der eine wirre Empfindung von Ruhen auf frisch gepflügter Erde war, und mit Gewalt riß ich mich hoch, zwang mich, an sie zu denken, die an meiner Seite war.

»Warum schläfst du nicht einen Moment?« sagte sie. »Du hast Zeit zum Gehen ... Hier steht keiner auf vor ...«

Ich hörte sie weitersprechen, wie wenn sie leise singen würde, dann war ich sicher, von einer Frau zu träumen, die gegangen war, alle Fensterläden in meinem Zimmer zu schließen.

XIV

Als ich erwachte, mußte es später Nachmittag sein, vom Hafen her verklang die Sirene.

»Das ist das Schiff nach Malta«, dachte ich, die Augen aufschlagend.

Aber sofort fühlte ich eine ihrer Hände an der Wange.

»Lieber, du hast ein bißchen Fieber«, sagte sie zu mir. Sie lag neben mir, einen Ellbogen auf das Kissen gestützt, und sah mich an.

»Bleib unter der Decke«, fuhr sie fort. »Du mußt dich erkältet haben heute nacht.«

Dann stand sie auf, ging zur Kommode. Sie trug ein rotes Kleid mit weißem Muster, das leicht wirkte an ihr, und einen grauen Pullover. Ihre Haare waren glatt frisiert, noch weich vom Wasser, sie waren fast braun in diesem Moment.

»Ich habe dir etwas Fleischbrühe gebracht«, sagte sie und kam mit einem Tablett in Händen wieder her.

»Aber später«, sagte ich, auf dem Kissen Kühlung suchend vor der großen Hitze, die mir das Gesicht verwüstete.

Sie stellte das Tablett ab und kam zu mir, setzte sich wieder aufs Bett.

»Soll ich den Doktor holen? Du hast mehr als achtunddreißig. Gegen Mittag hat es angefangen ... Du hast geschlafen, und auf einmal hast du geredet. Und bist immer röter geworden im Gesicht. Was kann das sein?«

Sie war zärtlich wie noch nie, so besorgt, und ich faßte ihre beiden Hände und legte sie mir an die Wangen. »Du warst glühend heiß«, sagte sie. »Wirklich. Viel mehr noch als jetzt. Du hast mir Angst gemacht. Ich habe geglaubt, du hättest mindestens vierzig Fieber. Deshalb habe ich dir das Thermometer gegeben. Aber du hast weitergeschlafen …«

Wir lächelten uns an.

»Und wie hast du das gemacht?« fragte ich sie. »Hast du unten was gesagt?«

»Nein«, antwortete sie. »Keiner weiß etwas.«

Da setzte ich mich auf, obwohl sich mir alles im Kopf drehte.

»Ich glaube …«, sagte ich, finster vor Kopfweh, »ich glaube, es ist nichts, meinst du nicht auch?«

Und ich mußte niesen, weshalb ich ausrief, daß es sich nur um einen Schnupfen handelte und daß das eine Lappalie war.

Dann bat ich sie, mir zu essen zu geben, denn ich kam um vor Hunger, sagte ich. Auf dem Tablett war auch etwas geröstetes Brot, und ich begann zu essen, aber nach der Hälfte mußte ich aufhören vor Übelkeit, während sie an ein Fenster getreten war und in Erwartung nach draußen schaute.

»Eine halbe Stunde ausruhen reicht mir«, sagte ich, »nur eine halbe Stunde, und dann will ich dir zeigen, wie flott ich mich anziehe und gehe, munterer als zuvor.«

Ohne sich umzudrehen protestierte sie, ich sei verrückt, ich würde mir noch eine Lungenentzündung holen, und ich ließ sie wissen, daß da schon anderes nötig wäre und daß ich einmal mit achtunddreißig Fieber sogar im Meer gebadet hätte.

Aber sie antwortete nicht. Sie hatte sich mit erhobenem Arm an den Fensterladen gelehnt und sah durch die Scheiben hinaus auf die Welt, die ich voller Schlote wußte.

Ein Widerschein von Blättern in der Sonne fiel ins Zimmer, spielte an der Wand genau über dem Spiegel. Lief zitternd an der Wand auf und ab. Lange erinnerte ich mich an den Wind, der vielleicht noch wie am Tag zuvor über die Bäume am Stadtwall strich, dann verlosch plötzlich alles und die Dämmerung begann.

Es kam ein neuer Tag, und ich erwachte mit einem intensiven Verlangen, sie zu besitzen. Alles war rot, das Bett glühte vor roten Decken, und ein intensives Licht stieg vom Boden auf.

Die Sonne fiel durch beide Fenster herein.

Ich suchte mit den Augen ringsum nach ihr und sah sie nicht. Ich sah ihr rotes Kleid vom Tag zuvor in der Sonne über einen Stuhl geworfen. Und den achtlos liegen gelassenen Haarkamm mit ihren lohend blonden Haaren auf dem Frisiertisch.

Ich rief sie, und sie war auch nicht drüben im Bad. Ich war allein.

»Aha«, dachte ich, »es ist Morgen und sie ist hinausgegangen. Ich wette, sie ist in Reisekleidung, sie geht und trägt einen Wolfspelz über die Schulter, der ihr den Busen wärmt. Weit draußen, wo sie ist, ist die Welt vielleicht grün. Sie wird grün angezogen sein und bis unter die Glocken gehen. Nun sind wir so gut wie zusammen, und es ist, als hätte sie unser gemeinsames

Zuhause verlassen. Vielleicht können wir von nun an so leben – ungefähr. Sie wird wiederkommen und einen Duft von Mittag verbreiten, und sie wird mir erzählen, was der Arzt ihr gesagt hat, während sie sich auszieht. Und sie ist die schönste Frau der Welt.«

Und da die Sonne mich rundum versengte, stand ich vom Bett auf, um mit nackten Füßen Kühlung zu suchen.

Ich ging ins Bad und wusch mich unter dem Wasserhahn, und über meinen Händen dampfte das Wasser in der Sonne. Ich erinnerte mich an die Zigarre auf der Konsole, weit, weit weg in einer eisigen Nacht. Und ich fragte mich, wie die Männer es jetzt anstellen würden, zu ihr zu kommen. Ihre Herren und Besitzer.

Da vielleicht die Tatsache, daß ich sie mir genommen hatte, sie noch nicht aus ihrem Leben ausschloß und sie zu ihnen laufen mußte. So stellte ich sie mir vor, wie sie für andere ging, mit blonden Haaren und zartem Fleisch, in der Bewegung ihrer Schritte auf andere zu. Trotzdem sagte ich ihr nichts, als sie wiederkam.

Rot und blendend trat sie ein, mit dem Wolfspelz wie eine Schlange um ihre Schultern gewunden. Sie hatte den Hut in der Hand und legte ihn zusammen mit drei oder vier kleinen Päckchen auf dem Stuhl ab, suchte, da sie mich im Bett nicht sah, fast bestürzt nach mir. Ich hatte das Gefühl, sie hätte das Kleid gewechselt, bevor sie heraufkam, ich hatte sie mir grün gedacht und frisch, nun aber versengte auch sie mich.

Sie berührte mich und sagte, ich glühte.

In der Nacht hatte ich einen Traum.

Daß ich auf einem Diwan ausgestreckt läge, in einem grellen Licht, das mich zwang, die Augen geschlossen zu halten, Fermina und Leonia waren bei mir, die eine auf der einen, die andere auf der anderen Seite, und sie sahen mich an und fächelten mir Luft zu, wie zwei Dienerinnen von ihr.

Sie glaubten, ich schliefe, und redeten miteinander.

Sie sagten einen Satz, den ich vor langer Zeit unter einer Illustration in einem Buch gelesen hatte.

»Armer Prinz, so jung und schön, wenn ich sie wäre, dann wäre ich ihm treu ergeben wie eine Sklavin!«

An diesem Tag, dem 13. Oktober, ging sie nicht aus dem Haus und hielt mich den ganzen Tag in ihren Armen.

Ich erwachte ohne Fieber, aber entsetzlich krank im Herzen, Sklave eines Verlangens nach Zärtlichkeit, wie ein Kind, das mich unfähig machte, aus dem Bett aufzustehen und zu gehen.

Und sie war zärtlicher, als ich von ihr erbat, zärtlicher und schwächer, und konnte sich mir auch nicht verweigern.

Einmal sagte sie zum Schluß: »Mein armer Kleiner!« und faßte mein Kinn in einer Liebkosung, mit einem gerührten Ausdruck voller Dankbarkeit, deren Grund ich nicht verstand. Sicher war sie keine Frau mehr, die sich ergab, und auch keine Frau mehr, die zögerte, sich nehmen zu lassen, sondern eine, die eher zögerte, noch mehr zu nehmen.

In diesem Augenblick wünschte ich, und zum ersten Mal war es ein echter Wunsch, daß sie die grauen Augen hätte, daß sie in gewisser Weise auch Giovanna wäre. Sie war gegangen, mir ein Taschentuch zu holen, und als sie wiederkam, hielt sie inne und sah mich an. Ich spürte, daß da etwas von Giovanna war, ganz weit hinten in ihrem Leben. Nur ihre Schülerinnenaugen

234

waren ein gütiges Grau, das noch in der Welt draußen geblieben war, das ich einfangen und in meine blonde Frau hineinlegen mußte.

»Wenn du doch auch Giovanna wärst!« sagte ich zu ihr.

Sie wehrte sich nicht; aber sie konnte nicht vergessen, und, gesprächig geworden, kam sie ständig auf das Thema zurück.

»Ich begreife das nicht«, sagte sie unter anderem, »wenn du sie liebst, warum hast du sie dann nicht genommen?«

Diese Worte von ihr vermittelten mir zum ersten Mal die Vorstellung, Giovanna könnte etwas zum Nehmen sein. Wahrhaftig, hätte ich mich das je gefragt, ich hätte nicht geglaubt, sie nicht besessen zu haben. Aufgrund ihres Kusses, ihrer Nelke, aufgrund ihrer Blicke eines Mädchens, das ein Gefühl *erwidert*, und aufgrund all dessen, was die anderen, wie beispielsweise *Frosch*, nicht von ihr hatten, war ich mir sicher gewesen, daß sie mir gehörte.

Ich empfand sie so sehr mir gehörig, die Male, die ich mit Tarquinio über sie gesprochen hatte! Oder jene anderen Male, als ich furchtlos den *Frosch* vernichtete, am Morgen der Auseinandersetzung mit der *Hebamme* oder in der Nacht in der Schule ... Aber ich dachte sie mir, als könnte man nicht mehr verlangen von ihr als ihre Blicke. Dagegen war sie so zu nehmen, wie die blonde Frau zu nehmen war?

»Siehst du«, fuhr die blonde Frau fort, und sie war wie jemand, der den Fluß seiner Gedanken verlangsamt, um überzeugend zu wirken, »du dachtest, du willst nur ihre Nelke, ein Zeichen, daß sie dich liebt ... Und zum Nehmen bist du zu mir gekommen und hast ge-

nommen, was du glaubtest, von ihr nicht zu wollen …
Was für ein Kind! Und jetzt meinst du, du liebst
mich.«

Mehr denn je wünschte ich jetzt, daß sie die grauen
Augen hätte und wirklich auch Giovanna wäre, damit
nichts existierte außer ihr. Da war jetzt etwas auf der
Welt, was man nehmen konnte. Das wollte ich nicht
unbesessen lassen. Und ich flehte, daß diese graue
Güte sich losmachen möchte von der Welt draußen
und herkommen, um sich in den Augen meiner blonden Frau auszubreiten.

»Aber mir ist das ganz gleich«, schloß sie und stand
auf. »Ich habe etwas gehabt, und ich war dumm, es
nicht zu wollen, da du dich schon einmal anbotest. Im
übrigen bin ich nicht ganz das, was du meinst, das
heißt, ich bin es so wenig wie möglich. Das ist eine
Tarnung, für die Herren von der Polizei.«

»Wie, eine Tarnung?« sagte ich.

»Oh, sicher, ich kratze und beiße nicht unbedingt,
wenn mich die Sache packt. Aber gewöhnlich habe
ich irgendeinen Vorwand, um den Freiern auszuweichen. In dieser Stadt zum Beispiel reden alle über
mich, aber frag sie mal, ob sie mich ins Bett gekriegt
haben …«

Und wie kam es also, daß ich sie gehabt hatte? In der
Erinnerung ging ich noch einmal den ersten Abend
durch, aber da war nichts anders gewesen als sonst …
Auf ein einfaches Zeichen von mir war sie vor mir hin-
aufgegangen.

»Ach komm, erzähl mir nichts!« sagte ich aus einem
Impuls heraus, aber ich weiß nicht, mit welchem Mut.
»Oh, keine Sorge«, sagte sie, indem sie zu den Fen-
stern hinüberging. »Eine Hure bin ich trotzdem !«

Am 14. Oktober, in den späten Nachmittagsstunden, kam ein merkwürdiger Brief für sie. Finster las sie ihn, dann reichte sie ihn mir lachend.

Er war adressiert an die Signora Zobeida.

Und lautete: »Sehr verehrte Signora. Uns ist bekannt geworden, daß der Schüler Alessio Mainardi aus der Klasse 1B des Lyzeums aus seiner Pension verschwunden ist, was die Inhaberin, Signora Rosmunda Formica, in größte Sorge versetzt, ebenso wie seine Zimmergenossen, die Herren Achmed Cogia, Perez, Valente, Bajardo, Corsentino, Mattioli und Trovato, die ihn als tot beklagen.

Uns ist ebenfalls bekannt, daß der genannte Alessio Mainardi sich, obwohl er seine Absichten in keiner Weise erkennen ließ, am Abend des bewußten Tages nach langem Herumstreunen auf dem Stadtwall in das Haus begeben hat, dem Sie angehören, und sich dort – wir wissen nicht, ob mit oder ohne Ihr Wissen, Leugnen ist jedoch zwecklos – in dem von Ihnen bewohnten Zimmer versteckt hält.

Bei den Zielen unserer Organisation wäre es unsere Pflicht, alle diejenigen, die sich durch das Verschwinden des Mainardi in Sorge versetzt fühlen, zu beruhigen, indem wir ihnen seinen Aufenthaltsort bekannt geben. Auch Mainardi selbst gegenüber hätten wir eine Pflicht: Ihn brüderlich zu ermahnen, herauszukommen und seine Prüfungen zu Ende zu bringen, die er abgebrochen hat, just als der Erfolg ihm hold schien, wenn die für morgen anberaumte Schließung des Prüfungstermins, wie er selbst weiß, seinen kühnen Versuch, das Jahr nicht zu wiederholen und sogar in die Dritte aufzurücken, nicht inzwischen hinfällig gemacht hätte.

Aber eine höhere Pflicht bleibt uns jemandem und uns selbst gegenüber, und zwar die, das Original der symbolischen Blume wiederzuerlangen, deren Namen unsere Organisation trägt. Besagte Blume, von unschuldigen Händen gepflückt, befindet sich augenblicklich, Signora, in Ihrer Reichweite, genauer gesagt, am Leibe der Person Mainardis. Sie können ein Werk der Gerechtigkeit verrichten, indem sie sie dem Genannten entwenden und sie morgen, den 15., zwischen siebzehn und achtzehn Uhr in verschlossenem Umschlag dem Herrn Cosimo Gulizia aus der 3 B überreichen, der sich an der Tür der Apotheke Äskulap, gelegen auf Nr. 15 des Corso Grande, einfinden wird, um sie in Empfang zu nehmen.

Sie sollten bedenken, Signora, daß wir, sofern unser Wunsch nicht erfüllt wird, auch entschlossen sind, die Königliche Polizei vom Aufenthalt des Mainardi bei Ihnen zu unterrichten.

Die rote Nelke«

»Elendes Schwein!« rief ich aus, als ich zu Ende gelesen hatte.

»Kennst du ihn?« fragte sie.

»Und ob! Ich habe ihn einmal zwei Tage lang wie tot auf dem Feld des *Matto Grosso* liegenlassen. Seit einem Jahr spielt er verrückt wegen dieser Nelke …«

»Cosimo Gulizia?«

»Ja, der *Frosch*. Eine ganze Geheimgesellschaft hat er aufgebaut, um sie zu kriegen. Insgeheim liebt er Giovanna.«

Ich war wütend. Und sie schien eher belustigt, über den Brief und auch über meine Wut. Im Ernst sagte sie nur:

»Aber ich will sie behalten, die Nelke.«

Für das, was sie da sagte, packte ich sie an den Handgelenken, und ich wollte ihr schon wiederholen, sie sollte auch mich behalten und mich mitnehmen, aber bevor ich die Worte fand, spürte ich, daß da ein unmerkliches Loch, eine kleine Leere irgendwo in meinem Herzen war, die mir meine eigenen Worte unglaubwürdig machen würden. Durch dieses Loch entwich mein Verlangen, daß sie mich mitnehmen sollte, als ob ich davor zurückschreckte, meine Stadt zu verlassen, wo ich ein Junge, Tarquinios großer Freund und in Giovanna verliebt gewesen war. Es war schön gewesen, Tarquinio zum Freund zu haben, Giovanna zu lieben, und wenn sie das Märchen meines Lebens war, das ich nie wieder verlieren wollte, so wollte ich doch auch die Wahrheit der ›Höhle‹, der Schulbänke und des rosa Bergs nicht in Scherben hinter mir zurücklassen.

Tatsächlich hatte mich an dem Brief vor allem die Anspielung auf meine versäumten Prüfungen geärgert. Nicht, daß ich in diesem Moment hätte hinlaufen und sie hätte ablegen können; doch daß die Möglichkeit, sie abzulegen und zu bestehen, vorbei war, erfüllte mich mit Enttäuschung, als ob sich mir diese Welt nunmehr verweigern und jeden Anlauf meinerseits, wieder auf- und in sie einzutauchen, vereiteln würde. Auch Zobeida zeigte sich betrübt wegen meiner Prüfungen, und das ärgerte mich noch mehr, so daß ich sie zum ersten Mal ungeduldig anfuhr.

»Was hast denn du damit zu tun?« sagte ich in einem Ton, den ich sofort bereute.

»Oh, nichts«, sagte sie. »Aber wenn du gegangen bist und ich abreise, dann wird mich der Gedanke ärgern, daß du meinetwegen das Jahr wiederholst.«

»Ach so«, schrie ich. »Und ich sage dir, daß ich rein gar nichts wiederhole. Begreifst du denn nicht, daß ich mit der Schule schon seit einer Weile fertig bin?«

Am nächsten Tag, dem 15. Oktober, begann sie sich gegen acht Uhr zum Ausgehen fertigzumachen.

Als sie um halb neun, noch bevor der Milchkaffee gebracht wurde, fertig war, packte mich eine Unruhe, allein dort drinnen zu bleiben.

»Wirst du lange fortbleiben?« fragte ich.

Ich hatte sie nicht gefragt, warum sie ausging. Aber sie antwortete eher in diesem Sinn.

Sie war wunderschön. Sie trug das grüne Kleid, in dem ich sie mir vor Tagen vorgestellt hatte, aus einem weichen Wollstoff, wie das Fell irgendeines grünen Waldtieres, mit einer ebensolchen Kappe, die blonden Haare unglaublich leicht um den Nacken. Etwas Blaues an ihrem Busen verknüpfte meine Erinnerung an Giovanna »in Grün und Blau« einmal mehr mit ihr.

»Verstehst du«, sagte sie, während sie in die Handschuhe schlüpfte, »dieser Brief läßt mich vermuten, die Polizei könnte hier auftauchen.«

Durch die geöffnete Tür rief sie hinunter, man solle ihr ein Taxi bestellen.

Dann holte sie aus den Schubladen im Tisch das silberne Täschchen, das, wie ich wußte, den Revolver enthielt, zwei Päckchen in blauem Papier, ein drittes Päckchen in Stanniolpapier, wie Schokolade, und als sie alles in ihre große Ledertasche gesteckt hatte, blieb sie ruhig stehen und wartete.

Sobald man ihr rief, sie könne herunterkommen, kam sie zu mir, um sich von mir zu verabschieden.

»Es wäre besser, wenn du hier rausgehen würdest, für heute«, sagte sie.

Aber ich fing sofort an, auf ihre Rückkehr zu warten, ich badete und rasierte mich nur, damit sie mich sauber vorfände, wenn sie zurückkam.

Ich zog mich auch an und rauchte. Die Unruhe über das Alleinsein war von mir abgefallen, sobald ich wirklich allein war. Und die gute Laune machte mich unternehmungslustig. Wenn ich zum Beispiel hinginge und den *Frosch* zusammenschlüge? Lächelnd malte ich mir in Gedanken Dinge aus, die ich früher einmal gemacht hatte. Auch Tarquinio zu treffen wäre möglich gewesen, wenn ich hinausging. Und was würde ich ihm sagen? Daß ich mir die blonde Frau genommen hatte? Wer weiß, wie er dreinschauen würde, er, der sie gepriesen hatte »großartig, großartig«, wenn er erfuhr, daß sie nicht eigentlich das war, was er glaubte, und selbst wenn er an jenem Tag das Geld gehabt hätte, hätte er sie sich nicht nehmen können!

Aufgeregtes Stimmengewirr, das nach einem langen Klingeln des Telefons anhob, lenkte meine Aufmerksamkeit auf das untere Stockwerk.

Es war ungefähr elf. Eilige Schritte kamen die Treppe herauf.

Dann trat keuchend Madame ins Zimmer.

»Raus hier, sofort, sofort raus hier«, schrie sie mich an. Und stürzte sich auf die Schränke, durchwühlte sie.

Der *Liebling* war im Pyjama hinter ihr aufgetaucht und lächelte das Lächeln von Idioten in ernsten Situationen.

»Gehen Sie«, sagte er geheimnisvoll zu mir, als ob er wer weiß was über mich wüßte, »es ist besser, daß man Sie nicht auch noch hier findet. Sie ist verhaftet worden, die Ärmste, und jetzt kommen sie bestimmt zur Hausdurchsuchung. Man hat alle Drogen bei ihr gefunden, die sie verkaufen sollte, aber die lassen nicht locker.«

Mit gänzlich unangebrachter Herzlichkeit drückte er mir die Hand, schlug mir mit der flachen Hand auf die Schulter und rief, man sollte mich über den »Privatweg« hinauslassen.

Eine Minute später ging ich in der Sonne, vor mir der rosa Berg.

Ein Hymnus ertönte in der Stadt. Es war ein Durcheinander von Leuten, die sich alle auf ein bestimmtes Ziel zubewegten. Und ich, der ich kein Ziel hatte, auf das ich zugehen konnte, bewegte mich mit der Menge.

XV

Auf einmal fand ich mich mitten auf der *Parasanghea* wieder, und eine Fahnenstange, spitz wie eine Lanze, zog ungefähr zwanzig Schritte vor mir rasch zwischen den Köpfen dahin. Ich versuchte, ihr näherzukommen, aber ohne Neugier; jedenfalls, da sie immer schneller wurde, rannte ich zuletzt, um sie einzuholen.

Es war eine von den Schulfahnen, genauer gesagt die vom Naturwissenschaftlichen Gymnasium, ich erkannte es an dem Band, sie wurde mit Trauerflor getragen von einer Gruppe von Jungs, die ich nur flüchtig vom Sehen kannte.

»Wohin lauft ihr denn so schnell?« fragte ich, als ich sie eingeholt hatte.

»Zur Beerdigung«, antwortete aus der Gruppe der Fahnenträger heraus einer, der in unseren Cliquen wegen seiner großen Statur und seines hellen Blicks nur *der Schweizer* hieß.

Ein Weilchen lang fragte ich nichts weiter. Ich fühlte nur, daß es richtig war, »zur Beerdigung« zu gehen, und überließ mich noch leerer und gedankenloser meinem Schritt.

Dann kam mir ganz zufällig eine andere Frage von den Lippen: »Aber welcher Lehrer ist denn gestorben?«

»Aber der kommt ja vom Mond!« sagten sie weiter hinten in der Reihe.

Ein Raunen lief durch die Gruppe, das alle zu einem boshaften Lächeln veranlaßte, und schließlich fragten sie mich: »Du weißt also nichts?«

»Was denn?«

»Von der Toten!«

»Ach, es handelt sich um eine Frau?«

Da fuhr mir der Gedanke, Giovanna könnte tot sein, durch die Seele, aber ohne etwas in mir zurückzulassen: ein eiskalter Blitz.

»Vielleicht die *Bermuda*?« sagte ich.

»Aber hör doch auf mit den Lehrern!« riefen sie.

»Warum? Glaubst du etwa, Schüler sind unsterblich? Auch wir können eines schönen Tages sterben ...«

»Sicher!« sagte ich.

»Hallo, Mainardi«, wurde an diesem Punkt von irgendwoher gerufen, und die schwere Hand des Pelagrua senkte sich auf meine Schulter.

Seit Juni hatte ich ihn nicht mehr gesehen.

»Du alter Gauner«, sagte er und hakte sich bei mir ein, »weißt du, daß ich froh bin, dich zu treffen? Es freut mich. Ich bin vorgestern zur Einschreibung hergekommen, und man hat mir alles erzählt. Ich sagte, wie kommt es, daß man den Mainardi gar nicht sieht? Fast glaubte ich schon, es wäre dir irgendwas Schlimmes zugestoßen, aber dann treffe ich Manuele, der mir von deinem Glück erzählt. Stimmt es, daß sie schön ist?«

»Es stimmt«, sagte ich mit einem verzweifelten Lächeln.

»Aber was machst du denn für ein Gesicht! Weißt du, wie du aussiehst? Man würde sagen, es ist dir etwas Schreckliches passiert und nicht eine Liebesgeschichte. Wäre mir das passiert, ich würde strahlen wie Phöbus im Goldhelm. Verflixt, das geschieht nicht jedem, von einer schönen Frau entführt zu werden. Manuele sagt, du warst in der Schule und hast den anderen bei der Prüfung zugehört, und da ruft dich der Hausmeister im Auftrag einer Frau. Jemand hat dich unten gesehen, wie du in ihre Kutsche gestiegen bist, und er sagt, sie war verschleiert und wie eine Ausländerin gekleidet ... Aber du kanntest sie, du warst schon vorher dort gewesen?«

»Oh, basta. Wer denkt denn noch daran?« sagte ich mit einer unwilligen Geste.

»Wer denkt noch daran?« rief Pelagrua fassungslos. Er wirkte erwachsener, männlicher, das Dunkel seiner rasierten Wangen war dunkler, und er war bei erschreckend guter Gesundheit. Er hatte nichts mehr von einem Jungen an sich, und in seiner schwarzen Jacke und seinen hellbraunen Gabardinehosen, die mittlerweile abgetragen waren, machte er nun nicht mehr den Eindruck, die Eleganz eines Erwachsenen nachzuäffen, was früher seine unangenehmste Eigenschaft gewesen war. Wie ein ganz normaler Universitätsstudent wirkte er jetzt.

»Wer denkt noch daran? Was soll das heißen, wer denkt noch daran? Daß die Sache zu Ende ist, nicht wahr? Und daß du gar nicht mehr daran denkst, und daß ... Ich gebe dir nicht unrecht. Nein, als Philosoph kann ich dir nicht unrecht geben. Darin teile ich ganz die Meinung der alten Griechen. Aber das Abenteuer war keins von den gewöhnlichen, und ich möchte wissen ...«

Offenbar wollte er wissen, ob eine Wahrscheinlichkeit bestand, daß er ein ebensolches Abenteuer hätte.

»Wenn du glaubst, das sei wer weiß was Außerge-
wöhnliches gewesen, dann mach nur«, sagte ich in düsterer Verzweiflung.

Und mit einer unwillkürlichen Geste der Angst hob ich
die Hände, wie um das Gefühl der Leere zum Ausdruck zu bringen, das meine Seele verwüstete.

Aber meine Worte sagten nichts Wahres. Und ich fühlte, daß diese Leere nicht von dem plötzlichen Ende
herrührte, das sie, die blonde Frau, wie ausgelöscht
hatte, daß das vielmehr eine ältere Leere war, in die
ich in jedem Fall geraten wäre, sobald ich mich
draußen, außerhalb des Hauses meiner Nächte voller
Fieber und Verlangen, wiederfand. Es war die Leere
all der Male, als ich sie verlassen hatte, um in meine
alten Jungenwelt zurückzukehren, und die ich jedesmal geglaubt hatte auszufüllen, indem ich wieder zu
ihr lief: die Leere der verlorenen Freundschaft und all
des Lieben, das ich nicht gesagt hatte.

»Wer ist tot?« fragte ich, auf die Fahne deutend, um
die geschart wir einhergingen.

Wir kamen über die glänzende Weite eines Platzes,
und die Menge war nicht mehr so dicht um uns. Wir
waren eine Gruppe im strahlenden Sonnenschein.

Pelagrua seufzte: »Ach ja, sie ist tot, die Ärmste.«

Wir kamen an der Treppe zu einer Kirche vorbei, die
weiß war wie frisch gelöschter Kalk, wir kamen unter
den vergitterten Fenstern des Klosters der heiligen Ro-
salie vorbei, wir bogen in ein schmales orientalisches
Gäßchen zwischen hohen Gartenmauern.

Bald würden wir in die Straße einschwenken, wo sich,
wie ich wußte, bei Begräbnissen die Trauerzüge for-
mierten. Es war eine kurze Straße ohne Gehsteige mit

einer kleinen Kirche auf halber Höhe, deren Gesims von einer Reihe Geranien geschmückt war. Die Kirche hatte eine Tür auf etwas mehr als einem Meter Höhe vom Boden, und man stieg über eine Holztreppe hinauf, die der Küster, wenn er abschloß, in sein Haus gegenüber mitnahm. Sie war nur für die Toten da, wie eine Friedhofskirche. Wenn sich der Trauerzug in Bewegung setzte, nahm jemand die Treppe weg, der Leichenwagen fuhr dicht heran, und der Sarg glitt direkt hinein.

Als wir in das erste Gäßchen einbogen, das mit den Gärten, sahen wir eine andere Gruppe, die ebenfalls mit einer Fahne vom anderen Ende herankam.

»Oh, sieh da, auch die Universität hat eine Abordnung geschickt!« rief Pelagrua aus. »Fühlen sie sich denn nicht mit dem Schuldigen solidarisch?«

Der große Blonde, der unsere Fahne trug, drehte sich um und warf ihm einen scharfen Blick über die Schulter zu. Und Pelagrua verlangsamte seinen Schritt und zupfte mich am Ärmel.

»Warte, laß sie vorgehen. Wir sind doch keine simplen Pennäler ...«

Der vertraute Schülerjargon klang seltsam auf seinen erwachsenen Lippen.

Aber ich verstand nicht, warum ihm der große Blonde diesen Blick zugeworfen hatte und begann mich unruhig zu fühlen, wie in einem bösen Traum. Lag da irgendeine schreckliche Bedeutung für mich in diesem Begräbnis?

Ich schaute mich um und sah andere Leute in dem Gäßchen. Jungs zu viert oder fünft, die wie krächzende junge Raben vorüberzogen, Mädchen mit einem Taschentuch in der Hand, aber untergehakt, die sich gegenseitig zwischen den Köpfen der anderen hindurch lange, blitzende Blicke zuwarfen. Auch eine priesterliche Gruppe von Lehrern in Schwarz zog vorüber, die ausgebleichten, sommerlichen Strohhüte auf dem Kopf und eine jammernde Lehrerin mit dicken Beinen in ihrer Mitte, die sich zum Sprechen dauernd zur Seite und nach hinten wandte. Ich glaube, sie trugen Kranzschleifen über den Schultern. Und eine dritte Fahne rückte heran, umgeben von einer kleinen Schar Jungs im Matrosenanzug, dann eine Woge von Lyzeumsschülern, die mir keinerlei Zeichen des Wiedererkennens gaben; zuletzt bogen wir in die Straße mit der kleinen Kirche ein.

Sie war erfüllt von bestürztem Gemurmel, da die jugendliche Menge sich überall wie wildes, schwarzes Gras zusammendrängte.

Die Fahnenstangen, zehn, fünfzehn, ragten hier und da aus einem dichteren Gewühl von Köpfen heraus, der Leichenwagen erhob seinen Buckel unter einer Flut von Rosen und wirkte wie ein blumengeschmückter Elefant. Ich verlor Pelagrua, fand mich aber unter vertrauten Gesichtern wieder, ich sah die Türkenbande, Manuele und seine Freunde von der Technischen Oberschule, befreundete Arbeiter von den Werksschulen, Freunde aus Sportvereinen, und alle deuteten ein leichtes Lächeln an, wenn sie mich sahen, um sogleich wieder ihr bestürztes Getuschel aufzunehmen, von dem sie mich ausschlossen.

Aus der Türkenbande riefen sie mir zu: »He, sehen wir uns nach der Beerdigung?«

Und Manuele kam einen Moment heran.

»Hallo, Mainardi«, sagte er. »Wollen wir den Abend heute zusammen verbringen?«

Als ich lustlos ein »Ja« andeutete, fügte er hinzu: »Anscheinend sind die schönen Zeiten vorbei! Man braucht sich nur ein Weilchen nicht zu sehen, dann ist der Sommer verflogen, und sie sind vorbei. Du bist in Begleitung, ich verlasse dich!«

Von niemand konnte ich in Erfahrung bringen, wer die Tote war, und ich stieg die Holztreppe hinauf. Die Dunkelheit zwischen den brennenden Wachskerzen war angefüllt mit einer Menge kleiner Mädchen. Über die Köpfe hinweg spähte ich nach der Toten und erblickte, in den Sarg gesenkt, ein Kindergesicht. Und waren die alle wegen eines Kindes gekommen? Verwirrt stieg ich die Stufen wieder hinunter. Warum? Was hatte man einem Kind Böses tun können?

Ich fragte Pelagrua, den ich, kaum wieder draußen, vor mir sah.

»Ein Kind nennst du sie«, sagte Pelagrua.

Ich erfuhr, daß es sich um Daria Cortis handelte, eine aus der Dritten, und ich wunderte mich, daß ich sie in dem schmalen Kindergesicht, das mir auf dem Grund des Sarges erschienen war, nicht wiedererkannt hatte. Im Leben war sie eher pausbäckig gewesen, ein Mädchen wie viele andere, rosig und mit fülligem Busen.

»Und woran ist sie gestorben?«

»Gefallen. Auf dem Feld der Liebe. Wußtest du nichts davon? Er ist dieser große, dunkle Typ, der im letzten Jahr immer mit mir in Montalbano war. Er studiert Medizin. Aber ich glaube, er wird sich hier jetzt eine Weile nicht blicken lassen.«

»Aber er hat sie doch nicht getötet …«

»Klar. Aber die Geschichte war ergreifend. Er hatte sie verlassen. Und sie hat ihm geschrieben, daß sie ihn sehen wollte, und daß sie sich umbringen würde, wenn er nicht käme ...«

»Und er ist nicht hingegangen, und sie hat sich umgebracht ...«

»Sicher. Und das Schönste ist, daß sie gar nichts miteinander hatten, wie es aussieht. Mehr noch, er hatte sie verlassen, weil sie sich nicht herumkriegen ließ, heißt es.«

Hier kam Manuele wieder dazu. Pelagrua blieb etwas abseits und tauschte mit einer vorübergehenden Gruppe leise Kommentare aus.

Wir lächelten uns an, Manuele und ich, während wir in der Menge etwas abgedrängt wurden.

»Hast du von der Toten gehört?« sagte Manuele. »Ich habe ihn gesehen, ihn. Das alles ist passiert, weil er nicht Ernst machen wollte, so scheint es. Weil sie gedacht hat, er wollte sich bloß mit ihr amüsieren, wenn er sie küßte ... So scheint es wenigstens ... Und du mit dieser Frau, war es schön?«

Ich zuckte die Achseln, und Manuele zog wieder los und ließ mich allein.

Aber vorher sagte er noch: »Und wie geht's mit Giovanna?«

Wieder zuckte ich die Achseln, und er sagte, schon aus einem Schritt Entfernung: »Wenn du wüßtest, wie sie sich herausgemacht hat! Wirklich fantastisch! Du bist der beneidenswerteste aller Männer, wenn du wieder mit ihr anfängst.«

Hier trafen einige Mädchen auf uns, von denen ich wußte, daß sie Freundinnen Giovannas waren, und brachten uns, ohne es zu wollen, auseinander. Eine Gluckhennenstimme rief: »Signor Mainardi! Signor Mainardi!«

Ich drehte mich um. Da war etwas, was mich um ein Jahr zurückversetzte: Das dicke Mädchen, das auf Schritt und Tritt immer bei ihr war, ich meine bei Giovanna, wie eine Dienerin, von uns die *Hebamme* genannt.

»Fast hätte ich Sie nicht wiederkannt!« sagte sie, klein und stämmig, und sah mir von unten in die Augen. »Verdammt, sind Sie groß und kräftig geworden. Und sympathisch auch ...« Sie lachte. »Schade«, fuhr sie fort, »daß Sie nicht auch in der Schule solche Fortschritte gemacht haben.«

»Die mache ich noch«, antwortete ich.

»Und wie geht es Ihnen?« sagte sie. Momentweise überschlug sich ihre Stimme vor Erregung. »Gut natürlich, sonst wären Sie nicht so groß und kräftig ... Und werden Sie sich dieses Jahr einschreiben oder wollen Sie als Externer weitermachen? Was für eine Schnapsidee, die mündlichen Prüfungen nicht zu machen, Sie wären ohne weiteres durchgekommen, ich habe gesehen, Sie hatten fast nur Neuner in den schriftlichen! Aber wie kommt es, daß Sie sie nicht abgelegt haben? Oder stimmt es, was böse Zungen behaupten? ...«

Ich wurde rot und wollte sie schon etwas fragen, aber dann blieb ich stumm. Sie lachte über ihr ganzes rundes Gesicht.

»Schade!« sagte sie. »Wir wären zusammen gewesen in der Schule ...«

»Warum?« sagte ich ohne zu überlegen. »Wird Giovanna da sein?«

Sie sah mich mit einem boshaften, besserwisserischen Ausdruck an.

»Denken Sie immer noch an sie?« sagte sie. »Ah, mein Lieber, wenn Sie wüßten, was für eine Schönheit sie geworden ist! Und wie gut sie sich anzieht! Was für eine Erscheinung! Alles dreht sich um, wenn sie vorbeigeht.«

»Wieso ist sie nicht zur Beerdigung gekommen?« sagte ich.

»Sie wollte kommen«, sagte sie. »Aber sie fühlt sich nicht mehr so ganz wohl unter uns Schülerinnen ... Erst hat sie ja gesagt, aber dann hat sie Blumen geschickt und ist zu Hause geblieben. Uns gegenüber sagt sie, sie fühlt sich zu erwachsen ... Komisch, nicht? Aber sie könnte schon Signora sein ... Im übrigen, es dürfte nicht viel fehlen, bis sie es wird, nehme ich an.« Sie sah mich an, wie um sich an meinem Gesichtsausdruck zu weiden.

»Sie«, sagte sie, »werden sich mittlerweile davon überzeugt haben, daß nichts Ernsthaftes sein konnte zwischen Ihnen und meiner Freundin, nehme ich an.« Hier war ihre Stimme hinterhältig leise, zugleich aber auch anbiederisch.

Und ich überwand meine Lust, sie zum Teufel zu jagen, und fragte: »Was sagt sie?«

Sie rollte die Augen.

»Was meine Freundin sagt! Oh, sie sagt, seltsam, dieser Junge Mainardi! Aber das heißt natürlich gar nichts. Sie verstehen, ein Mädchen wie Giovanna hat ganz andere Dinge im Kopf ... Im übrigen vertraut sie sich mir nicht an. Und wir haben uns nur selten gesehen, jetzt im Sommer. Gestern haben wir uns gesehen. Und sie hat mich auch nach Ihnen gefragt ... Aber ich weiß nicht, was sie hatte!«

Andere Mädchen waren auf der Suche nach ihr zurückgekommen, rissen sie weg und schleppten sie mit sich fort. Wieder fand ich mich mit Pelagrua.

252

Von ihrer Mitte aus setzte sich die Menge in Bewegung, der blumengeschmückte Elefant schwankte, drehte um, stellte sich quer, ein leichter Gesang von Vestalinnen verhallte dünn in der Luft, und wir waren unterwegs.

Vorneweg gingen die Mönche mit gemessenem Schritt, und vor dem Gesang der Jungfrauen herrschte tiefe Stille. Auf dem Asphalt des Platzes hallten unsichtbare Pferdehufe. Die Fahnenstangen glänzten über die ganze *Parasanghea* hin in der Sonne, es ging über den Stadtwall hinunter.

»A propos, hast du Tarquinio getroffen?« fragte Pelagrua.

Ohne daß ich ihm je eine befriedigende Antwort gab, erzählte er, erzählte mir Belanglosigkeiten von Tarquinio, von denen ich nicht viel verstand. Und wir kamen an einen baumbestandenen Platz mit Cafés und Segelbooten ringsherum. Weiter hinten ging es über eine Brücke übers Meer zu den Wiesen, wo der *Matto Grosso* lag.

»Der *Matto Grosso*!« dachte ich. Mir schien, als müßten wir dorthin gehen, auf dieses Feld, auf dem ich *Frosch* geschlagen hatte, um das Mädchen zu begraben.

Aber der Trauerzug machte unter den Laubkronen halt, und der alte Schuldirektor stand auf und sagte aus der Menge heraus: »Kinder!«

Die Laubkronen waren voll einer gelben Brise, die die Worte davontrug. Wieder hörte man, daß er sagte: »Kinder!« dann wurde in meiner Nähe geflüstert: »Er weint! Er weint!« der blumengeschmückte Elefant löste sich von uns, begann in Richtung Brücke davonzufahren, fuhr an der Reihe von Segelbooten entlang, mit einem Gefolge von Wagen hinter sich, man sah ihn dort hinten, auf der Straße, die zu den Salinen führt.

»Da gibt es nichts zu begraben«, dachte ich. Und ich dachte, daß nicht alles zu Ende wäre; daß sie, und ich wußte nicht, wer »sie«, zu gut war; daß ich zu feige war; und daß da immerhin noch Giovanna war. Dieser Tag war nicht wirklich.

Als ich mich umdrehte und mich wieder unter den Jungs umsah, waren die ersten Fahnen schon im Begriff abzuziehen.

Und Pelagrua sagte zu mir: »Alle gehen da in das Café. Gehen wir auch mit.«

Es war ein grüner Kiosk mit einer Menge Tischchen unter einer großen Plane. An die zwanzig Jungs hatten dort Platz genommen, aber wie auch wir hinkamen, strömten noch andere herbei, und es wurde auf allen Seiten eng.

»Solche Dinge passieren, weil die Welt schlecht eingerichtet ist«, schrie ein kleiner Junge mit kreischender Stimme.

Und beim Klang dieser Stimme bemerkte ich, daß ich mich unter lauter vertrauten Gesichtern befand, die Gesichter der Türken, die Gesichter aus der Nacht im Lyzeum, die Gesichter des Schüleralltags und sogar, hinter den anderen, das Gesicht von *Frosch.*

»Hallo, Alessio«, rief mich jemand an.

Es war Tarquinio.

Und ich fühlte mich festgenagelt auf diese Gesichter, wie wenn ein Traum über einen hereinbricht. Mein großer Freund lächelte mir zu. Aber ich antwortete ihm nicht: Auch er war nicht wirklich.

Trotz des strahlenden Sonnenscheins war es kalt, die Brise schwoll an in den Laubkronen, und ab und zu wurde sie zu nervösen Windböen. Die Plane des Cafés über unseren Köpfen schlug dann in ihren Falten wie ein Segel; und ich bemerkte, daß viele Jungs ihre Wintermäntel anhatten.

»Seltsam, daß dieses Café noch offen hat«, sagte Tarquinio. »Es ist so sommerlich! Und scheinbar hat der Winter schon so lang angefangen. Erinnerst du dich noch an den Tag mit den Maroni?«

Ich erinnerte mich auch, daß das *Corona di Ferro*, wo er wohnte, dort in der Nähe war.

Aber nachdem er gesprochen hatte, zog sich sein Gesicht in die Reihe der anderen zurück, und der Junge von zuvor übertönte wieder alle.

»Keiner hat Schuld, und doch ist es eine Ungerechtigkeit. Als ob wir alle Schuld hätten …«, fuhr er fort.

Viele nickten. Sie wirkten atemlos, und der eine oder andere schaute sich noch nach dorthin um, wo der blumengeschmückte Elefant verschwunden war. Die Vorstellung von diesem Mädchen, das sich aus Liebe umgebracht hatte, ohne verführt worden zu sein, vernichtete sie. Es war, als hätte ein geheimnisvoller Gott das Menschengeschlecht besucht. Und alle Jungs fühlten, daß das Menschengeschlecht sich schlecht benahm vor diesem Gott.

»Unsere Gesellschaft ist eingerichtet, als ob es menschliche Gefühle nicht gäbe«, fuhr der kleine Junge fort. »Denkt doch nur an das Bürgerliche Gesetzbuch. Da drin zählt der Mensch nur, sofern er Eigentümer ist. In der Familie, im öffentlichen Leben, kurz: in jeder Beziehung mit seinesgleichen ziehen die Gesetze den Menschen nur insofern in Betracht, als er

Besitzer von Gütern ist … Verpflichtungen, die die menschlichen Gefühle regeln würden, sie aufrütteln oder ihnen Substanz verleihen würden, sind nie aufgeschrieben worden …«

»Das macht man so, glaube ich«, bemerkte eine schüchterne, aber überzeugte Stimme, »damit die Gefühle sich frei entfalten können.«

Keiner schien sich durch diese nachdenkliche Bemerkung in seiner Solidarität mit dem Kleinen erschüttern zu lassen.

Und der Kleine machte eine ungeduldige Bewegung.

»Da, das ist Bileams Esel«, sagte er. »Damit die Gefühle sich frei entfalten können! Ist denn schon jemals etwas Gutes dabei herausgekommen, bei der freien Entfaltung?«

Er sah die anderen an, sah, daß sie ihm lauschten, und fuhr fort:

»Nehmen wir mal an, es gibt da einen Menschen, der empfindet eine Sache auf höchst sublime Weise, dann bedeutet das, daß alle Menschen diese Sache auf höchst sublime Weise empfinden könnten, es ist also prinzipiell möglich, diese Sache auf solche höchst sublime Weise zu empfinden. Und warum kommt da kein Gesetz, das die Menschen zwingt, so zu handeln, als ob alle diese Sache auf höchst sublime Weise empfinden würden?«

Der Junge war mager, hatte eingefallene Wangen, und seine winzigen Augen, so winzig, daß man ihre Farbe nicht erkennen konnte, funkelten wie zwei metallene Pünktchen. Ich hatte ihn noch nie gesehen. Wo kam der plötzlich her?

»Seht ihr«, fuhr er fort, »wenn da etwas Schönes in einem Menschen ist, dann sollte er das nicht in sich verborgen halten. Was bedeutet es, wenn es da einen so seltenen Menschen gibt? Wichtig ist die Seelengröße, die er erreicht hat und die zu erreichen alle Menschen gezwungen werden müssen.«

Der Junge war schlecht angezogen, er trug eine alte Mütze auf dem Kopf.

»Alle Welt rennt und steht kopf wegen nichts«, sagte er, »wegen ein bißchen Butter aufs Brot. Aber was bedeutet das, ein bißchen Butter aufs Brot? Kein Hungriger würde sich deswegen aufregen, wenn er nicht glaubte, daß er, einmal im Besitz der Butter, besser wird.«

Der kleine Junge setzte sich, und aus seinem Gesicht wich alles, was er gesagt hatte. Es schien, als wäre die Anstrengung zu groß gewesen für seine feinen Glieder. Aber er sah sich nicht um; er lächelte still für sich; und er hielt ein Buch auf den Knien, das er mit den Händen umschloß.

»Ich glaube«, bemerkte einer, der hinter ihm stand, »ich glaube, du hast viele richtige Dinge gesagt. Aber würdest du die Leute wirklich zwingen wollen, ein Gefühl zu haben statt eines anderen?«

Der Kleine war mittlerweile erloschen, aber er ließ sich nicht beirren, und ohne sich umzudrehen, den Buchdeckel bearbeitend, antwortete er:

»Warum nicht? Zwingt man die Menschen nicht, nicht zu stehlen?«

»Aber wie«, setzte der andere noch einmal zum Angriff an, »zum Beispiel in den Beziehungen zwischen Mann und Frau, in welcher Weise soll man da Gefühle erzwingen?«

Das war der Punkt, auf dessen Lösung es den Jungs ankam, und gespannt horchten alle auf. Mehrere wollten schon das Wort ergreifen, als ob sie es wüßten. Aber sie ließen den Kleinen antworten.

»Mein Gott«, sagte der achselzuckend. »Es geht nicht darum, auf die Gefühle einzuwirken. Die Anwälte sagen, Gefühlen kann man nicht den Prozeß machen. Die Anwälte sagen auch, Ansichten kann man nicht den Prozeß machen ... Aber wenn man einen Diebstahl bestraft, was geschieht da? Es geschieht, daß das Gefühl des Stehlens unterdrückt wird und das des Nicht-Stehlens gefördert. Nun führen aber alle Gefühle zu Handlungen oder enthalten doch zumindest die Möglichkeit dazu ... Also müßte man die Handlungen in Betracht ziehen, auch minimale Handlungen.«

»Was für eine Aufgabe!« flüsterte Pelagrua, der neben mir saß.

Aber ich versetzte ihm einen Stoß in die Rippen. Und instinktiv hob ich die Augen, um nach Tarquinios Gesicht zu suchen. Ich sah ihn die Nase rümpfen. Ich dachte an alles, was er, wie ich wußte, gegen die Argumente des Kleinen hätte vorbringen können. Und obwohl ich die Argumente des Kleinen irgendwo kindisch fand, fühlte ich doch, daß sie, ob ich wollte oder nicht, einem unbestimmten Bedürfnis von mir entsprachen, Tarquinios Haltung aber, seine stumme Mißbilligung und alles, was er dagegen hätte einwenden können, erschienen mir unsympathisch.

»Er hat recht! Das könnte man machen!« riefen unterdessen die Jungs ringsum.

Und ich dachte, daß Tarquinio die Nase rümpfte, weil er kein Junge mehr war.

»Und glaubst du«, fragte einer in kurzen Hosen, »daß man ein Gesetzbuch der Liebe schreiben könnte?«

»Warum nicht?« rief es von mehreren Seiten.

Und jemand stampfte vor Freude mit den Füßen auf den Boden.

»Ja natürlich«, sagte der Kleine, und fuhr fort, den Buchdeckel zu bearbeiten. »Ich habe das immer gedacht. Es ist so viel Schlechtes im Verhältnis zwischen Mann und Frau, so viele Möglichkeiten zur Schlechtigkeit, und vieles davon kommt nur aus Unachtsamkeit, aus Gleichgültigkeit, ich weiß nicht, wie ich sagen soll. Es wäre leicht, eine Art Gesetzbuch zu schreiben, das da Abhilfe schaffen könnte ...«

Jetzt grinste Tarquinio entschieden. Er kniff die Augen zusammen, sammelte seinen kurzsichtigen Bick, und ich befürchtete, er würde etwas Unangenehmes sagen.

»Und warum versucht ihr nicht, den aufzusetzen?« sagte er dagegen.

Die Ironie, die vielleicht in seinen Worten lag, verbrannte wie trockenes Stroh im Feuer dieser Begeisterung.

»Oh sicher!« riefen sie.

»Wir können auch versuchen, ihn zu entwerfen.«

»Hier ein Bleistift.«

»Hier mein Füller.«

Weißes Papier kam von allen Seiten, und einer machte sich, die Ellbogen breit auf das Tischchen gestützt, bereit zum Mitschreiben.

»Mein Gott«, fing der Kleine wieder an, »ich glaube, die Sache ließe sich so regeln, daß auf der einen Seite die Möglichkeit zur falschen Befriedigung ausgeschlossen wird, während man auf der anderen Seite die Verwirklichung der echten Befriedigung maximal begünstigt. Man müßte also Prostitution und Verrat unter Strafe stellen.«

»Bravo! Hurra!« schrien die Jungs.

»Soll ich das aufschreiben?« fragte der Junge mit Papier und Bleistift.

»Schreib: Prostitution und Verrat abschaffen«, diktierte ein Großer, der hinter ihm stand. »Später führen wir das noch genauer aus.«

Und der Kleine fuhr fort: »Prostitution in jedem Sinn natürlich. Nicht nur die der gewöhnlichen Hure, sondern auch die bei jedem Mädchen, das heiratet, um seine Zukunft zu sichern, also immer, wenn die körperliche Beziehung zwischen Mann und Frau eingegangen wird, ohne innere Notwendigkeit ...«

Ich konnte nicht umhin zu bemerken, daß der Kleine das Wort Liebe vermied.

»Prostitution in jedem Sinn«, buchstabierte leise beim Schreiben der Schüler über dem Papier; und der Große, der hinter ihm stand, billigte es, indem er ihm eine Hand auf die Schulter legte.

Indessen sagte der Kleine: »Und der Verrat in jeder seiner Spielarten. Denn zweien, die die höchste Notwendigkeit verspüren, sich zu vereinigen, legen wir kein Hindernis in den Weg, unter der Bedingung natürlich, daß sie diese ihre Notwendigkeit zum Ausdruck bringen, und zwar beide gleichermaßen. Indem wir den Verrat verurteilen, schließen wir die Möglichkeit von bloß körperlichen Gelegenheitsbeziehungen aus, die von Leichtsinn, oberflächlichen Wünschen oder jedenfalls von flüchtiger sexueller Anziehung diktiert sind: Sowohl die Prostitution als auch der Verrat werden unter Todesstrafe gestellt.«

»Sehr gut! Unter Todesstrafe!« brüllten die Jungs.

Und der Schreiber wiederholte: »Un-ter To-des-strafe.«

»Nun«, sagte der Kleine, »ist es nötig, zwischen Mann und Frau zu unterscheiden. Wir wollen sowohl dem

260

Mann als auch der Frau die Möglichkeit einräumen, das zu verwirklichen, was ich die höchste Notwendigkeit genannt habe und zwar nicht nur einmal. Aber dem Mann räumen wir sie auf eine Weise ein, der Frau auf eine andere ...«

Der Große, über die Schultern des Schreibers gebeugt, diktierte: »Dem Mann auf eine Weise. Der Frau auf eine andere.«

Tarquinio rauchte, die Augen halb geschlossen, und ein Lächeln nistete in seinen Mundwinkeln.

»Und bis zu wieviel Mal«, fragte einer, »gestatten wir, daß die Leute eine neue Verbindung eingehen?«

Es war einer von der Technischen Oberschule.

»Unendlich oft«, antwortete der Kleine und erhob eine Hand. »Das Wichtige ist, daß jede neue Verbindung nicht zu bald nach der vorherigen eingegangen wird. Man muß verhindern, daß ein Mann sich eine zweite Frau nimmt oder eine Frau ein zweites Mal heiratet aus bloßem Leichtsinn. Man muß sie zwingen, gründlich darüber nachzudenken. Wir werden festlegen, daß es nicht gestattet ist, eine neue Verbindung einzugehen, wenn nicht wenigstens ein paar Jahre verstrichen sind, seitdem die vorherige Verbindung eingegangen wurde.«

»Wie viele?« sagte der Große hinter dem Schreiber.

»Hm!« sagte der Kleine. »Wir könnten sagen sieben, oder fünf ...«

»Sagen wir fünf?« meinte der Große.

»Gut, fünf«, sagte der Kleine

»Also«, wiederholte der Protokollant, beim Schreiben jede Silbe betonend, »notwendige Voraussetzung zum Eingehen einer neuen Verbindung ist, daß mindestens fünf Jahre seit der vorherigen verstrichen sind.«

»Seitdem die vorherige Verbindung eingegangen wurde«, korrigierte der Große.

»Und wenn jemand es früher tut?« fragte jemand.

»Wird er mit dem Tod bestraft«, antwortete der Junge.

»Aber warum immer mit dem Tod?« bemerkte Bileams Esel. »Ein geringeres Vergehen verlangt geringere Strafe.«

»Nein«, sagte der Kleine hitzig, »nicht mal im Traum. Was auch immer das Vergehen ist, es wird mit einer einzigen Strafe bestraft! Sonst öffnet man bloß den Spitzfindigkeiten der Anwälte Tür und Tor.«

»Bravo!« schrien die Jungs und warfen die Arme in die Luft. »Hurra! Wir wollen keine Anwälte in unserer Republik! Nieder mit den Anwälten.«

Aber Tarquinio trat vor, während er die Zigarettenkippe in der Tasse, aus der er seinen Kaffee getrunken hatte, ausdrückte.

»Und damit wären wir fertig?« fragte er, und sein Lächeln verzweigte sich von den Mundwinkeln aus über sein ganzes Hasengesicht.

»Mehr oder weniger«, sagte der Kleine bestimmt. »Der Rest sind Zusätze.«

Ich hatte Angst, daß Tarquinio jetzt alles zerstören würde, was der Kleine gesagt hatte, aber ich hörte ihn nur sagen:

»Und in welchem Alter sollte man anfangen?«

»Jeder in dem Alter, in dem er es verdient«, sagte der Kleine.

Und er fixierte Tarquinio mit plötzlich glühenden Augen, als hätte er den Feind der Gesellschaft entdeckt.

Aber indem er die stehenden Jungs ansah, setzte er gleich noch hinzu: »Ich hätte auch dazu einen Plan. Nur weiß ich nicht, ob es sinnvoll wäre, ihn in die Tat umzusetzen. Es ist ein Plan eher hygienischer Natur, also nützlich, nicht unbedingt notwendig. Es ginge darum, das Sexualleben der Jungen so zu organisieren, daß sie schon als Männer in die Ehe gehen. Also: In einem gewissen Alter, sagen wir mit sechzehn, bekäme jeder Junge das Recht, eine Art von Internat zu besuchen, vielleicht auch dort zu wohnen, wo er Beziehungen zu einer Frau eingehen könnte.«

Die Jungs wollten schon in Beifall ausbrechen, aber er hielt sie mit einer Geste zurück.

»Paßt auf«, sagte er. »Ich habe von der Todesstrafe für die Prostitution gesprochen. Und die Frauen in diesem Internat wären keine Huren. Es wäre ihre Sache, sich die Jungs auszusuchen. In einem bestimmten Alter hat ein Mann Lust, sich einer Frau unterzuordnen, und wehe ihm, wenn er das später nicht ablegt. Jeder Junge hätte das Recht, einen Tag in der Woche in dem Internat zu wohnen.«

An diesem Punkt lief ein leises, befriedigtes Lachen durch die Reihen.

Die allgemeine Begeisterung begann abzubröckeln, zerfiel in lauter kleine Selbstzufriedenheiten. Und Tarquinios ironische Miene machte nicht mehr so wütend.

»Und jeder Junge«, fuhr der Kleine fort, »könnte natürlich ab und zu verlangen, daß er noch einmal ausgewählt wird.«

»Aber wißt ihr, daß das wirklich eine fabelhafte Idee ist, das mit dem Internat?« rief Pelagrua aus, wobei er sich mit einer Hand das Haar im Nacken schüttelte.

Die Jungen diskutierten weiterhin lebhaft, aber da war nun auch Platz für Späße und Witzeleien.

Im Laub der Baumkronen hatte der Wind sich zu voller Stärke entfaltet. Von den ungepflasterten Teilen des

Platzes wirbelte er auch Staubfahnen durch die Luft. Und eine Wolkenbank zog sich in die Breite, schob sich von Westen her vor die Sonne, die reglos im Zentrum der Himmelsfernen stand.

Aber dann fiel den Jungs auf, daß sie die Stimme des Kleinen nicht mehr hörten; sie suchten ihn überall, und erst als sie über die Gruppe hinausschauten, sahen sie ihn, schon ein gutes Stück entfernt, auf der ansteigenden Straße in Richtung Zentrum gehen, seine Mütze etwas schief übers Ohr gezogen, das Buch unterm Arm, und er hinkte.

»Wie! Er ist gegangen«, schrien sie. »Ruft ihn zurück!«

»He! He!«

»Ruft ihn zurück! Ruft ihn zurück!«

Zwei, drei, fünf lösten sich aus der Gruppe und schickten sich an, hinter dem Kleinen herzulaufen.

Einem flog die Mütze davon. Eine Staubwolke wirbelte zwischen den Bäumen auf. Schießlich stürzten alle auf die Straße, rufend und schreiend wie in einem Spiel.

Wir blieben allein zurück, ich und Tarquinio.

»Gehst du nach Hause?« fragte mich mein großer Freund.

»Mh! Ich weiß nicht«, sagte ich, der Gedanken an das Zuhause ließ mich zusammenzucken.

Und nach einem Moment Schweigen setzte ich hinzu: »Ich muß Koffer packen! Ich muß wegfahren.«

»Und aus welchem Grund?« sagte Tarquinio.

Er stand auf, knöpfte sich die Jacke auf und schnallte den Gürtel seiner Hose enger.

»Gehen wir da rüber«, sagte er, mit seinem spitzen Hasengesicht aufs Meer deutend.

Ich stand ebenfalls auf, und wir gingen über den Platz hinunter, mindestens einen Schritt Abstand zwischen uns.

»Und aus welchem Grund?« sagte Tarquinio plötzlich.
»Montag fängt die Schule wieder an. Deine Schwester
hat mir geschrieben. Sie sagt, du sollst dir keine Sorgen machen, wenn du nicht versetzt worden bist, und
daß dein Vater beschlossen hat, dich das Jahr wiederholen zu lassen.«
Ich wollte schon aufbrausen, aber mit schüchterner
Stimme, wie unfähig, über Dinge zu reden, die nicht unmittelbar praktisch waren, sagte ich nur: »Wenn überhaupt, bereite ich mich als Externer aufs Abitur vor!«
Tarquinio kam zu mir her und nahm meinen Arm.
»Gut!« sagte er. »So lernen wir zusammen. Wir machen es zusammen, dieses vermaledeite Abitur. Du
weißt, daß ich auch nicht durchgekommen bin?«
»Ach ja?« sagte ich lachend. »Und worin haben sie
dich durchfallen lassen?«
Es sah aus, als würden die alten Zeiten wiederkehren.
Ein Stein aus der großen Last, die mich bedrückte, war
mir vom Herzen gefallen; vielleicht einer von den
schwersten.
Aber wieder schwiegen wir und gingen vor den Segelbooten ein Stück am Kanal entlang. Am Ende stand eine Baracke. Wir machten kehrt, und man sah über die
Wasserfläche des Hafens – grün unter uns, weiter
draußen wie aschblau, dann blauer und immer blauer
und schließlich, in der Ferne, vor der verschleierten
Hügelkette auf der anderen Seite, grau von Staub.
Rings um einen Ankerplatz lag eine Gruppe von kohle-
verschmierten Lastkähnen. Die Luft war strahlend,
aber winterlich, silbrig. Die Wolkenbank hatte sich
zerfasert unter der Sonne wie ein Wollstrang. Und der
Wind schien direkt vom Pol zu wehen, brachte den Geruch nach Seehunden und Meeresschnee mit sich.

»Ich hoffe, du glaubst nicht an die Albernheiten dieses kleinen Hinkebeins«, sagte Tarquinio, und seine Stimme klang wieder unerwartet.

»Dieses kleine Hinkebein!« rief ich aus. Und setzte sofort hinzu: »Warum sagst du, das sind Albernheiten?«

»Aber weil sie das sind«, sagte Tarquinio. »Begreifst du nicht, daß das Albernheiten sind? Zum Bessersein zwingen zu wollen! Was für eine Idee! Wer sollte denn zwingen? Es wäre alles nur zehn Mal konformistischer als heute …«

»Das weiß ich«, sagte ich. »Aber …«

»Und diese Zwangsanstalt von einem Internat!« sagte Tarquinio.

»Ich weiß«, sagte ich. »Aber siehst du, ich habe nicht getötet, ich habe nicht gestohlen, ich habe nichts Böses getan, was die Gesetze unter Strafe stellen, und doch habe ich das Gefühl, es wäre richtig, mich zu bestrafen … Ich habe das Gefühl, ich habe eine Strafe verdient.«

Tarquinio hatte die ganze Zeit versucht, mich anzusehen, und jetzt gelang es ihm, mich anzusehen, und ich hatte den Eindruck, als bäte er mich mit dem ganzen Gesicht um Verzeihung.

»Warum bist du nicht gegangen und hast sie dir genommen, wo du doch so auf sie gewartet hast?« sagte ich zu ihm.

»Wen?« sagte Tarquinio.

Und ich sagte zu ihm: »Oh, ich weiß nicht … Das kleine Hinkebein hat recht. Man braucht etwas, was einen zwingt, besser zu sein …«

»Dummkopf!« sagte Tarquinio lächelnd.

Und ich fragte mich, wie es möglich war, daß er flehte und zugleich lächelte und ironisch war.

»Aber ja«, sagte ich. »Ich bin ihr nachgelaufen. Ich habe mich so bemüht, ihr Liebes zu sagen. Und jetzt ist es, als wäre mir das ganz gleich und als läge die Frage woanders ...«

Betroffen senkten sich Traquinios Augen. Und seine Hände verschwanden in den Hosentaschen.

»Gut«, sagte er. »Das ist das Leben.«

»Leben?« sagte ich. »Was heißt das? Das Leben ist auch nichts. Und ist auch das Leben von anderen, letztlich.«

Hier zog Tarquinio eine Hand aus der Tasche. Ich sah, daß er ein Taschentuch mit der Faust umschlossen hielt. »Ja, und?«

»Man betrügt sich, man macht sich gegenseitig was vor, und dann heißt es, das ist das Leben ... Was für eine abscheuliche Rhetorik!«

»Aber was willst du denn?« sagte Tarquinio mit seinem Taschentuch in der Faust.

Ich fühlte mich verwirrt, als ob er ein Fremder wäre.

»Ich weiß nicht«, antwortete ich. »Sicher, sie ist verloren ... und ich bin voller Hoffnung.«

»Hoffnung?« sagte Tarquinio. »Was für eine Hoffnung?«

Über die verlassene Wasserfläche ertönte aus weiter Ferne eine Schiffssirene. Und Tarquinio war ironisch, kniff seine kurzsichtigen Augen zusammen. »Siehst du das hier?« sagte er.

Er zeigte mir das Taschentuch. Ich sah, daß es von Blut befleckt war, kein frisches Blut.

»Was bedeutet das?« fragte ich ihn.

Und Tarquinio, als würde er seine Absicht ändern: »Oh nichts! Ich wollte es nur wegwerfen.«

Er wickelte einen Stein in das Taschentuch und ließ das winzige rote Ding ins Wasser fallen. Da glaubte ich zu begreifen und schlug die Hand vor den Mund. Aber Tarquinio hakte sich bei mir ein und führte mich fort. »Gehen wir!« sagte er. »Du mußt nicht böse sein, wenn ich so mit Giovanna bin. Schließlich hattest du sie nur geküßt. Hast du nicht die andere gehabt? Vielleicht stimmt es nicht, daß dir nichts an ihr liegt, an der anderen.«

Anmerkungen

1 Die Romanhandlung spielt 1924 unter Gymnasiasten; Schule und schulische Belange nehmen also eine zentrale Rolle ein. Bestimmt ist diese Themenwahl nicht zufällig, da 1923 in Italien eine tiefgreifende Schulreform stattgefunden hatte, konzipiert und durchgeführt von Giovanni Gentile in seiner Eigenschaft als Bildungsminister. Gentile rückte das Humanistische Gymnasium als Bildungseinrichtung für die bürgerliche Elite eindeutig an die Spitze des gesamten Schulsystems. Das neusprachliche Gymnasium (ohne Griechisch) wurde abgeschafft und naturwissenschaftlich-technische Studiengänge in das *Liceo Scientifico* ausgegliedert, das nach vier Jahren mit der *Maturità scientifica* abschloß und Studienzulassung nur für naturwissenschaftliche und technische Studiengänge bot. Das humanistische Gymnasium hingegen, das *Ginnasio-Liceo*, von dem im Text die Rede ist, war (und ist) folgendermaßen aufgebaut: nach fünf Jahren Gymnasium folgen drei Jahre Lyzeum, an deren Ende die *Maturità classica* steht.

2 Pro Spada della Giustizia, wörtlich übersetzt *Für das Schwert der Gerechtigkeit*; vermutlich fiktive antifaschistische Vereinigung, die nach dem Mord an dem sozialistischen Abgeordneten Matteotti für die Erhaltung der Legalität eintritt.

3 für italienisch *Sempresei*. Die italienische Notenskala reicht (auch heute noch) von 10 als der besten bis 1 als der schlechtesten Note. Diese Lehrerin gibt also immer nur gerade genügende Zensuren. Siehe auch S. 66, wo Alessio von seinem schlechten Notendurchschnitt zwischen zwei und vier erzählt.

4 wörtlich übersetzt »Pferdehandschuh«. Dieser Film wie auch der auf S. 151 erwähnte *Uno Yankee alla Corte di Re Artu* (Ein Yankee am Hof des König Artus) ließen sich nicht belegen. Es handelt sich dabei vermutlich um eher unbedeutende amerikanische Streifen, die zu recht in Vergessenheit geraten sind. In den zwanziger Jahre - bis zum Aufkommen des Tonfilms - war die italienische Filmproduktion eher unerheblich, daher beherrschten amerikanische Dutzendfilme mit Darstellern wie Tom Mix (S. 151) das italienische Kino. *La Nave Fantasma* (Der fliegende Holländer) hingegen ist eine italienische Produktion, 1917 in Turin gedreht.

5 *Soldino*, wörtlich übersetzt *Geldstück*, vermutlich fiktive antifaschistische Vereinigung des liberalen und bürgerlichen Lagers.

6 *Balilla* - faschistische Jugendorganisation, vergleichbar Hitlers Pimpfen.

7 *Giovinezza*, Jugend. Das beliebteste und meistgesungene Lied der italienischen Faschisten, sozusagen ihre Erkennungshymne.

8 *Taidé hieß die Hure, die entgegnete...* Anspielung auf die berühmte Kurtisane Taidé, die Geliebte Alexanders des Großen.

9 *Marcia Reale*: Königsmarsch

Nachwort

»Meiner Ansicht nach gibt es heute in Italien nur wenige, die einen so reichen, originellen, anschaulichen Stil schreiben wie Vittorini. Seine Sprache ist völlig ungekünstelt und unakademisch, ja vom strikt grammatikalischen Standpunkt aus betrachtet stellenweise sogar fragwürdig, dabei aber so effektvoll, so harmonisch und voller Poesie, so eigenwillig und persönlich, daß sie in sich alleine schon das lebhafteste Lesevergnügen darstellt.« So schrieb Enrico Piceni, Verlagslektor bei Mondadori, in seinem Gutachten zu dem Manuskript von *Il garofano rosso*. Das war 1939. Rein chronologisch betrachtet ist *Die rote Nelke* Vittorinis drittes Buch. Sein literarisches Debut gab der am 23. Juli 1908 in Syrakus geborene Elio Vittorini mit dem Erzählband *Piccola borghesia*, erschienen 1931 in Florenz. 1932 nahm Vittorini an einem literarischen Preisausschreiben teil, das in Form einer Gruppenreise von Schriftstellern durch Sardinien durchgeführt wurde, und gewann den ersten Preis. Publiziert wurde dieses Reisetagebuch jedoch erst 1937 unter dem Titel *Nei morlacchi. Viaggio in Sardegna*. In der Zwischenzeit war der Roman *Die rote Nelke* von 1933 bis 1936 in Fortsetzungen in der berühmten Florentiner Literaturzeitschrift *Solaria* erschienen, um die sich damals die literarische Avantgarde Italiens scharte. In Buchform wurde er jedoch, trotz des überaus positiven Gutachtens von Enrico Piceni, wegen Problemen mit der Zensur erst 1948 veröffentlicht, also nach dem großen Erfolg von *Conversazione in Sicilia* von 1937, dem Guernica-Roman

273

(Calvino), der in Vittorinis literarischer und politischer Entwicklung einen entscheidenden Wendepunkt markiert. Diese etwas undurchsichtige Editionslage – Mehrfachpublikationen, teils unter verändertem Titel, tiefgreifende Textrevisionen zwischen Zeitschriften- und Buchpublikation – macht es schwierig, Vittorinis Werke in eine verläßlich chronologische Reihenfolge zu bringen. Sie ist aber in vielfacher Hinsicht kennzeichnend für diesen Autor und führt unmittelbar zum Kern seiner Interessen und Intentionen.

Elio Vittorini war von Anbeginn seiner Laufbahn an ein politisch engagierter Autor. In der Tat war er, bevor er seinen ersten literarischen Text veröffentlichte, als Verfasser von profaschistischen Aufsätzen in der von der Curzio Malaparte herausgegebenen Zeitschrift *Il Bargello* hervorgetreten – eine Tatsache, die er später, was Dauer und Intensität seines Engagements angeht, gern zu bagatellisieren trachtete. Die Auseinandersetzung mit dem politischen und sozialen Zeitgeschehen bestimmte von Anfang an Thematik und Tendenz von Vittorinis Œuvre. Als überaus wacher und zu prompten Reaktionen fähiger Beobachter bezog er in seinen literarischen Texten Stellung, und nicht selten kam es vor, daß ihm eigene Positionen im Lichte der Ereignisse oder neu gewonnener Einsichten fragwürdig oder revisionsbedürftig erschienen. In solchen Fällen überarbeitete und modifizierte er seine Texte, wie im Fall der *Roten Nelke*, oder er brach die Arbeit an ihnen ab, wie im Fall von *Erica e i suoi fratelli* und *Giochi di ragazzi* (letzteres war als Fortsetzung der *Roten Nelke* gedacht gewesen): Unter dem Eindruck der Ereignisse des Spanischen Bürgerkriegs erschienen ihm die in diesen beiden Texten vertretenen Positionen nicht länger haltbar. Diese Neigung, die Werke ebenso wie die eigene Biographie vom Standpunkt der jeweils neuesten Aktualität zu betrachten und der Revision zu unterziehen, ist nicht unproblematisch und schließt mythographische Tendenzen durchaus mit ein, wie an Vittorinis letztem, bezeichnenderweise nicht literarischen sondern »autobiographischem« Text, dem *Diario in pubblico*,

274

besonders deutlich erkennbar wird. Zugrunde liegt dieser Neigung ein emphatischer Begriff von Aktualität und Engagement. Die bewies Vittorini nicht nur als Autor, sondern auch als Übersetzer aus dem Englischen und Amerikanischen, später dann als Verlagskonsulent für Mondadori, Einaudi und Bompiani, als Herausgeber von kulturell so bedeutenden Zeitschriften wie *Il Politecnico* (1945-47) und *Il Menabò* (1959-67), vor allem aber als Herausgeber der Reihe *I Gettoni* bei Einaudi, für die er zwischen 1951 und 1958 zusammen mit Italo Calvino verantwortlich zeichnete. Als entschiedener Verfechter der (literarischen) Moderne und eines am wissenschaftlichen und sozialen Fortschritt orientierten Literaturverständnisses hat Vittorini in diesen Funktionen Unschätzbares zur Verjüngung und Entprovinzialisierung der italienischen Kultur geleistet. Als Übersetzer machte er Autoren wie D. H. Lawrence, Hemingway, Steinbeck und Faulkner in Italien bekannt, und in seiner Eigenschaft als Herausgeber förderte er Autoren wie Italo Calvino, Beppe Fenoglio, Franco Lucentini, Anna Maria Ortese, Mario Rigoni-Stern oder Lalla Romano. Sein Vorgehen ist dabei nicht frei von diktatorischen Zügen: Mit Entschiedenheit verwirft er Texte, weil sie seinem Literaturverständnis zuwiderlaufen (die eklatantesten Fälle diesbezüglich waren seine Ablehnung des *Gattopardo* von Tommasi di Lampedusa und des *Doktor Schiwago* von Boris Pasternak), häufig forderte er von seinen Autoren tiefgreifende Korrekturen und Änderungen, ja, als Übersetzer scheute er selbst nicht vor solchen zurück, in seinen Klappentexten für die *Gettoni* schließlich sowie in seinen Zeitschriftenbeiträgen formulierte er Urteile und Interpretationen, die das Leserinteresse bewußt lenken und beeinflussen sollten. Darin verkörperte er einen Typus des Intellektuellen, wie Walter Benjamin ihn unter den Stichworten vom »Autor als Produzenten« und vom Literaturkritiker als »Strategen im Literaturkampf« gefordert hatte. Nicht nur Walter Benjamin sah in den dreißiger Jahren in der strategischen Verwendung von Literatur das einzige Mittel, der heraufzie-

275

henden Katastrophe gegenzusteuern; für Vittorini dagegen war, nach der Katastrophe, in einer Phase des Neubeginns und der Neuorientierung, strategischer Umgang mit Literatur das Gebot der Stunde. Heute freilich, da man sich in der perspektivelosen Pluralität der (Post-) Moderne mehr oder weniger häuslich eingerichtet hat, geht das Verständnis für diese Art des Engagements zusehends verloren. Wenn überhaupt, dann ist es der Markt, der dem Intellektuellen – ob Autor oder Lektor – das Gesetz diktiert, nach dem Literatur verwendbar ist; Ausnahmen bestätigen natürlich, wie immer, die Regel.

Solch tendenziöser, aktualisierender Umgang mit dem literarischen Text läßt sich exemplarisch noch einmal an der Editionsgeschichte des vorliegenden Romans beobachten. *Die rote Nelke* war, wie gesagt, als Fortsetzungsroman in *Solaria* erschienen. Die faschistische Zensurbehörde beschlagnahmte das Heft, das die dritte Folge des Romans enthielt. In seiner Überarbeitung strich oder änderte Vittorini die inkriminierten Stellen; dennoch, und trotz des deklarierten Interesses des Mondadori-Verlags an der Publikation, erhielt *Die rote Nelke* das Imprimatur auch 1939 nicht. Erst 1948 konnte der Roman bei Bompiani verlegt werden. Diese Erstausgabe versah Vittorini mit einem vielzitierten Vorwort, das für das Verständnis seines Werdegangs so bedeutsam wie – irreführend ist. Vittorini behauptet darin nämlich, die Zensurbehörde habe das Kapitel VI beanstandet, worin der Bürgersohn Alessio Überlegungen zu den Arbeitern und zu der »beleidigenden Kluft« anstellt, die ihn von ihnen trennt. In Wirklichkeit jedoch hatte die faschistische Zensur an den recht unverblümten bis drastischen erotischen Darstellungen Anstoß genommen, die Vittorini bei der Revision insgesamt stark zurückgenommen hat. Alessios Überlegungen in Kapitel VI hingegen sind nachweisbar erst während der Überarbeitung eingefügt worden. Sie spiegeln den Bruch mit dem Faschismus wieder, der für Vittorini 1936 angesichts des Spanischen Bürgerkriegs unausweichlich geworden war, und seine Hinwendung zum Kommunismus, die 1937 mit *Conver-*

276

sazione in Sicilia vollzogen und literarisch verarbeitet war. Vittorini versucht hier also, vielleicht gar nicht einmal so sehr seine Abkehr vom Faschismus zurückzudatieren, immerhin aber doch nachträglich das Mißverständnis zu legitimieren, aufgrund dessen den beiden Helden des Buches, Alessio und Tarquinio, der Faschismus als sozialrevolutionäre Bewegung erscheinen konnte und es für sie keinen Widerspruch bedeutete, den Mord an Matteotti zu begrüßen und gleichzeitig den deutschen Spartakus-Bund zu verherrlichen. Die kleine mythographische Operation diente Vittorini also dazu, seine Mitgliedschaft im PNF als tendenziell klassenkämpferisches Engagement auszuweisen und zusätzlich zu rechtfertigen. Späteren Ausgaben hat Vittorini dieses Vorwort dann nicht mehr vorangestellt, er begnügte sich mit dem Vermerk, das Entstehungsdatum sei in sich selbst wichtigster Hinweis für die Deutung. Und das war gut so. Denn in der Tat ist *Die rote Nelke* ein einzigartiges Zeitdokument für eine spezifisch italienische Variante des Faschismus: des Linksfaschismus mit stark anarchistischen Zügen, und als solches bedarf es keiner weiteren Legitimation. 1942 wurde Vittorini dann im antifaschistischen Widerstand aktiv und deswegen 1943 kurzfristig festgenommen. Aber schon 1947 ging er auf Distanz zum PCI, was er 1948 auf einer Schriftstellertagung in Genf in einem vielbeachteten Vortrag unter dem Titel »*L'artiste, doit-il s'engager?*« öffentlich artikulierte und was schließlich 1951 in einer öffentlichen Polemik mit Palmiro Togliatti gipfelte. Das Engagement der Literatur, das Vittorini in seinem eigenen literarischen Schaffen und bei seinen verlegerischen Entscheidungen so nachdrücklich zu verwirklichen trachtete, es ist also kein im engeren Sinn politisches oder parteipolitisch gebundenes.

Was schwebte ihm also vor? Was war es, was Vittorini innerhalb und jenseits aller politischen Strömungen und Parteilinien verfolgte? Was ließ ihn, den Autodidakten, sich immer wieder neue Wissensgebiete erschließen, seine Zielvorstellungen, auch auf die Gefahr des Selbstwiderspruchs hin, je nach aktueller Lage immer wieder revidieren, stets neu in der zeitgenössischen Wirklichkeit verorten? Aus intimer freundschaftlicher Kenntnis heraus hat das wohl keiner treffender als formuliert Italo Calvino. In einer unmittelbar nach Vittorinis Tod entstandenen Würdigung benennt er als Gemeinsamkeit zwischen ihm selbst und Vittorini ihre Auffassung von der Literatur als Experiment, gleichsam als Versuchsanordnung, innerhalb deren der Transfer der Erkenntnisse aus Wissenschaft und Technik auf die Lebenswelt des Menschen erprobt werden kann. In diesem Sinne war Vittorini entschiedener Modernist – was Calvino beispielsweise im Hinblick auf seine Autoleidenschaft und seine Aversion gegen jede nostalgische Verherrlichung des Landlebens nicht ohne eine Spur von Maliziosität vermerkt. Sein Leben lang versuchte Vittorini denjenigen Standpunkt auszumitteln, von dem aus der technische, wissenschaftliche und soziale Fortschritt sein Glücksversprechen an den Menschen, mit dem er schließlich angetreten war, einlösen könnte – ob das nun ein anarchistisch gefärbter Linksfaschismus, ein militanter Kommunismus oder, wie zuletzt, ein gemäßigter Liberalismus war. Aus dieser Grundhaltung, in der Fortschrittsoptimismus und sinnlicher Welthunger eine einzigartige Verbindung eingehen, erklären sich Vittorinis hervorstechendsten Eigenschaften: seine moralische Unbestechlichkeit, die Unverdrossenheit, ja Fröhlichkeit und jugendliche Leidenschaftlichkeit, mit denen er diesem Ziel auf der Spur blieb. »Stets ist es die Beziehung des Menschen zur Welt, die ihn interessiert«, schreibt Calvino, »darin ist er zutiefst humanistisch, konzentriert auf die Geschichte des Menschen und auf den Menschen als geschichtliches Wesen im Spannungsverhältnis zwischen Geschichte und Natur. [...] Kurzum, Vittorini ist einer, der daran glaubt, daß die Welt existiert, daß die Rede über die Welt zählt, weil jenseits der Rede die Welt ist [...], der glaubt, daß die Welt in ihrem sinnlichen Reichtum, ihrer Nutzbarkeit oder ihrer unmittelbaren Unerträglichkeit existiert.« Dieser Hinweis auf Vittorinis sensualistische Grundverfassung trifft den Kern der Sache und erhellt zugleich schlaglichtartig die Unterschiede zwischen ihm und dem langjährigen Freund und engen Mitarbeiter. Calvinos literarisches Erkenntnisinteresse war auf die Überwindung der anthropozentrischen Hypothese gerichtet: Kybernetik – einerseits als Naturgeschichte, andererseits als zukünftige Geschichte der datenverarbeitenden Maschinen – umfaßt an ihren beiden Enden die Geschichte des Menschen, löst sie als Episode in sich auf. Zuletzt betrachtet, wie im Schlußkapitel von *Herr Palomar*, die Welt sich in der Welt – subjektlos. Ganz anders Vittorini. Ausgangspunkt und Ziel, gleichsam das Alpha und Omega aller Erfahrbarkeit von Welt, ist und bleibt bei ihm die sinnliche Selbstgewißheit des Subjekts. Undenkbar, unvorstellbar wäre bei ihm ein Versuch der Vivisektion (oder besser vielleicht: Digitalisierung) der Sinne, wie Calvino sie in seinem letzten, vielleicht nicht zufällig unvollendet gebliebenen Text *Jaguarsonne* unternahm. Mit verblüffender Instinktsicherheit ging Vittorini dagegen sein Leben lang – bei literarischen Werken, politischen Positionen oder in Lebenssituationen – nur nach einem: dem Potential an praktischer und intellektueller Vitalität, das in ihnen lag und/oder das freizusetzen sie imstande waren. Was dieses facettenreiche Leben und Werk im Innersten zusammenhält – es ist ebendieses untrügliche, instinktive Gespür für Vitales. Kennzeichnend ist hier beispielsweise seine Wohnortwahl. Bei seinem ersten Besuch 1936 vermittelte ihm der großstädtische Rhythmus Mailands (und die Begegnung mit seiner zukünftigen zweiten Frau) seit der Kindheit nicht mehr gekannte Gefühle der unmittelbaren Lebendigkeit und sinnlichen Syntonie mit seiner Umwelt, weshalb er bald darauf seinen Wohnsitz hierher verlegte. Gegen Ende der fünfziger Jahre allerdings begann er Mailand als abgestorben zu empfinden und hielt sich lieber in Paris auf (ohne je hinzuziehen). Mit jugendlichem Schwung und sinnlichem Welthunger war Vittorini derart sein Leben lang unterwegs, um nie irgendwo endgültig anzukommen – weil endgültige Ankunft auf diesem Feld den Tod des

Angestrebten bedeutete. An den Autoren der Avantgarde, wie beispielsweise Beckett oder Sartre, (ver)störte ihn ihre Negativität, weshalb er sie entschieden von sich wies. Allergisch gegen jede Form der Nostalgie, hielt er am Glücksversprechen der Moderne fest, überzeugt, daß der technische und wissenschaftliche Fortschritt einen Sinn und Zweck nicht allein hat, sondern ihn in der Fülle der leiblich-sinnlichen Glückserfahrung auch wird unter Beweis stellen und einlösen können. Die Unbeirrbarkeit, mit der er diesen Anspruch verfolgte, und sein bis zuletzt ungebrochener Optimismus (er starb 1966 in Mailand an Magenkrebs) – sie zeichnen Vittorini aus, und mit dieser Konstitution steht er allein und einmalig da in seiner Generation. »Heute von der Technik und von der Wissenschaft, von der Industrie als der vollkommen vom Menschen gewollten und gestalteten Welt Freiheit und Glück zu verlangen, ist eine revolutionäre Forderung, unverträglich mit der Aufrechterhaltung der bestehenden Ordnung.« So Calvino 1967. Das hier schon anklingende Pathos des Aufbruchs von 1968 ist uns mittlerweile ebenso abhanden gekommen wie überhaupt die Denkbarkeit eines politischen und sozialen Projekts der Moderne, innerhalb dessen diese Forderung einlösbar wäre.

Nicht aber vielleicht das Gespür für den Schwung und den Rhythmus dieser Verheißung. Die werden vernehmbar in Vittorinis *Stil*. Insofern behauptet das eingangs zitierte Urteil Enrico Picenis heute vielleicht mehr denn je seine Gültigkeit. In seiner Sprache, seiner (nicht immer geglückten) Metaphorik und den Eigenwilligkeiten seines Stil lebt der unbedingte Anspruch des Vitalen fort, schwingen eine fast jungenhafte Fröhlichkeit und ein hinreißender Optimismus, die die Möglichkeit einer unmittelbar sinnlichen Aneignung der Welt noch einmal in faßliche Nähe rücken. Ich denke, es ist diese äußerste Schicht von Vittorinis Texten, die heute zur Lesbarkeit gelangt: ihr innerster Kern. Manches an den Inhalten mag datiert und manches an den ausgesprochenen oder impliziten Zielvorstellungen obsolet sein. Nicht aber dieser tiefe, bedingungslose, sich aus einer ungebrochenen Vitalität speisende Glaube an die Möglichkeit der sinnlichen Aneignung von Welt, die Vittorinis Stil prägen. Er schlägt im Rhythmus der sinnlichen Erfahrung von, der sinnlichen Hingabe an Glück. Es ist vielleicht nur noch dieser Rhythmus einer kindlichen und zugleich kraftvoll männlichen Zuversicht, der sich heute ins Feld führen läßt, als eine Art Weiße Magie gegen den Bösen Zauber einer ziel- und sinnlos gewordenen Moderne, die mit dem spekulativen Ausverkauf der Sinnlichkeit ihren Leerlauf finanziert. Vittorinis Stil erinnert daran, wie es »in Wirklichkeit« wäre. Unsere prekäre Lage erschließt uns heute diese äußerste, in ihrer Beredsamkeit verschwiegenste Schicht von Vittorinis Werk.

Frühere Übersetzungen sind dem aus den verschiedensten Gründen nicht oder nur ungenügend gerecht geworden. Politische Berührungsängste und historisches Unverständnis beeinträchtigten zumal die Erstübersetzung der *Roten Nelke* von 1956 ganz erheblich. Ein neues, gewandeltes Erkenntnisinteresse sowie eine bewußtere Übersetzungspraxis sind Voraussetzung und Bedingung für die mit diesem Band in Angriff genommene Werkausgabe Vittorini.

1. Auflage Mai 1995
Copyright © by Bruckner & Thünker Verlag AG Köln, Basel
Alle deutschen Rechte vorbehalten
Buchgestaltung und Satz: Miriam Dalla Libera
Gesetzt aus der Bodoni Book
Druck und Bindung: Offizin Andersen Nexö, Leipzig GmbH
Printed in Germany
ISBN 3-905208-17-2

DANIELLE AUBY
Der Wald der toten Dichter
Aus dem Französischen von
Marie-Luise Knott

Leinen
ISBN 3-905208-12-1

Ausgehend von jenem im Languedoc gepflanzten Wald, der an 560 im ersten Weltkrieg gefallene Schriftsteller erinnern soll, zeichnet Auby das Schicksal einer Generation nach, deren einziger Sinn und Zweck war, im Schützengraben zu sterben.

P.F. THOMÉSE
Heldenjahre
Aus dem Niederländischen von
Rotraut Keller

Hardcover
ISBN 3-905208-15-6

Heldenjahre ist der Roman für Leserinnen und Leser, die Sinn für feinen Humor haben, die abenteuerliche Gedanken mögen und Gefallen am detaillierten Erzählen finden.

GERHARD MEIER
WERNER MORLANG

Das dunkle Fest des Lebens
Amrainer Gespräche

Leinen, mit 80 Fotos
ISBN 3-905208-14-8

»Das Fest eines jeden friedlichen Tages – davon geben mir die Sätze Meiers einen Schein.«

Peter Handke

In diesem reich bebilderten Buch werden Leserinnen und Leser der Werke Gerhard Meiers viel Neues entdecken. Für alle anderen ist »Das dunkle Fest des Lebens« eine spannende erste Begegnung mit einem Schriftsteller, der zu den wichtigsten unserer Gegenwartsliteratur gehört.

PHILIPPE BOGGIO
Boris Vian

Biographie
Aus dem Französischen
von Hinrich Schmidt-Henkel

Leinen
ISBN 3-905208-16-4

»Philippe Boggios Biographie des großen Boris Vian kommt genau zur richtigen Zeit. Sie kommt uns in erster Linie deshalb gelegen, weil sie einfach gut ist. Diese Gattung ist nicht eben leicht. Doch Boggio beherrscht sie brillant.«

F. Reynaert, Nouvel Observateur

RUDOLF UTZINGER
Ein Kopf ist immerhin ein Risiko in dieser Welt

Leinen
ISBN 3-905208-18-0

»Der Kopf ist immerhin ein Risiko in dieser Welt. Es ist das humorvolle Erzeugnis der Zoologie und einer trivialisierten Metaphysik, einer Liebesgeschichte, die auch unter dem Namen Kultur bekannt ist.« So einfach, so gut.

Rudolf Utzinger (1891-1929)

Verlangen Sie unser Verlagsheft

**Bruckner & Thünker
Verlag**

Balthasarstraße 91 • D - 50670 Köln
Tel: 0221/72 60 34 • Fax: 0221/73 41 45

Laufenstraße 12 • CH - 4053 Basel
Tel: 061/331 20 22 • Fax: 061/331 20 26